Dedico a você meu silêncio

MARIO VARGAS LLOSA

Dedico a você meu silêncio

TRADUÇÃO
Paulina Wacht
Ari Roitman

2ª reimpressão

Copyright © 2023 by Mario Vargas Llosa

Grafia atualizada segundo o Acordo Ortográfico da Língua Portuguesa de 1990, que entrou em vigor no Brasil em 2009.

Título original
Le dedico mi silencio

Capa
Raul Loureiro

Imagem de capa
Godong/ Bridgeman Images/ Easy Mediabank

Preparação
Julia Passos

Revisão
Huendel Viana
Thaís Totino Richter

Dados Internacionais de Catalogação na Publicação (CIP)
(Câmara Brasileira do Livro, SP, Brasil)

Llosa, Mario Vargas
    Dedico a você meu silêncio / Mario Vargas Llosa ; tradução Paulina Wacht, Ari Roitman. — 1ª ed. — Rio de Janeiro : Alfaguara, 2024.

    Título original: Le dedico mi silencio.
    ISBN 978-85-5652-233-7

    1. Ficção peruana I. Título.

24-217055   CDD-PE863

Índice para catálogo sistemático:
1. Ficção : Literatura peruana   PE863

Cibele Maria Dias – Bibliotecária – CRB-8/9427

Todos os direitos desta edição reservados à
EDITORA SCHWARCZ S.A.
Praça Floriano, 19, sala 3001 — Cinelândia
20031-050 — Rio de Janeiro — RJ
Telefone: (21) 3993-7510
www.companhiadasletras.com.br
www.blogdacompanhia.com.br
facebook.com/editora.alfaguara
instagram.com/editora_alfaguara
x.com/alfaguara_br

Para Patricia

I

Por que será que José Durand Flores, aquela figura da elite intelectual do Peru, tinha telefonado? Ele recebeu o recado na mercearia do seu amigo Collau, que também funcionava como banca de jornais e revistas, e ligou de volta, mas ninguém atendeu. Collau disse que quem atendeu foi sua filha Mariquita, que ainda era pequena e talvez não tivesse entendido bem o número; na certa ligariam de novo. E então a cabeça de Toño começou a ser perturbada por aqueles bichinhos obscenos que, segundo ele dizia, o perseguiam desde a mais tenra infância.

Por que teria telefonado? Toño Azpilcueta não o conhecia pessoalmente, mas sabia quem era José Durand Flores. Um escritor conhecido, ou seja, alguém que Toño admirava e detestava ao mesmo tempo porque estava lá no topo e sempre era mencionado com adjetivos do tipo "ilustre estudioso" e "célebre crítico", elogios que neste país costumavam ser dados com facilidade aos intelectuais que pertenciam ao que Toño Azpilcueta chamava de "elite". O que esse personagem fizera até então? Tinha morado no México, naturalmente, e ninguém menos que Alfonso Reyes, ensaísta, poeta, erudito, diplomata e diretor do Colégio de México, prefaciou sua famosa antologia *Ocaso das sereias, esplendor dos manatis*, que foi publicada por lá. Dizia-se que era especialista em Inca Garcilaso de la Vega, cuja biblioteca conseguira reproduzir em sua casa ou em algum arquivo universitário. Era bastante, claro, mas também não significava grande coisa; no fim das contas, quase nada. Telefonou de novo e tampouco atenderam. Agora, eles, os roedores, estavam ali e continuavam a se movimentar por todo o seu corpo, como sempre acontecia quando Toño estava inquieto, nervoso ou impaciente.

Toño Azpilcueta havia pedido que a Biblioteca Nacional, situada bem no centro de Lima, comprasse os livros de José Durand

Flores, e a mocinha que o atendeu lhe disse que sim, que comprariam, mas nunca chegaram a fazer isso, de modo que Toño sabia que se tratava de um acadêmico importante, mas não sabia por quê. Estava familiarizado com seu nome por um fato fora do comum que traía ou desmentia seus gostos forâneos. Todo sábado José Durand Flores publicava um artigo no jornal *La Prensa* falando bem da música *criolla* e até de cantores, violonistas e tocadores de *cajón* como Caitro Soto, acompanhante de Chabuca Granda, o que despertava em Toño, é claro, certa simpatia por ele. Em contrapartida, pelos intelectuais refinados que desprezavam os músicos nativos, que nunca os mencionavam, nem para elogiar nem para crucificar, sentia uma enorme antipatia — que fossem para o inferno.

Toño Azpilcueta era um erudito em música *criolla* — toda ela, a costeira, a serrana e até a amazônica —, e a isso dedicara toda a sua vida. O único reconhecimento que teve, dinheiro não, é claro, foi ter se tornado, sobretudo depois da morte do professor Morones, aquele grande punenense, o maior conhecedor da música peruana que havia no país. Tinha conhecido seu professor quando ainda estava no Colégio La Salle, pouco depois de seu pai, um imigrante italiano de sobrenome basco, alugar uma casinha em La Perla, onde Toño morou e cresceu. Após a morte do professor Morones, passou a ser o "intelectual" que mais sabia (e mais escrevia) sobre as músicas e as danças que compõem o folclore nacional. Estudou na Universidade de San Marcos e conquistou o título de bacharel com uma tese sobre a valsinha peruana orientada pelo próprio Hermógenes A. Morones — Toño descobriu que aquele A com um pontinho escondia o nome Artajerjes —, de quem foi assistente e discípulo dileto. De certa forma, Toño também foi o continuador de seus estudos e suas pesquisas sobre a música e a dança regionais.

No terceiro ano, o professor Morones o deixou dar algumas aulas, e na San Marcos todo mundo esperava que, quando o professor se aposentasse, Toño Azpilcueta herdaria a sua cátedra. Ele também esperava. Por isso, ao terminar os cinco anos de estudos na Faculdade de Letras, continuou a pesquisar para escrever uma tese de doutorado que se intitularia *Os pregões de Lima* e, naturalmente, seria dedicada ao seu mestre, o dr. Hermógenes A. Morones.

Lendo os cronistas do tempo da colônia, Toño descobriu que os chamados "pregoeiros" costumavam cantar em vez de falar as notícias e ordens municipais para que estas chegassem aos cidadãos em forma de música verbal. E, com a ajuda da sra. Rosa Mercedes Ayarza, grande especialista em música peruana, soube que os "pregões" eram os sons mais antigos da cidade, porque era assim que os vendedores ambulantes anunciavam as rosquinhas, o biscoito da Guatemala, o peixe fresco, o bonito, o cabeçudo, a dourada argentina. Eram os sons mais antigos das ruas de Lima. E sem falar na contadora de histórias, no fruteiro, nas vendedoras de *picarones*, de pamonha, e até de infusões.

Pensava nisso e se exaltava até chegar às lágrimas. Os veios mais profundos da nacionalidade peruana, o sentimento de pertencer a uma comunidade unida pelos mesmos decretos e notícias, vinham impregnados de músicas e cantos populares. Essa seria a ideia mais reveladora de uma tese que ele tinha desenvolvido em uma infinidade de fichas e cadernos, todos guardados com cuidado numa maletinha, até o dia em que o professor Morones se aposentou e, com expressão de pesar, lhe informou que a Universidade de San Marcos, em vez de nomeá-lo como seu sucessor, havia decidido extinguir a cátedra dedicada ao folclore nacional peruano. Tratava-se de um curso optativo, e a cada ano, de maneira inexplicável e inaudita, diminuía o número de alunos da Faculdade de Letras que se matriculavam. A falta de alunos sentenciava o seu triste fim.

O desgosto que Toño Azpilcueta sentiu quando soube que nunca seria professor na San Marcos foi tanto que esteve a ponto de rasgar em mil pedaços cada ficha e cada caderno que guardava na maleta. Felizmente não o fez, mas abandonou por completo seu projeto de tese e a fantasia de uma carreira acadêmica. Só ficou com o consolo de ter se tornado um grande especialista em música e danças populares, ou, como ele mesmo dizia, o "intelectual proletário" do folclore. Por que Toño Azpilcueta entendia tanto de música peruana? Não havia ninguém entre seus antepassados que tivesse sido cantor, instrumentista e muito menos dançarino. Seu pai, emigrante de alguma aldeia italiana, trabalhava nas ferrovias da serra do centro e passou a vida viajando, e sua mãe era uma senhora que entrava e saía de hospitais tratando de muitas doenças. Morreu em algum momento incerto da sua infância, e a lembrança que tinha dela vinha mais das fotografias que seu pai lhe mostrava que das experiências vividas. Não, não havia antecedentes em sua família. Toño começou sozinho, aos quinze anos, a escrever artigos sobre o folclore nacional, quando percebeu que tinha que traduzir em palavras as emoções que os acordes de Felipe Pinglo e outros cantores da música *criolla* lhe provocavam. Foi muito bem-sucedido, aliás. Enviou o primeiro artigo para uma das revistas de vida efêmera que eram publicadas na década de 1950. Intitulou-o "Meu Peru" porque falava, justamente, da casinha de Felipe Pinglo Alva em Cinco Esquinas, que visitara com um caderno na mão, fazendo anotações. Por esse texto lhe pagaram dez soles, coisa que o fez pensar que havia se tornado o maior conhecedor e escritor de música e danças populares peruanas. Imediatamente gastou esse dinheiro, além de outras economias, comprando discos. Era o que fazia com cada mínimo sol que chegava às suas mãos — investia em música, e assim sua discoteca logo ficou famosa em Lima. As rádios e os jornais começaram a lhe pedir discos emprestados, mas como raramente devolviam Toño foi dificultando. Mais tarde, quando trocou sua valiosa coleção por material de construção para fazer sua casinha em Villa El Salvador, pararam de incomodá-lo. Que me importa, disse para si mesmo, a música ainda estava no seu sangue e na sua memória, e isso lhe bastava para escrever seus artigos e perpetuar a linhagem intelectual do famoso punense Hermógenes A. Morones, que descanse em paz.

    Sua paixão era, única e exclusivamente, intelectual. Toño não era violonista, nem cantor, nem sequer dançarino. Passara por maus bocados na juventude por não saber dançar. Às vezes, em especial em saraus ou tertúlias, aonde sempre levava uma caderneta de anotações no bolso do paletó, algumas senhoras o tiravam para dançar, e ele, a duras penas, dava uns passinhos quando tocavam uma valsa, que era mais simples, mas nunca nas *marineras*, nos *huainitos* ou naquelas danças do Norte, os *tonderos* de Piura ou as polcas. Não coordenava os movimentos, seus pés se enroscavam um no outro; uma vez chegou a cair — um papelão — e por isso preferiu cultivar a má fama de não saber dançar. Ficava sentado, imerso na música, observando como aqueles homens e mulheres tão diferentes, vindos de toda Lima, se fundiam num abraço fraterno que, não tinha a menor dúvida, confirmava suas mais profundas intuições.

Embora os intelectuais peruanos que ocupavam as cátedras universitárias ou publicavam em editoras de prestígio o desprezassem, ou nem sequer soubessem de sua existência, Toño não se sentia inferior a eles. Talvez não soubesse muito sobre a história universal nem estivesse a par da última moda filosófica francesa, mas conhecia a música e as letras de todas as *marineras*, *pasillos* e *huainitos*. Tinha escrito uma infinidade de artigos para *Mi Perú*, *La Música Peruana*, *Folklore Nacional*, todo um repertório de publicações que chegavam ao segundo ou terceiro número e depois desapareciam, muitas vezes sem pagarem o pouco que lhe deviam. Um "intelectual proletário", que jeito. Pode não ter conquistado o respeito ou nem mesmo o interesse de figuras como José Durand Flores (para que o estaria procurando?), mas sim os dos próprios cantores ou violonistas interessados em ser conhecidos e divulgados, coisa que Toño Azpilcueta passou anos fazendo, como atestam as centenas de recortes que guardava na mesma mala onde mofavam as suas anotações para a tese. Alguns desses artigos guardavam a memória das *peñas* folclóricas que — como a Palizada e La Tremenda Peña por exemplo, dois estabelecimentos que ficavam na ponte do Exército, lá pelos lados de Miraflores — tinham desaparecido. Ainda bem que Toño fora testemunha dessas *peñas*. Frequentava todas as de Lima, desde muito jovem. Começara aos quinze anos, quando ainda era quase uma criança, e agora evocava esses saraus para não esquecer a importante função que cumpriram. Às vezes, um jornalista que queria escrever uma crônica sobre Lima o procurava, e então ele marcava um encontro no bar Bransa, da Plaza de Armas, para tomar café da manhã. Era o seu único vício, o café do Bransa, que às vezes tinha que pagar pedindo dinheiro emprestado à esposa, Matilde.

Sua renda real vinha das aulas de desenho e música que dava no Colégio del Pilar, um educandário de freiras que ficava em Jesús María. Pagavam pouco, mas davam bolsas de estudos às suas duas filhas, Azucena e María, de dez e doze anos. Lecionava lá havia vários anos, embora não gostasse de ensinar desenho, porque dedicava a maior parte do tempo à música, sobretudo, claro, à música *criolla*, cumprindo sua tarefa pedagógica fundamental que era incutir nos alunos o amor pelas tradições peruanas. O único problema eram as enormes distâncias de Lima. O Colégio del Pilar ficava muito longe do seu bairro, o que fazia com que ele e as filhas tivessem que tomar dois ônibus todos os dias para chegar; mais de uma hora de viagem, quando não havia greve no transporte.

Conhecera a esposa pouco tempo antes de construírem juntos aquela casinha no enorme descampado que era a Villa El Salvador daquele tempo. Quem diria, nessa época, que o bairro veria a chegada de grupos de senderistas querendo substituir as lideranças da área para controlar a população. Até mesmo lideranças de esquerda, como María Elena Moyano, mulher corajosa que poucos meses antes, ao denunciar a arbitrariedade e o fanatismo do Sendero Luminoso, fora assassinada em uma loja do bairro da maneira mais brutal. Desde que chegaram à região, Matilde ganhava a vida como lavadeira e costureira de camisas, calças, vestidos e todo tipo de roupa, ofício que lhe rendia o dinheirinho que lhes dava de comer. A união com Toño, bem ou mal, funcionava, senão para ter uma vida intensa, ao menos para sobreviver. Tiveram bons momentos, principalmente no começo, quando Toño imaginou que os dois poderiam compartilhar sua paixão pela música. Ele a conquistou ao enviar-lhe acrósticos em que plagiava os versos mais ardentes de suas valsinhas favoritas, e chegou a pensar que aquelas palavras que vinham do mais profundo da sensibilidade popular tinham conquistado seu coração. Logo percebeu, porém, que Matilde não vibrava como ele com os acordes dos violões, nem ficava sem fôlego quando Felipe Pinglo Alva cantava com sua voz aveludada aquelas estrofes que falavam de amargos sofrimentos provocados por amores não retribuídos. Quando se convenceu de que, em vez de se comover com a música e fantasiar com vidas melhores e mais fraternas, ela ficava entediada, deixou de levá-la a saraus e tertúlias e, com o passar dos anos, começou a ter uma vida própria, sem nem ao menos contar à esposa o que estava fazendo nem aonde ia aos finais de semana. Eram programas em geral castos, em que se limitava a conversar, ouvir música *criolla*, descobrir novas vozes e novos instrumentistas — anotava tudo com detalhes nas suas cadernetas — e continuar a apreciar os bailarinos e seus movimentos atropelados. Não bebia mais como antes, ainda mais agora que havia completado cinquenta anos e o álcool estava destruindo seu estômago. Só um copinho de pisco ou — num rompante de ferocidade — aguardente. Nesses ambientes, Toño sentia que exercia a sua autoridade, porque sabia mais que os outros. Quando lhe faziam perguntas, todos ficavam em silêncio como se as respostas que ele dava fossem a voz de um catedrático da universidade. Pode não ter publicado nenhum livro, e seus cuidadosos artigos só despertavam a curiosidade de pouca gente, nunca dos ilustres letrados, mas nas *peñas*, naqueles casarões escuros adornados com estampas das damas encapuzadas de Lima e réplicas de sacadas tradicionais, lugares onde se palpava o verdadeiro Peru, seu aroma mais puro e autêntico, ninguém tinha mais prestígio que ele.

Quando queria melhorar o próprio ânimo, dizia para si mesmo que terminaria o livro sobre os pregões de Lima e faria o doutorado, e então sem dúvida encontraria uma editora que quisesse custear a publicação. Esse pensamento — que às vezes repetia como uma espécie de mantra — levantava o seu moral. Tinha saído para passear pelas ruas de terra da Villa El Salvador, já avistava a sua casa ao longe e, em frente, a mercearia e a banca de jornal do seu compadre Collau. Quando avançou uns cinquenta metros viu Mariquita, a filha mais velha dos Collau, vindo ao seu encontro.

— O que foi, meu amor? — disse Toño, dando-lhe um beijo na bochecha.

— Telefonou de novo — respondeu Mariquita. — O mesmo homem de ontem.

— O dr. José Durand Flores? — perguntou ele, e começou a correr para que a ligação não caísse antes de chegar à mercearia de Collau.

— É mais difícil falar com o senhor do que com o presidente da República — disse uma voz atrevida quando ele atendeu. — Estou falando com o sr. Toño Azpilcueta?

— Ele mesmo — confirmou Toño no aparelho. — É o dr. Durand Flores, verdade? Sinto muito que não tenha me encontrado ontem. Liguei para o senhor, mas acho que a Mariquita, filha de um amigo meu, anotou o número errado. Como posso ajudá-lo?

— Aposto que nunca ouviu falar de Lalo Molfino — respondeu a voz ao telefone. — Estou errado?

— Não, não... Lalo Molfino?

— É o melhor violonista do Peru, talvez do mundo — exclamou confiante o dr. José Durand Flores. Tinha uma voz firme e afobada. — Estou ligando para convidá-lo para uma tertúlia esta noite, onde Lalo Molfino vai tocar. Não deixe de vir. Pode anotar o endereço? Vai ser em Bajo el Puente, perto da Plaza de Acho. Está livre?

— Estou sim, claro — respondeu Toño, intrigado e ao mesmo tempo surpreso por saber que um músico, supostamente tão talentoso, tinha escapado ao seu radar. — Lalo Molfino... Não, nunca ouvi falar. Irei com prazer. Diga o endereço, por favor. Por volta das nove, então?

Toño Azpilcueta decidiu ir, mais interessado em conhecer o dr. Durand Flores do que esse tal Lalo Molfino, sem imaginar que aquele convite lhe revelaria uma verdade que até então ele só intuía.

II

São construções bastante antigas, as mais velhas têm um século ou dois. Os arquitetos ou mestres de obras costumavam fazer as moradias para os pobres ou gente de poucos recursos nuns quartinhos construídos às pressas, sem o menor cuidado, com um teto de zinco único instalado em volta de um pátio onde sempre havia um cano vertendo água (às vezes suja), diante do qual os vizinhos faziam fila para lavar o rosto ou o corpo (se fossem limpos) e encher baldes ou garrafas de água fresca para lavar roupa e cozinhar.

Não é preciso dizer que os famosos cortiços de Lima costumavam ser, entre outras coisas, verdadeiros criadouros de ratos, um problema sério para quem sofre com esses bichinhos repugnantes. Há uma descrição muito famosa dos cortiços de Lima, escrita em 1907 pelo grande *criollo* Abelardo Gamarra, o Tunante, que registra o dano espiritual e físico causado por esses espécimes desaforados.

Provavelmente os cortiços mais antigos, os de Malambo e Monserrate, existiam desde a época da colonização, mas no início do século XIX, quando o general San Martín proclamou a República, se instalaram seres humanos em todo o centro de Lima e em quase todos os bairros, em especial em Rímac, Bajo el Puente e Barrios Altos. A capital do Peru ficou repleta de gente sem recursos que vinha residir na principal cidade do país, onde era mais fácil conseguir emprego que nas províncias, nem que fosse como cozinheiras, porteiros, seguranças e serventes. Os invejosos diziam que os cortiços também eram cheios de malfeitores e gente de má índole da velha Lima, mas exageravam um pouco.

Quase todos os bairros do centro da capital, ou pelo menos os mais antigos, tinham ruelas com essas coleções de quartinhos construídos em volta de um pátio, que os proprietários alugavam ou vendiam para as famílias, onde se instalavam várias pessoas — pais, filhos e achegados, claro —, às vezes dormindo em colchões no chão ou então, os que estavam em uma situação financeira melhor, em beliches, de dois ou até três andares, que às vezes eram fabricadas pelos próprios moradores com pedaços de pau, madeiras e escadinhas. É difícil entender como cabia tanta gente nesses quartinhos miseráveis, mas dignos: dos avós e bisavós até crianças pequenas. Sede das pulsações populares, os cortiços também eram um lugar de infausta aglomeração, que favorecia as pragas e de tempos em tempos fazia estragos entre seus habitantes.

Ninguém podia imaginar que esses cortiços, antes de qualquer outro lugar, seriam o espaço onde encontrariam seu lar as músicas populares peruanas, em especial a valsa, que era tocada e cantada ao natural, sem microfone, palco para orquestra nem pista de dança. Porque lá eram realizadas as famosas *jaranas* — palavra que, hoje sinônimo de festança no Peru, sem dúvida nasceu com essa música —, e se dançava *zamacueca*, e mais tarde *marinera* e valsinha naquelas noites loucas que, inflamadas pelo pisco purinho, a aguardente da serra e até pelo bom vinho trazido das prensas de Ica, às vezes duravam dois ou três dias, enquanto o corpo aguentasse. Mas como os moradores dos cortiços conseguiam fazer isso, padecendo de raquitismo econômico? Mistérios e milagres da pobreza peruana.

Foi nesses cortiços que nasceram os primeiros grandes violonistas e percussionistas do Peru, assim como os melhores dançarinos de valsa, *huainito*, *marinera* e *resbalosa*. Enquanto as mocinhas de boa família faziam aulas de dança com seus professores, que em geral eram negros, os casais de intérpretes, como os famosos Montes e Manrique, Salerno e Gamarra ou Medina e Carreño, animavam as noites cruas do inverno limenho e se refrescavam durante o verão, quando só mudavam a roupa que vestiam e o álcool com que brindavam. Os homens e as mulheres eram felizes, mas morriam jovens, às vezes devido às pragas bizarras que aqueles ratos asquerosos que se aninhavam nas fendas de Barrios Altos espalhavam com suas patas repugnantes, seus focinhos insalubres, suas pelagens gordurosas e mefíticas.

Além do mais, nos cortiços existia um ambiente de boa vizinhança, as pessoas se ajudavam mutuamente, nas doenças e na vida cotidiana, emprestando-se coisas, colaborando, comemorando o nascimento dos novos moradores, convidando os vizinhos para suas casas, a ponto de criar um tipo de companheirismo estimulado pela precariedade dessas vidas sem futuro. Em Lima, os cortiços eram famosos pela facilidade com que esses vínculos se davam, coisa que não acontecia entre aqueles que tinham uma vida melhor que a daqueles pobres. E é por isso que os cortiços e a música *criolla* passaram a ser inseparáveis para os cerca de setenta mil limenhos (vamos chamá-los assim) que residiam neles, provenientes em sua maioria de todas as cidades e aldeias do interior do Peru.

Havia cortiços em toda Lima, mas os dos negros (ou mestiços), muitos deles escravizados emancipados ou fugitivos, eram sempre em Malambo, onde suas famílias se reuniram. Nesse lugar de nome luxurioso, as *jaranas* eram as mais famosas por seus sapateados, suas vozes magníficas, os bons violonistas, e também moravam lá os melhores artistas de um instrumento, o *cajón*, inventado pelos pobres, que é o mais audaz e engenhoso dos instrumentos criados pelos peruanos para acompanhar as valsinhas. E também porque a assiduidade dos participantes desses folguedos costumava fazer com que durassem longas horas, às vezes dias, sem ninguém querer se despedir para ir descansar. O grande compositor nacional, Felipe Pinglo Alva, participou muitas vezes dessas festas que animavam os cortiços de Lima, mas se retirava cedo — bem, cedo é um modo de dizer — porque precisava trabalhar no dia seguinte. Dizem que chegou a compor mais de trezentas obras antes de morrer.

Quem poderia imaginar que os cortiços de Lima seriam o ambiente natural dessa música, que floresceria neles e aos poucos iria ascendendo na vida social até ser aceita pela classe média e mesmo, mais tarde, penetrar nos salões da nobreza e dos ricos, levada pelos jovens que começavam a achar a música espanhola um pouco antiquada e chata, ainda mais em comparação com a música peruana e suas letras cheias de referências ao mundinho e aos costumes locais. Quando a música *criolla* se difundiu, desapareceram os professores de dança, que se viram diante da encruzilhada de mudar de profissão ou passar fome.

Os cortiços de Lima foram o berço da música que, três séculos após a conquista, podia ser chamada genuinamente de peruana.

E nem é preciso dizer que o orgulhoso autor destas linhas a considera a mais sublime contribuição do Peru ao mundo. Havia ratos nos cortiços, mas também havia música, e uma coisa compensava a outra.

Antes da construção dos cortiços, Lima também se divertia com os carnavais ou entrudos, quando a água corria de uma ponta à outra da cidade encharcando os transeuntes que muitas vezes resolviam brincar com os garotos da rua, molhando-se também. Além do carnaval, havia muitas serenatas, que enchiam as ruas para celebrar os aniversários das namoradas, dos pais, dos irmãos e dos amigos, e povoavam a noite limenha de vozes e violões. Ou seja, antes de adotarem o costume de subir a encosta de Amancaes, os limenhos se divertiam de várias maneiras, e talvez a maior fonte de júbilo fosse o Baile dos Diabinhos, do qual não restam vestígios apesar de ter sido, segundo os escribas e cronistas, muito popular em seu tempo.

Que tipo de cidade era Lima nessa época? Em seu simpático livro *El Waltz y el valse criollo*, de 1977, César Santa Cruz Gamarra, o famoso trovador, lembra que foi realizado um censo na capital do Peru em 1908 que registrou cerca de 140 mil habitantes na cidade de Lima, distribuídos, segundo a classificação da época, da seguinte forma: população branca, 58 683 habitantes; mestiça, 48 133; indígena, 21 473; negra, 6763; e amarela, 5487. Ou seja, ainda era uma sociedade pequena, na qual brancos e indígenas, negros e os poucos amarelos coexistiam no preconceito e na qual, como afirma Santa Cruz Gamarra, o instrumento musical mais popular era a gaita, além do assobio, que os limenhos praticavam pelas ruas em alto e bom som enquanto corriam. Porque a corrida era o esporte mais popular, acessível a todos. Já nessa época a valsa e as *marineras* começavam a substituir a *zamacueca* como a música mais ouvida, segundo as retretas que começavam a ser apresentadas pelas bandas militares nas praças da cidade e que eram outra diversão para o público limenho.

Nessa época, início do século XX, um famoso duo composto por Eduardo Montes e César Augusto Manrique foi contratado pela Columbia Phonograph Company para ir a Nova York gravar discos com canções nacionais. Eles gravaram, entre outras coisas, muitos *tonderos* e *resbalosas*, motivo pelo qual a imprensa local os felicitou de maneira efusiva.

O espaço da capital do Peru era, também, muito pequeno na época. Não existiam a Colmena, nem a Plaza San Martín, nem o Parque Universitário. Ainda não haviam proliferado os bairros periféricos devido à falta de transporte. Mas nessa cidade pequenina ocorria talvez o mais extraordinário fenômeno social: o surgimento da valsa peruana, que se imporia em poucos anos como a música nacional mais representativa do conjunto da sociedade. As valsas substituiriam todos os gêneros que disputavam o favor da população e se implantariam de forma natural, sem que ninguém decidisse ou promovesse isso, exceto o apreço da imensa maioria dos nossos orgulhosos compatriotas.

III

Naquela noite, Toño Azpilcueta, depois de lavar o rosto e vestir seu melhor terno, a camisa de colarinho branco e a gravata azul — era o único vestuário elegante que tinha, e o reservava para ocasiões realmente especiais —, partiu de Villa El Salvador rumo a Bajo el Puente, o antigo bairro colonial. Lá havia sido assaltado uma vez, uns dez anos antes, pelo menos. Sempre pacífico e muito tranquilo, entregou a carteira, onde os larápios desapontados só encontraram uma nota de dez soles. Ficaram com ela, é claro, e Toño teve que voltar para casa de táxi, que pagou com um dinheirinho guardado numa carteira azul que escondia debaixo da cama.

Depois desse assalto, Toño ficou com certa hostilidade a Bajo el Puente, apesar dos seus encantos coloniais e do Paseo de Águas. Se bem que chamar de "águas" aquele rio Rímac tuberculoso — que escorria seu deplorável caudal por entre rochas e montículos de areia depositados em seu leito e fluía nas proximidades do convento dos Descalços e das grandes casas e palácios semidestruídos pelo tempo — mais parecia uma piada. Depois vinham a saída para o Paseo de Amancaes, os mendigos e a Plaza de Acho, que nos meses de outubro e novembro se enchia de vida com a Feira de Outubro, o espetáculo dos touros, em especial, e as muitas *peñas* folclóricas que floresciam no bairro.

Não teve dificuldade para encontrar o lugar onde acontecia o evento, nem, naturalmente, para reconhecer muitos dos convidados. Mais que uma casa comum, era um casarão de dois andares e muitos quartos, um dos poucos que ainda sobreviviam naquele antigo bairro colonial onde a maioria das construções desse tipo fora se dividindo e subdividindo até parecerem verdadeiras colmeias. Havia muita gente, homens e mulheres, mais do que se costumava encontrar em saraus e tertúlias, bebendo golinhos do pisco que o dr. José Durand Flores, de óculos e com as mangas arregaçadas, distribuía e bebia ao mesmo tempo. "Agora, meu irmãozinho, vamos brindar, saúde, saúde", e virava uma dose após a outra. Quando deparou com Toño, cumprimentou-o de forma calorosa, como se fossem velhos amigos.

— Prepare-se para o que vai ouvir, meu amigo, porque esse rapaz, Lalo, é fora de série com aquele violão.

Toño tentou puxar algum assunto, mas o dr. Durand Flores parecia se dar por satisfeito com sua presença e não sentir a menor obrigação de conversar com ele. Serviu-lhe um pisco, animou-o a tomar o copinho num só gole, depois continuou a cumprimentar os convidados. Toño Azpilcueta ficou com as palavras entaladas na garganta, e na mesma hora se arrependeu de ter ido àquele lugar. Primeiro tocaram uns grupos de música folclórica que Toño conhecia muito bem, pois ele mesmo os havia promovido em seus artigos. Estava sentado num banco em frente a um pequeno lago onde boiavam flores e plantas. Acabou se cansando de tanto apertar mãos e abraçar as muitas pessoas que conhecia e que vinham falar com ele já um tanto altas. Estava a ponto de se afastar um pouco para evitar aquelas conversas de bêbado quando viu o dr. Durand Flores ressurgir no meio da multidão, batendo palmas para pedir silêncio, porque ia falar. Demonstrando um consumo excessivo de álcool, disse que aquele encontro era para apresentar ao público, ao "insigne público", pois naquela noite estavam ali reunidas as melhores expressões da música *criolla*, um jovem violonista de Chiclayo que era "fora de série". Tinha acabado de chegar a Lima, e por isso ninguém o conhecia ainda. Pediu uma salva de palmas. Depois relatou que estava inaugurando uma nova fase do conjunto Peru Negro, para divulgar no exterior a música mestiça peruana, e que a primeira viagem seria para Santiago do Chile. Lalo Molfino, obviamente, era o novo integrante do grupo. Em seguida, abençoando os ouvintes como um padre, exclamou: "Contrição e silêncio!". E se calou.

As luzes se apagaram, só ficou acesa uma lâmpada que iluminava um trecho do pátio. E então apareceu o personagem predestinado à fama segundo o presságio do dr. Durand Flores. A primeira coisa que Toño Azpilcueta notou, um detalhe que jamais esqueceria, foram os sapatos de verniz que o chiclaiano usava. Sem meias, naturalmente. Aqueles sapatos eram uma espécie de marca registrada, uma coisa tão pessoal como um cartão de visita. Vestia um terno que parecia pequeno em seu corpo, pelo menos a calça, que só chegava até as canelas, e uma camisa florida, de manga muito curta. Tinha um rosto sério, bem moreno, e o cabelo encaracolado, desses que já não se viam mais na rua: comprido, muito preto e com uma fileira entremeada de fios grisalhos. Quando abria a boca, exibia dentes branquíssimos. Estava com um ar sisudo, não dizia uma palavra, nem mesmo para agradecer os ralos aplausos que o saudaram. Sentado numa cadeira, ele afinava o violão que tinha nas mãos enquanto seus olhinhos percorriam incessantemente o jardim cheio de convidados.

Ao ouvir os primeiros acordes, Toño Azpilcueta parou de olhar para os sapatos de verniz que o músico usava. Aconteceu uma coisa curiosa. O mal-estar provocado pela indiferença do dr. Durand Flores desapareceu, tudo foi se apagando ao redor, até que só restou aquele violão, que o garoto — porque quem tocava era um garoto — fazia suspirar, lacrimejar, subir e descer diante daquela plateia de um jeito que Toño Azpilcueta nunca tinha ouvido antes, ele que já ouvira todos os violonistas profissionais de Lima, os mais e os menos famosos. Inclusive o primeiro violão do Peru, Óscar Avilés, o homem do bigodinho aparado.

Pouco a pouco o silêncio foi tomando conta daquele jardim, daquele casarão. Um silêncio taurino, pensou Toño Azpilcueta, um silêncio que só era rompido pelo som das cordas, como o daquela tarde de domingo na Plaza de Acho — ele nunca esquecia —, durante a Feira de Outubro daquele ano, 1956 ou 1957, em que seu pai, o italiano, levou-o para assistir a uma tourada, a primeira que viu na vida, e lhe disse que Procuna, o mexicano que toureava nesse dia, era irregular, um homem dado a extremos, pois certas tardes corria dos touros sem a menor vergonha, tomado de pânico, e deixava o trabalho para os seus peões, e outras vezes se enchia de coragem e boa arte e abordava o animal de uma forma que causava vertigem nas arquibancadas da praça.

Ainda que tenha ido quase todos os anos às touradas de Lima — sua paixão pelos touros começou quando era pequeno —, estava convencido de que nunca mais, depois daquele momento, ouvira um silêncio tão profundo, tão extático, de toda uma praça que, sublimada e expectante, se calava, parava de respirar e de pensar, esquecida de tudo o que tinha na cabeça, e, suspensa, ébria, contagiada, imóvel, via o milagre que ocorria lá embaixo, onde Procuna, esbanjando arte, coragem, sabedoria, repetia infinitamente seus movimentos, seus *naturales* e *derechazos*, aproximando-se cada vez mais do touro, fundindo-se com ele. E agora se sentia de novo como naquela tarde, tomado por um sentimento quase religioso, arraigado, primordial. Enquanto o chiclaiano tocava aquelas cordas, tirando de cada uma sons insólitos, desconcertantes, profundos, meio enlouquecidos, Toño apalpava o silêncio. Todos os presentes, homens, mulheres, idosos, tinham esquecido os risos e as gargalhadas, as conversas, os gracejos e os galanteios, e se calaram para ouvir, absortos, em estado hipnótico, as cordas que vibravam em meio àquele mutismo formidável que dominava a noite.

    O silêncio reverencial que diziam ocorrer na praça de touros de Sevilla, ou na de Las Ventas, em Madri, e que ele tinha certeza de ter ouvido em Acho quando era criança, agora era causado pelo cafuzinho de Chiclayo que estava à sua frente, a poucos passos de distância. Ele tocava uma valsa, claro, mas Toño Azpilcueta não a reconhecia nem identificava porque as cordas, impulsionadas pelos dedos milagrosos de Lalo Molfino, não se pareciam com nada que já tivesse ouvido. Sentia que aquela música o atravessava, penetrava em seu corpo e corria por suas veias junto com seu sangue. Pobre Óscar Avilés, o suposto primeiro violão do Peru, que agora era desbancado.

    Não, não era só a destreza dos dedos do chiclaiano criando notas que pareciam novas. Era algo mais. Era sabedoria, concentração, maestria extrema, milagre. E não se tratava apenas do silêncio profundo, mas também de toda a reação das pessoas. O rosto de Toño estava banhado em lágrimas, e sua alma, aberta e ansiosa, desejava reunir num grande abraço aqueles compatriotas, todos os irmãos que haviam testemunhado o prodígio. E ele não era o único que estava comovido. Vários outros tiraram seus lenços dos bolsos, incluindo o dr. Durand Flores. Quis se aproximar dele e abraçá-lo como um amigo querido, "meu congênere!", murmurou, um irmão em cujas veias corria o mesmo sangue. A música havia magnetizado as almas de todos ali, a tal ponto que toda e qualquer diferença social, racial, intelectual ou política passava para segundo plano. O pátio do casarão estava eletrizado por uma onda de companheirismo, reinavam a benevolência, o amor. E os seus sentimentos eram compartilhados, não tinha dúvida. Quando Lalo Molfino se levantou da cadeira, muito ereto, magérrimo, com o violão na mão, ouvindo indiferente a ovação que o público lhe oferecia, Toño julgou ver nos sorrisos das pessoas, em seus olhos cintilantes, nas bochechas coradas sinais evidentes de amor fraternal, de amor à pátria.

O cafuzinho de Chiclayo abaixou a cabeça e desapareceu por um dos corredores da casa. Os aplausos continuavam e se ouviam murmúrios. As pessoas pareciam encantadas. Toño Azpilcueta queria apertar a mão, fazer algumas perguntas àquele prodígio da terra. Procurou-o com o olhar, perguntou pelo garoto, mas ninguém sabia responder. O dr. José Durand Flores, feliz, voltara a dar atenção aos seus convidados, enchendo outra vez seus copinhos de pisco. Anunciava a cada brinde o relançamento do conjunto Peru Negro e sua partida iminente para Santiago do Chile. Toño Azpilcueta o abraçou e lhe desejou sucesso na viagem. "Os chilenos vão saber o que é o verdadeiro Peru", disse, emocionado, e saiu em silêncio daquele pátio, daquela casa em Bajo el Puente que nunca mais esqueceria pelo resto da vida. Já podia voltar para casa, satisfeito, e pensar no artigo que naquela mesma noite — ou talvez amanhã bem cedinho — escreveria na Biblioteca Nacional, que ficava no centro da cidade, em plena avenida Abancay. Era lá que ele redigia seus textos e lia os jornais. Já tinha o título da crônica: "Em Bajo el Puente, silêncio sob a ponte".

Nessa noite não pensou em ratos nem em roedores fantasmagóricos invadindo seus sonhos para impedir que dormisse, como acontecia às vezes. Debaixo dos cobertores, olhando para o teto da sua casa, continuava arrebatado pela experiência que vivera ao ouvir Lalo Molfino. A seu lado, Matilde dormia de boca aberta e se mexendo muito, como todas as noites. Ficou olhando para o rosto dela e, por um momento, achou-a tão bonita quanto Cecilia Barraza. Quis acordá-la com beijinhos na bochecha e no pescoço, decidido a fazer amor com o mesmo ímpeto dos velhos tempos, mas Matilde não se deu por aludida. Empurrou-o, ainda adormecida, como se afastasse um bonifrate em algum pesadelo, e virou-se para o outro lado resmungando alguma coisa. Toño Azpilcueta não deixou que isso perturbasse o seu humor. Havia escutado Lalo Molfino. Teria sonhos felizes e amanhã escreveria o melhor artigo da sua vida.

IV

Assim que surgiu a valsa peruana — e isso é um indício claro da velocidade com que ela se espalhou por todas as classes sociais de Lima —, certo número de rapazes bem-nascidos mas de maus hábitos começou a frequentar os famosos cortiços, nos bairros populares, onde eram tocadas, cantadas e dançadas as valsas e aconteciam *jaranas* que duravam dias. Também visitavam os bordéis, nem é preciso dizer, e alguns deles tinham até amantes fixas. Muitas vezes eclodiam brigas coletivas entre os moradores dos cortiços e os recém-chegados. Estes últimos formavam uma fraternidade que chamavam de Palizada, comparando-se à estrondosa explosão dos rios amazônicos que quando cresciam, descontrolados, arrastavam consigo povoados, casas e às vezes até pessoas. Foram apelidados de *faites*, ou seja, arruaceiros.

O grande jornalista Abelardo Gamarra, o Tunante, um ilustre *criollista*, não tinha muito apreço pela Palizada nem pelos *faites*. Assim define estes últimos: "É o sujeito metido a boa-pinta que se gaba de não ter medo nem do diabo; ou o valente que realmente não tem; o *faite* é uma espécie de chefe ou líder tácito, aquele que se impõe na marra". E sobre os integrantes da Palizada, não diz nada de melhor: "O único propósito deles era se divertir, namorar e beber, além de resolver qualquer problema na base da porrada; gastavam o que podiam e o que traziam das suas casas, do jeito que fosse; eram capazes de levar para a noitada as camisas do papai e as anáguas da mamãe... Trocavam socos que era uma maravilha, davam umas cabeçadas e golpes de arrasar, e qualquer valentão que não fizesse parte da turma levava uma pernada e acabava zonzo no chão".

O Tunante também diz que o grupo da Palizada começou a se envolver em política e vendia seus serviços a personagens poderosos desse meio, mas um dos membros da fraternidade, Toni Lagarde, grande amigo do autor destas linhas, me garantiu que isso não é verdade, que os personagens da Palizada nunca fizeram nenhuma incursão na vida política do país.

Assim eram eles, ousados e até ferozes: se envolviam em refregas, incitados por uma virilidade auroral, quando necessário. Em geral eram capitaneados por ninguém menos que Alejandro Ayarza, irmão de *doña* Rosa Mercedes Ayarza de Morales, autora, compositora de valsas e mulher simpaticíssima, que o estudioso Eduardo Mazzini chama de "nossa grande compiladora de canções populares". Outro especialista em valsa peruana, Manuel Zanutelli, confirma essa definição.

Pois bem, *don* Alejandro Ayarza, mais conhecido por seu pseudônimo Karamanduka, líder dessa turma de filhinhos de papai que se extraviaram, compôs uma valsa peruana chamada "A Palizada", cuja letra, segundo Eduardo Mazzini e *don* Manuel Zanutelli, define com perfeição essa turma numerosa. Diz assim:

A Palizada

*Nós somos os mais conhecidos
desta nobre e bela cidade,
somos os mais convencidos
por nossa graça e sagacidade.*

*Reis das festas badaladas
fazemos artes com o* cajón
*e se a questão é dar porradas
também temos disposição.*

Me passa a graninha, a graninha, a graninha, a graninha,
                                                    [*a graninha...*

*Pode esquecer, morena, que não te passo nada.
Me passa a graninha, a graninha, a graninha,
é assim que o Karamanduka
educa a sua rapaziada.*

*Tragam o nosso licor soberano,
tragam os copos sem faltar nenhum,
tragam esse belo licor peruano
que vulgarmente é chamado de rum.*

*Viva os homens de grande valia,
viva o dinheiro, viva o amor,
viva as fêmeas, e viva a orgia,
e a aguardente que dá destemor.*

Me passa a graninha...

*Das chácaras toda tarde
em Puerto Arthur vou parar
e curtir o bom charuto
que* don *Silvério nos dá.*

*Assim passamos noites plenas
com um violão e um* cajón *comum,
assim esquecemos as penas
com o vapor de um gostoso rum.*

Me passa a graninha...

*Para nós nunca existe trabalho,
só* jarana, *farra e diversão
estamos sempre de galho em galho
cantando trovas com o coração.*

*Somos a turma Palizada,
da cidade a mais famosa
de todas a mais renomada
por ser sagaz e graciosa.*

Me passa a graninha...*

---

* No original: "*Somos los niños más conocidos/ en esta noble y bella ciudad,/ somos los niños más engreídos/ por nuestra gracia y sagacidad.// De las jaranas somos señores/ y hacemos flores con el cajón/ y si se trata de dar trompadas/ también tenemos disposición.// Pásame la agüilla, la agüilla, la agüilla, la agüilla, la agüilla.../ Yo no te la paso, morenita, ni de raspadilla.// Pásame la agüilla, la agüilla, la agüilla,/ que así la educa a su muchachada/ el Karamanduka.// Vengan copitas de licor sano,/ vengan copitas sin dilación,/ venga ese rico licor peruano/ que vulgarmente le llaman ron.// Vivan los*

Diz a tradição que essa valsa e sua letra foram compostas pelo próprio Karamanduka numa tarde em que ele e os membros da Palizada estavam presos, provavelmente por seu comportamento inadequado em alguma *jarana*, que na certa deve ter culminado com socos e pontapés, coisa bastante frequente tratando-se de peruanos briosos, de filhotes da nação alimentados com o mais elevado sentimento patriótico. Dizem também que quando Karamanduka pediu ao comissário que os libertasse, o oficial o desafiou dizendo que só os soltaria se ele compusesse na hora uma valsa com uma letra muito bonita. Karamanduka conseguiu fazer essa valsa em alguns preciosos minutos.

A Palizada foi a passagem para a liberdade daqueles rapazes indóceis. Vou relatar nestas páginas o romance que surgiu entre um deles, o mencionado Toni Lagarde, e a pretinha Lala, musa de um dos cortiços dos Barrios Altos, cuja união, cujo amor imperecível, é uma prova empírica que confirma a hipótese que o leitor encontrará neste tratado.

E assim foi se espalhando pelo Peru a prodigiosa valsa peruana, ponto culminante da nossa música *criolla*, que hoje é tocada e dançada em todo o país. Gonzalo Toledo, em uma das ótimas crônicas que escreve no jornal *El Comercio*, conta que na bela cidade de Huancayo, banhada pelo rio Mantaro, também existia uma Palizada — a chamada Palizada Huanca, em homenagem à cultura indígena que floresceu na região antes dos incas —, formada por médicos, advogados e funcionários públicos que, sem dúvida, eram mais comportados e educados que seus modelos de Lima.

Foi percorrendo aquelas mesmas ruas da velha Lima em busca dos cortiços mais famosos da nossa cidade — ou seja, os que tinham mais relação com a música *criolla* — que tive minha experiência mais

---

hombres de gran valía,/ viva el dinero, viva el amor,/ vivan las hembras, viva la orgia/ y el aguardiente que da valor./ Pásame la agüilla…// De las chacritas todas las tardes/ a Puerto Arthur voy a parar/ a deleitarnos con el buen puro/ que don Silverio nos suele dar.// Así pasamos noches contentos/ con la guitarra, con el cajón,/ así olvidamos los sufrimientos/ con los vapores del rico ron.// Pásame la agüilla…// Para nosotros ya no hay trabajo/ sino jaranas y diversión/ y andamos siempre de arriba abajo/ cantando coplas por afición.// Nosotros somos La Palizada/ más conocida de la ciudad./ Somos la gente más renombrada/ por nuestra gracia y sagacidad.// Pásame la agüilla…". (N. T.)

trágica com os ratos. Minha amada Lima, é preciso admitir, tem esse defeito. E não é a única, porque essa praga atinge todas as grandes cidades antigas, como Paris, que conta tantos séculos de existência e abriga milhões de ratos no seu subsolo. Em Lima, que não foge à regra, um dia eu visitava o ilustre bairro dos negros, Malambo, e ao entrar em um cortiço velhíssimo, quase em ruínas, para bisbilhotar um pouco, de repente senti no meu ombro direito algo que tinha se soltado do teto da casa meio desmoronada onde estava. Pensei que fosse um pedaço de tijolo e, sem olhar, afastei aquilo com um gesto brusco, mas continuei a sentir o peso e resolvi conferir o que havia no meu ombro. Levei um susto que paralisou o meu coração por alguns instantes: ali, ao meu lado, ainda aturdido pelo susto e pela pancada que levara, vi um horrível e gordo rato cinzento, ainda abrindo seus olhos vesgos. Senti que ficava sem fôlego e consegui lhe dar outro tapa. O animal caiu no chão, também aterrorizado — talvez mais do que eu —, e assim ficou por alguns segundos antes de correr e se esconder debaixo dos detritos espalhados pelo chão.

Como todo grande país, o Peru tem essas pequenas máculas. Os ratos trazem corrupção, doença e fraqueza, enfraquecem o espírito coletivo que a música forjou. Mais que uma questão estética, eliminar esses bichos é uma prioridade moral. Faço aqui um apelo ao bom senso das autoridades competentes.

V

Já haviam se passado alguns meses desde aquela noite em Bajo el Puente, e Toño Azpilcueta nunca mais ouvira falar de Lalo Molfino. Pensou que a imprensa especializada cobriria a turnê do grupo Peru Negro pelo Chile, mas o tempo correu e não viu nada, embora toda semana ficasse pontualmente esperando as revistas nas bancas para folheá-las em busca de alguma notícia. Depois correu o boato de que o chiclaiano tinha saído do Peru Negro para tocar com Cecilia Barraza, e foi por esse motivo que decidiu marcar uma conversa com ela no Bransa, ali na Plaza de Armas, onde gostava de tomar seu café da manhã quando as finanças permitiam. Só de pensar nela, seu coração batia mais forte. Como sempre que arranjava alguma desculpa para falar com Cecilia Barraza, estava tenso, ansioso, e por isso teve alguma dificuldade para reconhecer o dr. José Durand Flores quando o viu se aproximar da sua mesa. Ele estava de óculos, gravata, e com um terno que parecia apertado em seu corpo. Tinha um aspecto enorme e desarticulado ao lhe estender a mão.

— Está sozinho? — perguntou. — Posso me sentar e tomar café com o senhor?

— É uma honra — disse Toño, levantando-se e fazendo uma reverência. — Tenho uma dívida de gratidão que não sei como pagar. O senhor me proporcionou uma noite maravilhosa em companhia de Lalo Molfino.

O dr. Durand Flores bufou e se deixou cair numa cadeira que rangeu sob seu peso.

— Aqui servem uns *chancays* com um queijinho da serra que são de lamber os beiços — disse, balançando a cabeça, como se quisesse esquecer aquela *peña*, Lalo Molfino e tudo o que lhe havia acontecido desde então.

Pediu ao garçom o petisco que o fazia salivar e uma bela xícara de café com leite.

— Antes eu tomava chocolate quente — disse, mudando de assunto e fazendo um ar de desgosto. — O único chocolate bom que temos no Peru é o de Cusco, mas muito difícil de achar.

Toño Azpilcueta ignorou o comentário e voltou ao assunto que considerava relevante, Lalo Molfino, sua turnê pelo Chile. Como reagiram aquelas pessoas que não tinham a sorte de poder se designar como peruanos? Haviam se rendido ao talento de Lalo Molfino? Seu violão conseguira domar o feroz sangue mapuche? Sem muita disposição para se aprofundar no assunto, o dr. Durand Flores lhe disse que havia sido um grande fracasso. O conjunto Peru Negro acabou se dissolvendo e não, ele não queria se estender muito nem entrar em detalhes.

— Viajo para Paris na quarta-feira, lá vou poder beber chocolate outra vez — continuou. — E espero não voltar a Lima por muito tempo. Nem ao Peru.

Disse isso com uma cara de desgosto tão profundo que Toño Azpilcueta, entendendo como o dr. José Durand Flores estava incomodado com aquela história, ficou em silêncio.

— Só queria lhe dizer que nunca esqueci aquela noite em Bajo el Puente — falou Toño, após um silêncio prolongado. — Graças ao senhor e ao violão de Lalo Molfino. Não consigo tirar isso da cabeça. Eu não sabia para onde ligar para lhe agradecer.

Haviam lhe trazido o café com leite e os dois *chancays* com queijo da serra, que o dr. Durand Flores examinou, aprovando com a cabeça. Não era um homem gordo, mas rechonchudo da cabeça aos pés. Tinha uma voz suave, amável e tranquilizadora.

— Espero que tenha lido meu artigo na *Folklore Nacional* — continuou Toño Azpilcueta.

— Não, não cheguei a ver — respondeu o dr. Durand Flores, preparando-se para engolir o primeiro *chancay*, no qual acabara de dar uma grande mordida. — Estou tentando esquecer aquela noite em Bajo el Puente.

— E eu vou me lembrar dela até o fim da vida — disse Toño. — Acho que ouvir Lalo Molfino foi a experiência musical mais rica que já tive. Nunca mais ouvi falar nele. Nem sequer me agradeceu pelo artigo laudatório que escrevi sobre sua apresentação.

— Com certeza não leu, porque acho que Lalo não lia — replicou o dr. Durand Flores. — Não sabia que o garoto morreu? Alguns dizem que se suicidou.

Toño Azpilcueta sentiu que seu coração parava, que seu mundo estava acabando naquele momento. Lalo Molfino, morto? Suicídio? Achou que ia chorar e teve que abrir bem os olhos para evitar que ficassem úmidos. As lágrimas e a fantasia com os ratos eram suas principais fraquezas. Diante dele, o dr. José Durand Flores mastigava com um prazer evidente e bebia golinhos de café com leite da sua xícara.

— Era um garoto muito estranho — disse de repente, mastigando com força. — Eu o contratei porque tocava daquele jeito. Mas lá no Chile deu muita dor de cabeça. Não conversava com ninguém, não queria se apresentar em grupo, só sozinho. Um pesadelo. Todos os meus negrinhos o odiavam porque achavam que ele os desprezava. Na verdade, nem percebia que os outros existiam. Acho que Lalo Molfino era o sujeito mais vaidoso do mundo. Ele se considerava o melhor violonista do Peru. Bem, na verdade era mesmo, não?

— Acho que sim, senhor — disse Toño Azpilcueta, ainda sem aceitar que aquele cafuzo magrinho de sapatos de verniz havia morrido. E perguntou, com uma voz rasgada: — Como foi que morreu?

— Tuberculoso, acho. Tinha os dois pulmões perfurados, além de outras doenças — explicou o dr. Durand Flores. — Não comia nada, é claro. Mas correu em Lima a notícia de que tinha se suicidado. Eu não estava aqui, estava em Santiago, tentando pagar as dívidas da turnê. Perdemos todo o dinheiro que investimos no Peru Negro. Como negócio, foi um verdadeiro desastre. Para mim e para os meus sócios.

Toño Azpilcueta o atacou com mil perguntas.

— Não ouvi muita coisa, só fiquei sabendo que aconteceu aqui em Lima, pouco depois de voltar do Chile. Foi uma morte repentina, no Hospital Operário, onde parece que o aceitaram por milagre. Que pena, não é mesmo? Uma grande perda.

Terminou de comer e levantou a mão para pedir a conta.

— Já vai embora, doutor? — perguntou Toño, um pouco tentado pelo aroma dos *chancáys* com queijo da serra que ainda sobrevoava a mesa.

— Às quarta-feiras, preciso contar os minutos.

— O senhor vai fazer falta no Peru, doutor — disse Toño Azpilcueta, e em seguida, depois de hesitar por um instante, passou do lamento à censura. — Com todo o respeito, não sei o que os intelectuais deste país perderam na França. Não se aprende nada de bom com esses franchinotes. Veja só o César Moro: quando o devolveram, tinha virado um verdadeiro maricas. E com certeza não foi o único. Todos os que saem do país voltam se achando melhores, e só para falar mal do Peru.

O dr. Durand Flores estava quase engasgando, ou rindo, ou as duas coisas ao mesmo tempo. Deixou algum dinheiro sobre a mesa e estendeu a mão para Toño.

— Tenha uma ótima manhã, estimado.

— E o senhor, uma boa viagem, doutor — disse Toño Azpilcueta, recuperando a solenidade. — Espero vê-lo de volta à pátria em breve. Já perdemos o Lalo Molfino, esperamos não perder o senhor também.

Depois Toño o viu sair do Bransa, flácido e enorme, sempre apressado, depois de pagar a conta. E satisfeito, com certeza, depois de tomar aquele ótimo café da manhã. Já ele, por seu lado, estava arrasado. Lalo Molfino morto, talvez suicídio! Naquela noite teria pesadelos com roedores, era inevitável. Sentia que a humanidade havia perdido um desses talentos que justificam a passagem do homem pela terra. Agora que tinha recebido essa notícia, para que continuar esperando Cecilia Barraza? Marcou aquela conversa porque, nas inúmeras indagações que fez sobre Lalo Molfino, lhe disseram que Cecilia o despediu da banda quando descobriu que estava apaixonado por ela. Seria verdade? Ou eram apenas fofocas sem fundamento? Não tinha mais sentido tentar descobrir. O que precisava fazer agora era pedir desculpas a Cecilia por ter marcado aquele encontro tão cedo e esquecer Lalo Molfino de uma vez por todas.

Mas quando Cecilia Barraza chegou ao Bransa, meia hora depois, Toño Azpilcueta continuava sentado à mesma mesa, sem ter parado de pensar nem por um segundo, com uma tristeza imensa, naquele garoto cafuzo que ouvira tocar violão de um jeito que tinha engrandecido a sua vida, ou, sendo mais preciso, a tinha virado de cabeça para baixo. A chegada de Cecilia melhorou um pouco seu estado de ânimo. Era a única amiga de verdade que tinha no meio artístico *criollo*, pelo menos era o que gostava de pensar. Sempre fora apaixonado por ela, mas nunca lhe fez nenhuma insinuação. Era um amor secreto, que escondia no fundo do coração, convencido de que Cecilia era muito superior a ele, verdadeiramente inatingível. Escrevera muitos artigos sobre ela, sempre a enaltecendo, falando da sua elegância refinada ao cantar, do seu jeito de se vestir e da sua delicadeza ao andar pelo palco. Seus discos, sim, tinha conservado, e os ouvia extasiado, sempre só, porque de todas as cantoras *criollas* Cecilita era, de longe, a que Matilde mais detestava.

— Por que está tão pálido? — ela perguntou. — Parece que você vai desmaiar, Toño.

— Pepe Durand esteve aqui, tomando café comigo — respondeu. — E me deu uma notícia terrível. Tão terrível que eu quase desmaiei, na verdade. Ele me disse que o Lalo Molfino morreu.

— Você não sabia? — perguntou Cecilia.

Estava, como sempre, elegante, com um xale de tecido leve, botas altas de couro e uma bolsinha debaixo do braço, da mesma cor do seu impermeável. Muito bem maquiada. Parecia ter acabado de sair do banho, e aqueles olhinhos vivos, tão cheios de luz, cintilavam profusamente quando se acomodou numa cadeira ao lado de Toño. Ele olhou suas mãos, que pareciam ter acabado de sair da manicure. E, ainda meio atordoado, pensou como seria feliz se tivesse se casado com uma mulher bonita como aquela ali ao seu lado. Mas voltou de imediato aos pensamentos lúgubres. Lalo Molfino, morto? Não dava para acreditar.

— Esta nossa conversa era para falar sobre Lalo Molfino — explicou Toño, com a voz alterada. — Mas agora tanto faz. É verdade mesmo? O cafuzinho estava apaixonado por você?

— Era o que diziam — reconheceu Cecilia, sorrindo sem dar muita importância à fofoca. Depois falou baixinho, para que as pessoas sentadas nas mesas próximas não ouvissem. — Na verdade, ele nunca me disse nada. Lalo era muito tímido, talvez não tivesse coragem. Nunca me fez sequer um galanteio. Só me tratava por senhora. E olha que passou quase dois meses no conjunto. Você não imagina as dores de cabeça que me deu.

— Então você o conheceu bastante bem — concluiu Toño, decidindo-se enfim a tomar um gole do seu chá de camomila que, como já esperava, estava gelado. Cecilia tinha pedido um chá preto com limão e uma garrafinha de água mineral, o mesmo de sempre.

— Ele era um gênio, claro — disse ela. — Mas, ao mesmo tempo, também era arrogante, vaidoso, uma pessoa muito difícil. Um neurótico como nunca tinha visto antes. Às vezes se recusava a tocar com o resto do grupo, queria números sozinho. Na banda todos o detestavam e o chamavam de "o único" porque nunca conversava com ninguém, a impressão que tinham era que sempre os olhava de cima para baixo. Agora, sem a menor dúvida, tocava maravilhosamente. Mas se eu não o mandasse embora perderia o resto da banda. Só no último dia, quando veio se despedir, achei-o um pouco triste. "Dedico a você meu silêncio", ele me disse, e saiu quase correndo. Não sei o que quis dizer com isto: "Dedico a você meu silêncio". Dá para entender?

— Quando o ouvi tocar violão em Bajo el Puente, se fez um silêncio como aqueles que às vezes acontecem nas touradas — disse Toño. — Acho muito comovente que ele tenha lhe dito "Dedico a você meu silêncio", Cecilia. É óbvio que estava apaixonado.

Toño a observou. Continuava jovem, a Cecilia. Lembrou-se dela ainda garota, quando o Negro Ferrando a revelou em seu programa da Rádio América, com aquela vozinha tão doce e aqueles olhos. Quantas vezes a tinha entrevistado ou escrito sobre ela, elogiando-a? Dezenas, talvez centenas de vezes. E não se arrependia, porque Cecilia nunca havia decepcionado os seus admiradores.

— Marquei este encontro porque queria perguntar como poderia entrar em contato com Lalo Molfino — confessou Toño, encolhendo os ombros. — Eu queria conhecê-lo, entrevistá-lo. Pobre rapaz. O dr. Durand Flores me deixou arrasado e confuso. Agora acho que não faz mais sentido continuar pesquisando.

— Bem, eu posso contar algumas coisas sobre Lalo — disse Cecilia, abrindo e fechando os olhos cheios de brilho. — Ele era um gênio tocando violão, mas um gênio esquisito, muito esquisito. Nunca saía, por exemplo. Quero dizer, para passear, como todos nós. Conhecer os lugares onde íamos tocar. Estivemos em Ica, Arequipa, Puno e Cusco. Todo mundo fez vários passeios. Menos ele. Não quis ver nem o lago Titicaca. Se trancava no quarto do hotel e ficava trocando as cordas ou afinando o violão. E assim passava o dia inteiro. Não acredita? Pois eu juro. Ele não tinha o menor interesse em fazer turismo, nem em ver ninguém. A única coisa que lhe interessava na vida era o violão. Passava os dias e as noites mexendo nas tarraxas, envernizando o instrumento, passando óleo. Vivia para aquele violão.

— Então você o expulsou da banda — disse Toño. — Mesmo sendo um gênio.

— Ele se dava muito mal com todo mundo, os outros músicos o detestavam. Reconheciam o talento dele, claro, mas achavam que era meio maluco. Eu pensava que não era bem assim. Não sabia se ele fazia pose ou era mesmo daquele jeito.

— Como você soube da morte dele?

— Alguém me disse que ele estava muito doente e tinha sido internado no Hospital Operário — contou Cecilia. — Então fui visitá-lo.

Estava destruído, e Cecilia mal o reconheceu quando entrou na enfermaria, onde havia muitos outros doentes. O médico lhe disse que era melhor não tocar nele e que de jeito nenhum pensasse em beijá-lo; Lalo estava tomado pela tuberculose e não duraria muito. Cuspia sangue o tempo todo. Morreria a qualquer momento, e o hospital não havia localizado nenhum parente. Cecilia foi até a cama, mas ele estava de olhos fechados e não os abriu enquanto a cantora permaneceu lá.

— Ele sempre foi magrinho — continuou Cecilia. — Mas tinha emagrecido muito mais... Era só pele e osso. Estava dormindo, ou assim parecia. Talvez não quisesse conversar com ninguém. Alguns dias depois voltei ao Hospital Operário e ele já tinha morrido. Como não apareceu ninguém para reclamar o corpo, foi enterrado numa vala comum.

— Numa vala comum? — indagou Toño Azpilcueta, escandalizado. Ainda não conseguia aceitar. Sentiu um desânimo imenso, uma angústia queimando seu peito. Naquela noite os pesadelos seriam piores do que de costume.

— Pelo menos foi o que me disseram no Hospital Operário. Não perguntei mais nada. Parece que é o que fazem quando os restos mortais de um paciente não são reclamados por ninguém: enterram numa vala comum. Eu não gosto de ficar perguntando coisas sobre os mortos. Pobre garoto. Ninguém sabia nada sobre ele. Talvez não tivesse família. Era de Chiclayo, pelo que diziam.

— Sim — falou Toño —, ele era de Chiclayo. Bem, não exatamente da cidade. Parece que nasceu nos arredores, em Puerto Eten.

Os dois ficaram em silêncio por um bom tempo. Toño não disse nada porque tinha a impressão de que, se falasse alguma coisa, seria com a voz embargada e acabaria fazendo um papel ridículo na frente de Cecilia. Estava tão comovido que a vontade de chorar não passava. E por causa de uma pessoa com quem nunca trocara uma palavra na vida! Emocionado, tomou uma decisão crucial naquele momento: escreveria um livro sobre Lalo Molfino, do jeito que fosse. Pesquisaria em jornais e revistas, conversaria com todos que o conheceram em vida. O livro seria uma homenagem ao enorme talento de Lalo, mas também seria muitas outras coisas. Finalmente exporia as ideias sobre valsa peruana que vinha amadurecendo havia tanto tempo enquanto via o efeito que a música provocava no público, sobretudo a de Lalo Molfino naquela noite, em Bajo el Puente. Mesmo que não encontrasse editora, escreveria: aqui no Peru nasceu o melhor violonista do mundo. A proximidade de Cecilia fazia seu coração bater mais rápido que o normal, e isso lhe dava coragem. Ela exalava um cheiro bom, de água fresca e aromas delicados. E estava sempre sorridente, linda e graciosa. Toño se sentia emocionado até a medula por saber que aquele guitarrista excepcional fora jogado numa vala comum porque ninguém reclamou o seu cadáver. Nem mesmo a morte do professor Hermógenes A. Morones, o grande punense, lhe doera tanto. Lembrou-se do velório. Estava cheio de gente, até o presidente da República enviou uma coroa de flores. Que diferença. Aquilo não estava certo, não era justo. Mesmo que tivesse que tirar dinheiro do próprio bolso para publicá-lo, escreveria o livro sobre a música peruana. Seria uma homenagem póstuma ao violonista e uma contribuição para solucionar os grandes problemas nacionais.

VI

Ninguém sabe quando nasceu o costume do povo limenho de ir dançar, cantar e passar um belo dia de diversão e folguedo em Pampa de Amancaes; só se sabe que a princípio era uma festa religiosa, celebrada no dia 24 de junho de cada ano. As aquarelas de Pancho Fierro, do século XIX, nos dizem que essa festa é muito antiga, talvez de cento e cinquenta anos atrás, e era nela que os limenhos iam enterrar o Ño Carnavalón que presidira o carnaval anterior. Alguns até diziam que o padre Bernabé Cobo dedicou um capítulo da sua *História del Nuevo Mundo*, de 1653, a narrar a variedade de gente que aparecia nos festejos dessa época. E o historiador Raúl Porras Barrenechea relata que deparou com a lenda de um eremita, falecido em odor de santidade, que deu início à celebração dessas romarias a Amancaes. Conta-se também que um rico minerador de Potosí, Aurelio Collantes, construiu lá uma capela dedicada a são João de Latrão, onde se celebrava o dia de São João e eram recebidos os cavaleiros cruzados.

Na verdade, ninguém sabe muita coisa com alguma certeza. Há fantasias de todo tipo sobre essa origem. Mas o importante é que, quando brotavam aquelas insólitas flores amarelas em Pampa de Amancaes, todos os limenhos, de qualquer classe social, dos mais endinheirados até os mais humildes, subiam a encosta carregando os seus mais diversos instrumentos musicais e assim que se acomodavam começavam a tocar. Sempre havia crianças e cachorros correndo por entre os grupos e, claro, os rapazes que vinham a cavalo aproveitavam para exibir seus animais e, às vezes, fazê-los dançar. Era assim que atraíam a atenção das moças na frente dos pais. É bem provável que tenha sido ali, em Amancaes, que nasceu a valsa peruana. As primeiras fotos tiradas em Lima confirmam isso.

Todos os testemunhos coincidem. Pampa de Amancaes era

frequentada por todos, dos branquinhos mais metidos a besta até os indígenas *patacala*, que já estavam começando a esquecer o quíchua e arranhar o espanhol. E também os chineses, os japoneses, os espanhóis e outros estrangeiros. Todas as línguas podiam ser ouvidas lá. E todo mundo se encontrava, dos antigos violonistas que vinham dos primórdios da valsa peruana, como José Ayarza y Gómez Flores, Pedro Fernández, Luis A. Molina e outros ilustres representantes da Velha Guarda — a geração de Felipe Pinglo Alva —, até *doña* Rosa Mercedes Ayarza de Morales, que compilou dezenas, talvez centenas, de canções peruanas e as apresentou ao público no palco do Teatro Politeama. Era lá que as crianças e os adolescentes aprendiam com os mais velhos a dançar o Baile dos Diabinhos — que ninguém sabe até hoje como era, e provavelmente nunca se saberá —, a tocar violão, gaita, viola de mão e a montar nos potros que disputavam corridas no meio da multidão.

Don Pedro Bocanegra, por exemplo, era famoso pelas serenatas que fazia em toda a cidade de Lima nos dias de aniversário dos mais velhos e das meninas. A força da sua voz o precedia pelas ruas, e todo mundo o cumprimentava como ilustre representante da Velha Guarda que era. O baixo severo dos seus bordões abria todas as portas, e sua voz varonil fazia com que aquelas serestas reunissem multidões. Depois, já ao amanhecer, *don* Pedro voltava para o seu quarto, no cortiço Del Pino, que ficava na Calle Patos, porque, dizia, "tinha vivido uma noite de boemia". Era um dos participantes da excursão a Amancaes que todo mundo respeitava. E havia vários como ele.

Em Pampa de Amancaes eram feitas muitas serenatas; os namorados aproveitavam para cativar suas amadas e, ao mesmo tempo, ser conhecidos e aceitos pelas boas famílias. E as moças, nem é preciso dizer, ficavam orgulhosas com aquelas cantorias, que às vezes duravam horas, ou dias, e serviam para preparar suas famílias severas daquela época, tão católicas que suas vidas transcorriam entre nascimentos, lutos, enterros e procissões.

As fotos mais antigas mostram gente ilustre como Juan Francisco Ezeta e Pedro Fernández naqueles lugares frequentados pelos mais pobres, que dançavam o Baile dos Diabinhos de pés descalços. Não fica claro se esses cortejos representavam os diabos fugindo do cemitério (e do inferno) ou se os casais que dançavam queriam devolvê-los ao averno, no fundo da terra, para que lá apodrecessem até o fim dos tempos. Isso dava a Amancaes um certo laivo religioso de tonalidade maligna, mas, quanto ao resto, essa festa popular, frequentada por milhares e milhares de pessoas e às vezes até por presidentes da República, era das mais felizes. As famílias se preparavam com antecedência, engomando e ajeitando os vestidos, preparando fartos comes e bebes para os dois ou três dias que passariam lá em cima, perto das nuvens, onde um manto de flores amarelas caía sobre os rostos das moças e dos cavalheiros.

Quando Chabuca Granda criou aquelas lindas valsas que rodaram o mundo evocando as celebrações em Pampa de Amancaes, o lugar já estava morto e enterrado. A cidade tinha avançado e recortado o espaço de Amancaes onde antes acontecia a festa. E as novas construções aos poucos reduziram o perímetro em que se dançava e cantava no passado.

Hoje, o passeio a Amancaes é mais uma ideia que uma realidade. Uma ideia de bem-estar e confraternização entre os limenhos de todas as classes sociais, raças e cores, que lá se reuniam para curtir e se divertir. Em meio às músicas que eram tocadas e as danças que eram dançadas, foi surgindo misteriosamente naquelas tardes uma dança mágica, a valsa peruana, que ninguém inventou, que foi emanando pouco a pouco, como um laço que unia toda aquela gente, tão dividida e separada por múltiplos preconceitos, mas que, nos dias de Amancaes, esquecia todas as suas prevenções sociais e se dispunha a amar seus semelhantes, relaxar junto com eles e se divertir.

Tudo nos faz pensar que os conflitos eram mínimos em Pampa de Amancaes: os participantes de alguma confusão, de alguma briga ou mesmo uma discussão eram logo separados, e as boas palavras acabavam prevalecendo sobre as más. Todo mundo confraternizava e, de alguma forma, se gostava: assim era o Peru.

Mais tarde, impulsionados pelo sucesso das polcas e das canções de Chabuca Granda, os governos e o povo quiseram ressuscitar esses bons tempos, apelando para velhas glórias como os violonistas Alcides Carreño e Alberto Condemarín. Mas não havia mais espaço. O crescimento da cidade encolheu o Pampa até reduzi-lo ao que é hoje, um pequeno parque semissufocado por prédios, estacionamentos e construções modernas. Contudo, num passado remoto, certamente foi em Pampa de Amancaes que nasceu a valsa peruana, uma música que, acima de todos os preconceitos e anátemas, iria unir os peruanos e lhes dar uma sólida base musical sobre a qual se forjaria, sem que ninguém pedisse, uma conexão entre todos os naturais desta terra, coisa que agora nos faz sonhar. Esta é a minha mais firme convicção e, até que se prove o contrário, continuarei acreditando nela.

VII

Toño Azpilcueta sabia que ia gostar dos grandes areais da costa peruana, ao sul e ao norte de Lima. E de fato lá estavam eles, em volta do ônibus da Roggero que o levava de Lima a Chiclayo. Ele não tinha viajado muito pelo Peru, só havia ido a Cusco, de avião, e uma vez a Trujillo, também de avião, convidado pelo Clube Liberdade e por um simpático figurão da cidade, Guillermo Ganoza, para ser membro do júri do Festival de la Marinera que, diga-se de passagem, vinha fazendo um enorme sucesso desde a sua criação, em 1960.

Mas nunca tinha visto aquela paisagem de bancos de areia enormes amarelo-pálidos, às vezes meio acinzentados, com as ondas espumosas do mar à esquerda, e à direita, já despontando, os contrafortes da cordilheira dos Andes que tantas vezes imaginara com a ajuda de fotografias ou dos textos de história que, esses sim, ele lia e relia.

Lá estavam aqueles formidáveis e intermináveis areais que se estendiam até a fortaleza de barro de Chan Chan, para lá de Trujillo, uma antiquíssima cidade de adobe onde os antigos peruanos enterravam os seus mortos, humanos ou animais, suas tangas, seus bonequinhos, seus cordões de nós — tudo o que florescia de leve, gracioso e original nas pequenas culturas do litoral e não existia nas grandes culturas das montanhas, que eram civilizações guerreiras, conquistadoras: primeiro os aimarás, depois os incas, que não tinham tempo para desperdiçar tecendo os suntuosos mantos de asas de pássaros de Paracas, destinados à pura contemplação e ao prazer. Toño não se cansava de admirar aquelas praias de ondas bravias querendo comer vivas as pedras que desciam da cordilheira.

Estava contente. Fazia dias que não tinha pesadelos, nem de dia nem de noite, com aqueles bichos repugnantes, e agora, finalmente, graças a um empréstimo do seu compadre Collau, conseguia fazer a viagem para Chiclayo e Puerto Eten. Certa manhã, depois de ouvi-lo falar durante várias noites sobre a triste e breve vida daquele violonista chiclaiano, o chinês Collau apareceu em sua casa, parecendo um pouco abatido, evitando o seu olhar, com uma das mãos no bolso.

— Vim fazer uma boa ação para você — disse ele. Toño imaginava que os dois tinham a mesma idade, mas todos os chineses, jovens ou velhos, aparentavam aquela mesma idade indefinível, e Collau não era exceção.

— Foi boa a nossa conversa de ontem à noite, não foi? — lembrou Toño Azpilcueta. Ele tinha se soltado, falando pelos cotovelos sobre Lalo Molfino e a *huachafería*.* — Acho que me excedi e falei até dos incas e do Tahuantinsuyo. Não foi mesmo, compadre?

— Foi sim, falou mais que um papagaio — concordou Collau, com um fiozinho de voz. — Tanto que mais tarde passei um bom tempo sem conseguir dormir, pensando na história que você contou. Nós ficamos comovidos, compadre. Que triste aventura, a história desse rapaz. Principalmente se estava apaixonado pela Cecilia Barraza. E que bonito o que disse a ela quando se despediu: "Dedico a você meu silêncio".

— É que eu fico muito emocionado quando falo de Lalo Molfino, vêm até lágrimas aos meus olhos, compadre — respondeu Toño, dando uma palmadinha nas costas do chinês. — E afinal qual é essa boa ação, posso saber?

Os dois eram amigos desde que construíram, com as próprias mãos, suas casinhas no bairro, anos antes, com apoio de um abnegado prefeito espanhol chamado Michel Azcueta, naturalizado peruano, que era diferente de todos os outros. Nenhum dos dois tinha títu-

---

* A palavra *huachafería* (e, em consequência, seu derivado *huachafo/a*) é crucial neste livro. Seu sentido é extensamente discutido mais à frente, ao longo de muitas páginas. Adiantemos provisoriamente aqui, para orientar a leitura — pois seria temerário tentar traduzir o termo —, o seguinte comentário do próprio narrador: "[...] é um absurdo considerar essa palavra sinônimo de cafonice, como fazem alguns dicionários, em especial o dicionário de peruanismos. Não, a *huachafería* peruana é mais do que algo apenas cafona: é uma maneira de entender o mundo de uma forma diferente, um pouco mais ingênua e mais terna que as outras, menos culta porém mais intuitiva, e muito característica de cada classe social". (N. T.)

lo de propriedade, mas, se as palavras do prefeito se confirmassem, não demoraria. Eles costumavam conversar à noite, mas a mulher de Collau, Gertrudis, uma montanhesa baixinha de Ayacucho, mãe de suas três filhas, não costumava participar. Às vezes saía de sua casa, olhava para os dois, muda e taciturna, e voltava a entrar.

— Vou te emprestar cinco mil soles, irmão — respondeu o amigo Collau, um pouco constrangido, desviando os olhos e quase gaguejando. — Para você escrever o livro que tanto quer fazer sobre Lalo Molfino e as coisas do Peru. Para ir a Chiclayo e descobrir como foi a vida desse sujeito. Escreve esse livro, meu irmão. Se contar a história como nos contou ontem à noite, com certeza vai fazer muita gente chorar. Viu que sua mulher também estava derramando lágrimas?

Toño não sabia o que responder. Ele estava mesmo lhe emprestando cinco mil soles? O que dera em Collau? Era a primeira vez que isso acontecia, e os dois se conheciam havia muitos anos.

— Vou te emprestar esse dinheiro porque depois você me fez chorar também, compadre, quando já estava na cama. Quem diria, eu que não sou nada sentimental. Mas fiquei comovido com as coisas que você contou sobre esse rapaz, de quando estava agonizando no Hospital Operário. Ainda mais sendo o grande violonista que foi — disse o chinês.

Toño Azpilcueta não sabia o que dizer; a iniciativa de Collau o apanhara completamente de surpresa. Agora poderia ir a Chiclayo, descobrir como foi a infância de Lalo Molfino em Puerto Eten, entrevistar muita gente. Seria o primeiro e último livro que escreveria, porque o trabalho levaria anos, ou pelo menos vários meses. Sentiu um nó na garganta. Viu que Collau sorria.

— Vai aceitar ou não? — ouviu-o dizer, bem próximo a ele. — Quer esse empréstimo ou não, compadre? Você ficou calado, não sei como interpretar. Aliás, a Gertrudis também concorda com essa ajudinha, Toño. Minha mulher é um pouco seca, mas muito sentimental. Como todas as de Ayacucho.

— Eu fiquei mudo com a sua generosidade, Collau. Você realmente disse o que ouvi? Cinco mil soles? Vai mesmo me emprestar?

— Claro que vou, compadre — confirmou o chinês Collau. Tirou a mão do bolso da calça e pôs uma pilha de notas amassadas sobre a mesa. — Está aqui, amigo. Para você fazer o Peru inteiro chorar, como fez a noite passada comigo e com Matilde.

Toño havia contagiado o chinês Collau com seu entusiasmo. A paixão transbordante com que falou de Lalo Molfino e da importância da música *criolla* para a unificação do Peru não apenas amoleceu sua alma, mas o fez se sentir parte de uma empreitada que dignificava o povo peruano. Mesmo não sendo um sentimental como aqueles *criollos* que frequentavam os saraus, o amigo se comoveu ao ouvi-lo dizer, com uma firmeza que beirava a exaltação, que a *huachafería* e a valsa peruana, dois fenômenos indissolúveis, eram as grandes contribuições do país à cultura universal. Essa ideia, além de bonita, merecia ser registrada em um livro. Por isso pôs à disposição de Toño aqueles soles que representavam todas as suas economias.

— Nunca vi tanto dinheiro junto — disse Toño, contando as notas. — Ainda não consigo acreditar, compadre. Tem certeza de que vai me emprestar mesmo, irmão? Não sei quando poderei devolver.

— Não se preocupe com isso — riu Collau. — É um empréstimo sem prazo predeterminado. Você me paga quando puder, e se não puder não tem problema. Guarda bem o dinheiro e escreve esse livro, pelo amor de Deus, Toño.

— Agora estou convencido de que Deus e o céu existem — disse Toño para Matilde, sua mulher, acariciando entre os dedos as notas que Collau lhe dera. — Porque esse Collau, se o céu existe, vai para lá, posso garantir.

Quase não conseguia expressar toda a felicidade que sentia. Sua voz saía com dificuldade.

Graças a esse gesto do amigo, Toño estava agora em Puerto Eten. Tinha confirmado que Lalo Molfino não nascera em Chiclayo, e sim ali, e que foi nesse pequeno porto que passou a infância e provavelmente descobriu os segredos do violão. Quem terá sido seu professor? Deve ter tido algum. E para a sua pesquisa era indispensável encontrá-lo.

Não conhecia ninguém em Puerto Eten, mas lhe disseram que era uma cidade pequena, onde chegavam os trens da serra e dos arredores. Toño presumia que todo mundo ali devia conhecer Lalo, porque, se não estava equivocado em sua avaliação, a existência do músico foi o acontecimento mais importante para os habitantes daquela localidade em toda a sua história. Bastaria mencionar o nome para ser recebido de braços abertos, centenas de pessoas que o tinham conhecido lhe dariam todas as informações de que precisava. Naquela rápida visita, de apenas dois ou três dias, conseguiria muita informação, não tinha dúvida.

Não conseguiu comprar em Lima passagem de ônibus ou caminhonete que fosse de Chiclayo àquele porto que, pelo que lhe disseram, devia ter uns dois ou três mil habitantes, mas garantiram que existiam dezenas, até centenas, de veículos e que não teria dificuldade para encontrar algum. Hotel para passar a noite em Chiclayo, sim, havia reservado; chamava-se Santa Rosa, ficava no centro da cidade, perto da Plaza de Armas, e não oferecia refeições mas era barato. Só dormiria uma noite, de maneira que, mesmo econômico, não seria tão mal.

Passara vários dias em Lima seguindo as pegadas de Lalo Molfino, mas não conseguiu descobrir muita coisa, porque o garoto de sapatos de verniz não tinha deixado muitos vestígios da sua presença na capital. No Hospital Operário, por exemplo, onde viveu as últimas noites de sua vida, Toño deu com um muro de silêncio. Não descobriu, apesar das inúmeras perguntas que fez, como o aceitaram como paciente apesar de não ser operário e nem sequer ter um emprego fixo, nem que médicos o haviam atendido; só lhe disseram que quando morreu, como ninguém reclamou o corpo, foi enterrado numa vala comum, tal como Cecilia Barraza lhe havia contado. Tampouco sabia ao certo por que Lalo tinha saído da sua Chiclayo natal rumo a Lima. E, quanto ao trabalho, só conseguiu confirmar o que já lhe haviam contado: que participou do grupo Peru Negro do dr. José Durand Flores e, depois, da banda que Cecilia Barraza formou para viajar pelo país. Nesse intervalo, para não morrer de fome, na certa deve ter tocado em alguma *peña* folclórica ou arranjado um emprego de músico em uma banda ou algum bar; mas isso Toño Azpilcueta ainda não tinha conseguido desvendar.

A dificuldade para avançar na pesquisa fez com que voltassem a aparecer irritações nas pernas e nos braços de Toño. Bastava fechar os olhos para ver aquelas figuras repulsivas se aproximando do seu rosto. Não entendia por que era tão difícil encontrar pistas do músico, e, quanto mais pensava nele, mais injusto lhe parecia o destino daquele gênio desconhecido. Uma tarde, ao sair da Biblioteca Nacional, no centro de Lima, frustrado por ter desperdiçado mais uma jornada interminável sem fazer grandes progressos, aconteceu o inevitável, aquilo que já estava demorando a se manifestar. Quando ia subir num ônibus em direção ao coração da cidade, onde tomaria outro para Villa El Salvador, subitamente teve a certeza de que um roedor se introduzira entre sua camisa e seu corpo. Parou em plena rua e, sem se importar com as pessoas que passavam, abriu o paletó, tirou a camisa e começou a passar um espelhinho, que sempre levava no bolso, pelas costas. Não viu bicho nenhum. Estava nu da cintura para cima, chamando a atenção dos passantes, e começou a se vestir às pressas. Aquilo era uma coisa estúpida, sabia, mas mesmo assim sentia um medo irresistível, um pânico que se abatia sobre ele como um temporal, que o fazia tremer e se desesperar, e então tinha que ir ao banheiro e tirar as calças, ou a camisa, ou os sapatos, quando pensava que os roedores estavam em seus pés, por dentro das meias ou, pior, embaixo da cueca. Nunca encontrou nenhum, claro, exceto aquele rato de Malambo que caiu em seu ombro. Mas o terror que o dominava ao pensar de repente que ali, embaixo da sua roupa, tinha se introduzido um bicho horroroso daqueles, com o rabo eriçado, o deixava quase louco. E por alguns segundos, que pareciam horas, passava o espelhinho pelo corpo. Não conseguia evitar essas crises de pânico que, onde quer que estivesse, o deixavam numa situação ridícula. Nunca disse nada a Matilde sobre esses incidentes que, sempre pensava, iriam perturbar a velhice dela.

Apesar de não dispor de muitas informações sobre Lalo Molfino, Toño Azpilcueta já havia preparado muitas fichas e resumos para o livro que escreveria e que já tinha até um título provisório, *Uma champanhota, maninho?*, evocação e homenagem ao seu compadre Collau, mecenas do projeto, que quando estava contente sempre arranjava algum pretexto para entrar em casa, abrir uma garrafa e lhe oferecer uma taça — e, além disso, era festeiro e falava sobre dois assuntos fundamentais: fraternidade e *huachafería*.

Numa de suas anotações ele adverte que é um absurdo considerar essa palavra sinônimo de cafonice, como fazem alguns dicionários, em especial o dicionário de peruanismos. Não, a *huachafería* peruana é mais do que algo apenas cafona: é uma maneira de entender o mundo de uma forma diferente, um pouco mais ingênua e mais terna que as outras, menos culta porém mais intuitiva, e muito característica de cada classe social. Ele transformaria os sapatos de verniz de Lalo Molfino em seu símbolo. Há uma *huachafería* humilde, dos peruanos indígenas, uma *huachafería* dos cholos, quer dizer, da classe média, e até os ricos têm sua própria *huachafería*, quando se fazem passar por nobres ou descendentes de nobres e se desafiam para duelos segundo o código do marquês de Cabriñana, como se isso fosse embranquecê-los um pouquinho, fazendo-os perder sua condição de mestiços.

Porque o verdadeiro peruano é o mestiço, o cholo; muitos indigenistas sustentam isso, sobretudo o grande cusquenho José Uriel García em seu livro *El nuevo indio*, de 1930, cujo capítulo "La caverna de la nacionalidad" fala das *chicherías*, onde se bebia a tradicional *chicha*. Mas Uriel García deixou a questão apenas insinuada, por isso caberia a Toño seguir sua trilha para compreender os mistérios da mestiçagem e da *huachafería* peruana que se expressam na música *criolla*, na valsa, nos *pasillos*, na *marinera*, na polca, nos *huainitos* serranos, acompanhados por violão, mas também por *cajón*, queixadas de burro, e o piano, a corneta, o chocalho, a harpa, os alaúdes, as gaitas e as dezenas de infinitos instrumentos serranos, litorâneos e amazônicos que ao longo dos anos foram criando a riqueza do folclore nacional. Os intelectuais vaidosos — entre os quais não se incluía o dr. José Durand Flores, naturalmente — desprezavam essas expressões artísticas porque queriam ser mais parecidos com os franceses ou com os ingleses. Não entendiam que só a *huachafería* era bela e verdadeira, porque surgia de um sentimento não corrompido, de uma reação sábia e intuitiva perante o mundo que precedia as formas artificiais e as poses manipuladas que contagiam esses escritores que só leem em francês e em inglês, e por isso mesmo encaram com indiferença e até mesmo com desprezo as revistas nas quais Toño publicava seus artigos.

No seu livro, que não poderiam deixar de ler, o professor máximo da *huachafería* seria Lalo Molfino, que passara pela vida como uma exalação e que, com seu violão, possivelmente sem querer e nem sequer saber disso, criou aquela música que havia transportado Toño

Azpilcueta a alturas de uma intensidade única. Naquela noite em Bajo el Puente, ele enfim entendeu por que havia dedicado sua vida ao folclore nacional. Um folclore que, embora só tenha se integrado no final do século XIX, com Felipe Pinglo Alva e os compositores e boêmios da Velha Guarda, e mais tarde os arruaceiros da Palizada e uma centena de outras *peñas*, já vinha se desenvolvendo havia três séculos, quando surgiu, após a ferocidade das descobertas e conquistas espanholas, o Peru do futuro, enlaçando, com violência, nem é preciso dizer, o espanhol e o indígena para fazer nascer os peruanos.

Alguns diziam que a origem da valsa peruana era a música espanhola e sevilhana, o fandango; outros, como o historiador Manuel Zanutelli Rosas, que vinha da Áustria, com Johann Strauss. Nunca chegavam a um acordo, mas que importância tinha a sua origem? O que valia era a sua simples existência, agora e sempre. Felipe Pinglo Alva, o pai da música peruana, era um mito, e todos os mitos têm origens diversas e até contraditórias.

Durante a viagem a Chiclayo, Toño Azpilcueta sorria, feliz. Seu livro, pensava, teria uma orientação ideológica, defenderia uma tese. Será que conseguiria publicá-lo? Sim, claro, com certeza encontraria pessoas interessadas nas suas teorias que o ajudariam a custear a edição. De todo modo, seria um livro singelo, impresso em papel barato e com as páginas compostas à mão pelos tipógrafos *huachafos* e geniais que ainda existiam — relíquias históricas — em algumas gráficas de Lima. Era até melhor que fosse uma edição *huachafa*, Toño Azpilcueta não tinha vergonha de reconhecer nem de dizer isso. Ele era um representante excelso da *huachafería*. Essa ideia o fez rir alto, e alguns passageiros do ônibus se viraram para olhar, perplexos, pensando que era um doido. Toño disfarçou, tossindo e olhando pela janela.

Agora não se via mais o mar, a estrada se adentrara um pouco pela cordilheira, mas os areais, agora cinzentos, perturbados por arbustos esparsos e coroados por nuvens esbranquiçadas, continuavam lá, às vezes interrompidos por povoadinhos minúsculos, cujos nomes ele não sabia, onde o ônibus parava para deixar e buscar passageiros, que, felizmente, nunca chegavam a lotar o veículo.

O calor ia aumentando. Aquele deserto que o rodeava era muito misterioso e, segundo os entendidos, cheio de animais que caçadores furtivos vinham abater nos fins de semana; em suas dunas havia coelhos, lagartixas, aranhas e até pequenas raposas. E, claro, os malditos bichos que ele tanto odiava: ratos e camundongos de todos os tamanhos. Já estava no ônibus havia várias horas, e seus ossos e suas nádegas começavam a doer de tanto ficar sentado.

Será que comeria naquela noite o famoso arroz com pato, a grande especialidade culinária de Chiclayo? Sim, quem sabe, com um copinho de cerveja. Mas depois de mais de onze horas chacoalhando naquele ônibus só queria saber de dormir, de preferência numa cama confortável e limpa.

O hotel Santa Rosa ficava bem perto da Plaza de Armas, na avenida San José. Todas as lojas de Chiclayo estavam abertas, e delas uma multidão entrava e saía. Toño Azpilcueta não precisou pegar táxi; pediu informações e foi para o hotel a pé, com sua mala de roupa em uma das mãos e a pasta com seus arquivos e cadernos na outra. Sentia o corpo em péssimo estado, mas estava feliz e otimista. Tinha a sensação de que só agora começaria a grande aventura de escrever o livro em homenagem a Lalo Molfino e à *huachafería*.

Achou a cidade muito simpática, com suas casas pintadas de branco. O pequeno hotel Santa Rosa era mais humilde do que esperava. O quarto tinha um banheiro com chuveiro, vaso sanitário e pia, mas carecia de ventilador e, mesmo abrindo a janela que dava para a rua, parecia um braseiro. Estava tão cansado que tirou a roupa e, sem vestir o pijama, foi para a cama pensando que não conseguiria dormir por causa do calor terrível e das picadas dos mosquitos que começavam a atacar. Além do mais, havia muitos cantinhos por ali onde os inexoráveis roedores podiam estar aquartelados.

Apesar de tudo, adormeceu de imediato. Acordou cedo — ainda não eram seis da manhã — e tomou um bom banho de água morna. Depois fez a barba e se penteou com cuidado, e trocou a camisa e as meias, mas não a cueca nem a calça. Felizmente não teve pesadelos. Havia dormido bem e estava alegre. Perguntou ao bocejante gerente do hotel, um rapaz de nome bíblico, Caifás, onde podia tomar café da manhã, e ele lhe disse que na Plaza de Armas, a meia quadra dali, já devia haver bares abertos, e que lá mesmo poderia pegar um ônibus para Puerto Eten. A passagem só custava um sol e cinquenta.

Na Plaza de Armas, encontrou uma vida intensa e ruidosa sob suas grandes árvores — seriam tamarindos? —, com muita gente que passava apressada ou que, formando grupos espalhados pela praça, esperava por alguém ou por alguma coisa, talvez um emprego. Havia um cinema gigantesco, na certa desativado. Também viu a prefeitura e a catedral, onde não se podia entrar sem paletó e chapéu. Sentou--se a uma mesinha colocada sobre azulejos vermelhos, à sombra das árvores, e pediu um bom café-almoço com ovos fritos, dois *tamales*, pão com manteiga e café com leite.

Enquanto esperava, deu uma conferida na caderneta que tinha no bolso e verificou se os lápis que trazia no paletó estavam com as pontas afiadas. Comprou um jornal local chamado *La Industria* e descobriu que repetia todas as notícias internacionais que já tinha lido na véspera nos jornais de Lima.

O garçom que o atendeu disse que todas as caminhonetes que iam para o Norte e para o Sul estavam naquela fila de táxis, e que qualquer uma delas o deixaria em Puerto Eten em meia hora, mais ou menos, porque essa estrada, ao contrário da Pan-americana, não era asfaltada. Toño saboreou com calma seu café-almoço, degustando cada mordida. A essa hora não fazia calor, e como Puerto Eten ficava em frente ao mar, lá com certeza resistiria melhor que no forno de ontem à noite em Chiclayo. Nesse momento lembrou que algum tempo antes saíra um livro intitulado *Puerto Eten*, de um poeta peruano. Como se chamava? Tinha que ler, talvez falasse de Lalo Molfino. Na volta, esperava conseguir comer o arroz com pato. Com certeza deviam servir em qualquer restaurante daqueles.

VIII

Como já lhes contei, um dos personagens mais pitorescos da Palizada era Toni Lagarde, miraflorense, um desses branquinhos que sonham em enveredar pelo mau caminho e que conheci já maduro. Ainda somos bons amigos, porque ele continua vivo com seus noventa anos, e espero que siga assim por muito tempo. Ele mesmo me contou sua história, uma história, diga-se de passagem, que não é nada comum nesta Lima que habitamos, onde imperam os preconceitos raciais (e agora, graças ao Sendero Luminoso, também as balas, os apagões e os cachorros pendurados em postes).

Esse miraflorense, que havia entrado na Universidad de La Molina, onde cursava agronomia, se juntou ao grupo de baderneiros liderado pelo famoso Karamanduka — que, como eles, parecia tocar, cantar e dançar todas as valsas e *marineras* dos cortiços limenhos e surgia com sua turma em todas as festas que encontravam pelo caminho nas suas noites de aventuras.

Toni era um dos mais novos da fraternidade. Sempre estava bem penteado e com um moletom fechado até o pescoço, calça justa, uns sapatões volumosos, meias vermelhas e um lencinho branco que tirava do bolso toda vez que tocavam uma *marinera* (vi suas fotos de quando era jovem, parecia um gigolô). Tinha deixado o cabelo crescer, caindo sobre seus ombros em anéis loiros. Era um branco bem branquelo, com olhos azuis muito grandes, que se apertavam sempre que tentava cantar ou quando dançava.

Um dia os integrantes da Palizada notaram que Toni Lagarde sempre queria voltar a um cortiço de Morones onde, quase todos os sábados, se organizava uma daquelas *jaranas* de arromba e, depois de muitos incidentes, a Palizada acabara sendo bem recebida. E por que Toni queria voltar sempre àquele cortiço?

Seus amigos e comparsas descobriram que ele estava atrás da Lala, uma pretinha esbelta, de lindas formas, toda saltitante e atrevida, que dançava valsas, *marineras* e *huainitos* com muita graça, tinha uns olhões grandes, faiscantes e sorridentes, e sabia flertar como uma limenha calejada apesar de não ter mais que dezesseis ou dezessete anos. Karamanduka e seus amigos faziam muitas piadas com Toni por causa disso.

Até que um belo dia Toni Lagarde confessou que sim, que Lala Solórzano era sua namorada e estava avisando aos outros para que ninguém pensasse em mexer com ela, porque a Lala era dele, só dele, e que ninguém se atrevesse sequer a elogiá-la ou a tirá-la para dançar, porque teria que se entender com ele, e não estava de brincadeira. Parecia meio bêbado e não lhe deram muita atenção. Mas o fato é que começaram a acreditar em suas palavras à medida que viam os dois de mãos dadas, dançando a noite toda nas festas, juntos e sem se desgrudar por um minuto, a pretinha já resignada a dançar só com ele, os dois trocando olhares e beijos como um casalzinho apaixonado.

Foi então que os outros integrantes da Palizada fizeram Toni Lagarde confessar. Todo aquele chamego no cortiço de Morones era mesmo coisa séria? Será que ele tinha esquecido que era um grã-fininho de Miraflores e ela uma menina preta do bairro mais pobre e marginal de Lima? O que significava aquilo? Toni simplesmente queria comer a Lala ou de repente havia algo a mais? Ele sorriu, evitando responder, até que de repente ficou sério e confessou que com Lala Solórzano "havia algo a mais", porque "a amava" e o caso era muito sério. A turma toda caiu na gozação: "Para com isso, Toni, não venha nos dizer que vai se casar com aquela pretinha de Morones. Nós não acreditamos, e quando seus pais souberem vão acreditar muito menos, se é que você vai ter coragem de contar a eles".

Mas Toni era desses que não dão o braço a torcer, e quando foi dizer aos pais que se casaria com uma negrinha de Morones eles fizeram um escarcéu e o pai ameaçou expulsá-lo. Por isso Toni, que era muito contestador, fez sua mala e saiu da casa dos pais, foi dormir numa pensão e nunca mais voltou a morar com eles. Largou a faculdade de agronomia e arranjou um emprego na Câmara Municipal de Lima, onde passou a vida inteira, até se aposentar. Já os pais de

Lala, por sua vez, também a rejeitaram, como era de esperar, porque em vez de se casar na Igreja ela simplesmente tinha se juntado com Toni, e aquilo não era um casamento cristão de verdade. Disseram que quando Toni pudesse se casar com ela, ao completar vinte e um anos — ele só tinha dezoito —, voltasse a procurá-los, e só então o aceitariam.

Todo o pessoal da Palizada achava que aquele namorico entre o branquelo de Miraflores e a pretinha de Morones duraria algum tempo e depois o casal se separaria, como devia ser: porque ele, Toni Lagarde, era um rapaz de boa família, e Lala Solórzano não passava de uma negrinha que mal sabia ler, cuja família morava num cortiço e até passava fome, embora o pai dela trabalhasse (de vez em quando) como peão numa construtora que fazia casas para os ricos e a mãe fosse lavadeira e costureira. Além disso, o pai era muito bom tocando *cajón* e dava aulas de música peruana no cortiço onde moravam.

Indiferentes aos falatórios, os jovens continuaram firmes no namoro, e foi enorme a surpresa de todos ao descobrirem que Lala estava grávida e que, em vez de recorrer a uma das muitas aborteiras de Lima que faziam o que era preciso para libertar casais do fardo de um filho, Toni e Lala estavam decididos a ter a criança. Continuavam muito apaixonados, às vezes iam a Morones e participavam das *jaranas* em que a Palizada brilhava. Sempre de mãos dadas, pareciam tão felizes como no início da história.

A barriga de Lala e a felicidade do casal cresciam em uníssono. Quando chegou a hora, ela se internou na maternidade do centro de Lima e deu à luz uma menininha. E depois devia ser divertido ver, andando de mãos dadas pelas ruas da cidade, aquele branquelo meio alourado e sua amada pretinha empurrando um carrinho de bebê onde dormia uma menina petulante, cor de chocolate e com o cabelo crespo como o da mãe. E parece que Toni Lagarde nunca se arrependeu dessa decisão, porque, mal ou bem, seu casamento durou, durou e durou, e continuava firme quando ele já tinha se aposentado da prefeitura e passava os dias em casa.

Foi nessa época que os conheci; os dois já tinham os cabelos grisalhos. Inventando uma reportagem para uma das revistas em que escrevo, fui entrevistá-los e desde então ficamos amigos. Às vezes vou lanchar na casa deles, porque Lala faz uma geleia de marmelo que é de lamber os beiços. Ia visitá-los mais vezes quando moravam numa chácara em Surquillo. Nessa época ainda eram vistos andando pelo centro de Lima, ou nos parques de Miraflores, ou a caminho do cortiço onde viviam os pais dela, que, quando nasceu a menina batizada de Carmencita Carlota, aceitaram o casal e voltaram a lhes abrir as portas do seu quartinho em Morones.

    Afinal Toni e Lala um dia se casaram como manda o figurino. E é claro que o matrimônio contou com a presença do que ainda restava da Palizada. Nem é preciso dizer que todos dançaram muitas valsas e algumas *marineras*.

    Os pais de Toni, em contrapartida, nunca o perdoaram. Eram implacáveis, guardavam até o fim os rancores e continuaram a manter as portas da sua casa fechadas para ele. Parece que só a mãe o via algumas vezes, aos domingos antes do meio-dia, hora da missa, na igreja de Miraflores. Toni tinha ficado muito sério. Cumprimentava os remanescentes da Palizada, mas raramente dançava; e Lala, a mesma coisa. Os outros quase não podiam acreditar, nas noites em que os viam, que aquele romance havia sobrevivido tantos anos e que, à sua maneira, Toni e Lala eram felizes, por mais que em família tivessem suas brigas, como todos os casais, mas nunca chegando à ruptura total. Envelheciam muito bem, sempre bonitos e até faceiros.

    Foi o único casamento duradouro que saiu da Palizada, porque o resto dos boêmios e aventureiros morreu cedo ou ficou solteiro pelo resto da vida, até entrar em decadência e chegar à velhice, alguns em meio à pobreza ou mesmo na mendicância.

    Mas não o grande Karamanduka, é claro, que não só ficou famoso como ganhou um bom dinheiro com sua celebridade, suas adaptações para o teatro e, sem dúvida, as excelentes valsinhas e *marineras* que compôs. Ficou muito conhecido em Lima, e até saiu uma foto dele na revista *Variedades* vestido a rigor. Porque ele, sim, tinha um bom ouvido para a música *criolla*.

    Hoje Toni e Lala moram em Breña, pertinho do Colégio La Salle, onde eu estudei, e sempre que vou visitá-los me servem uma xícara de chá ou um café bem quente com *chancays* dourados, cobertos com a famosa geleia que Lala faz e que cada vez me parece mais deliciosa. É um prazer ouvi-los falar de outros tempos e das travessuras do pessoal da Palizada. Carmencita Carlota já é uma moça madura; teve vários namorados, mas nunca se casou e trabalha numa empresa que fornece alimentação para funcionários de algumas fábricas. Ela ama os pais e é bastante bonita, como costumam ser as pessoas de sangue misturado. Tem uns olhos enormes e cheios de feitiço, e conserva bem o corpinho de nadadora que sempre teve. É muito simpática e sempre me pergunta por que não os visito com mais frequência, pois seus pais nunca contam a ela aquelas histórias que costumam me contar. Eu os instigo porque não há nada que me agrade mais que ouvir esses casos antigos, da época em que a música peruana começava a ser verdadeiramente nacional.

E agora, para destacar a importância do tema aqui tratado, um pouquinho de atualidade social e política, uma dose dos tiroteios e apagões que padecemos em Villa El Salvador, para que minha história tenha uma âncora no presente e sua urgência seja mais palpável. Um dia, voltei para casa um pouco mais tarde e encontrei Matilde e minhas duas filhas assustadas porque uma mulher tinha se escondido num quarto da casa. Estava choramingando porque, pelo que nos contou, lá fora havia dois senderistas que queriam matá-la. Eu tinha passado por eles na porta e os dois me cumprimentaram com muita educação. Não tinham pinta de pistoleiros nem nada parecido, mas ela afirmava que eram. Saí de novo e a dupla não estava mais lá. Haviam desaparecido nas sombras da noite. Oferecemos um café a essa mulher que se escondeu na minha casa e o bebeu ainda trêmula. Seu nome era María Elena Moyano, morava em Pachacámac, um dos bairros de Villa El Salvador, e os senderistas, que pretendiam ocupar o bairro e impor seu domínio sobre todos os outros grupos, queriam matá-la porque se opunha a eles e os denunciava em voz alta.

E, claro, acabaram por matá-la pouco depois desse dia em que ela se refugiou na minha casa. É assim que estão as coisas no nosso país. Choremos algumas lágrimas em memória dessa mulher corajosa, invocando a graça e a alegria da música peruana para que essas divisões e esses ódios entre irmãos acabem logo.

IX

Chegou a Puerto Eten, mais ou menos como lhe haviam dito, meia hora depois. O encanto do lugar era proporcionado pelo cais que adentrava o mar, pelo pequeno areal que, ladeando um longo calçadão dos anos 1950, se estendia em forma de concha, e pela estação ferroviária, agora muito quieta. Via-se uma quantidade de fábricas e lojas na cidade contígua, chamada Ciudad Eten, que parecia bastante próspera. Havia uma infinidade de crianças tomando banho de mar ou aos gritos, correndo e perseguindo umas às outras. As casas, pequenas, eram todas de madeira, com certeza de antigos pescadores, agora muito bem arrumadinhas, com um pátio coberto na entrada. Boa parte delas tinha se transformado em pensões.

Toño foi à prefeitura e depois andou por uma pracinha, cheia de operários, que se chamava Juan Mejía Baca em homenagem ao livreiro e editor cuja livraria ficava a poucos passos da Universidade de San Marcos, no largo Azángaro, em Lima. O horrível mesmo era o calor, é claro, e as nuvens de mosquitos. Como não estava disposto a arrastar as duas malas pela cidade, Toño entrou na primeira pensão que encontrou pelo caminho — chamava-se El Rincón del Norte —, na mesma pracinha onde o ônibus o deixou. O quarto, minúsculo, tinha como mobiliário uma cama e um abajur. Mas, pelo menos, dava para ver o mar pela janela. Tampouco parecia haver esconderijos que atraíssem os malditos roedores. As duas pracinhas no centro de Puerto Eten eram simpáticas. Havia uma grande sede local do partido de Belaúnde Terry — Ação Popular — com uma foto dele pendurada na porta. A igreja da cidade, hoje fechada, ficava nessa mesma praça. Toño se sentou num bar para tomar uma cerveja; estava molhado de suor, a testa e as mãos ardiam.

Tinha pensado que o trabalho seria fácil, mas dois dias depois ainda não encontrara ninguém ali que tivesse ouvido falar de Lalo Molfino. Quando foi para lá, estava convencido de que o músico era uma glória local, um personagem imensamente popular, com seu violão admirado até pelas pedras da cidade, mas na verdade as coisas não eram bem assim. Perguntou por ele nas farmácias, nos cafés e nas fábricas, ao pessoal das lojas de Ciudad Eten, aos trabalhadores das duas pracinhas e aos transeuntes, e ninguém tinha ouvido falar do personagem mais importante que já havia nascido ou iria nascer naquela terra. Como era possível uma coisa dessas? Angustiado, Toño decidiu recorrer à delegacia, uma obra inacabada onde encontrou um policial amável que encolheu os ombros e se dirigiu a ele com aquele sotaque meio mexicano de todos os nortistas do Peru.

— Lalo Molfino, foi o que o senhor disse? Não, não conheço mesmo. Acho que havia um padre italiano com esse sobrenome. Italiano, sim, ou pelo menos europeu, parece. Mas quando eu cheguei aqui ele já tinha morrido. Ou, em todo caso, deixado Puerto Eten. Acho que voltou para a Itália, me lembrei agora. Era muito querido pelo pessoal daqui, ao que parece. Quando foi embora lhe deram até um diploma. Eu sou de Tumbes, senhor, às suas ordens.

Tomando uma cerveja gelada na varanda da pensão, contemplou o mar espumoso e a praia semicircular, agora sem os adolescentes e as crianças que tinham passado o dia todo chapinhando naquelas águas achocolatadas. Exausto, disse para si mesmo que havia cometido um erro. E já estava à beira do desespero, disposto a jogar a toalha, quando ouviu a voz do recepcionista lhe avisar que havia alguém à sua procura. Logo atrás dele apareceu um ex-guarda civil que se apresentou formalmente como Pedro Caballero e explicou que tinham lhe falado na delegacia sobre um senhor de Lima pedindo informações sobre Lalo Molfino.

Era um homem com cara de menino, apesar de seu laivo de barba, com uma idade indefinível, e mancava, andando com a ajuda de uma bengala. Sua roupa era metade militar e metade civil: estava de botas, por exemplo, e usava um boné. Foi logo explicando a Toño Azpilcueta que, apesar de ter quebrado a perna jogando futebol — ainda estava enfaixada —, a Guarda Civil lhe permitia continuar vinculado à instituição devido à escassez de homens na delegacia.

A primeira coisa que lhe disse, para captar sua atenção, foi que Lalo tinha sido seu melhor amigo nos tempos da Santa Margarita. Os dois estudaram juntos nessa escolinha fundada em Puerto Eten por um sacerdote italiano excepcional, o padre Molfino.

Toño o convidou para tomar uma cerveja gelada. Enfim encontrara alguém que podia lhe falar sobre o violonista. Lalo não era, então, um mero fantasma, como já estava começando a temer. Tinha mesmo existido, e Pedro Caballero lhe dizia — repetindo — que sim, Lalo havia nascido em Puerto Eten e eles dois eram inseparáveis desde criança. Mais tarde, já adolescente, num de seus típicos arroubos, foi embora para Piura ou Chiclayo e começou a ganhar a vida tocando num grupinho folclórico chamado Los Trovadores del Norte ou algo parecido, sem nunca se dignar a escrever ao amigo uma única carta. Jamais. Porque era assim o estilo de Lalo Molfino, e ele precisava aceitar. Afinal, era um artista difícil e cheio de caprichos, como todos.

Toño pediu que ele esperasse enquanto corria até o quarto para buscar sua caderneta. Não queria perder nenhuma informação que o outro pudesse lhe dar. Voltou suando, morrendo de vontade de tomar outra cerveja, apesar do estado de suas finanças, e bombardeou Pedro Caballero com perguntas. Queria começar pelo início, as origens de Lalo. Imaginava que talvez alguém do seu meio, quem sabe o pai ou a mãe, ou um tio, um primo, lhe tivesse apresentado o violão, mas Pedro Caballero desmontou essa hipótese. Lalo Molfino era órfão, nunca conheceu os verdadeiros pais.

— Ou seja, ele não tinha ideia de onde vinha — disse Toño Azpilcueta, escrevendo com sofreguidão.

— Não que eu saiba — disse Pedro Caballero, erguendo os ombros. — Nem o padre Molfino, que o criou. Pelo menos era o que dizia.

— É um momento que nunca vou esquecer — disse o padre Molfino, fazendo dançar os lábios da sua boca semideserta de dentes. — Brrr. Como fazia frio naquela noite em Puerto Eten, Caballerito! (Ele sempre usava o diminutivo para falar com Pedro Caballero.)

Já tinha apagado as luzes da sua casinha, uma cabana de pescador transformada em igreja paroquial, e estava na cama, morrendo de frio, quando ouviu uma batida na porta. Uma voz infantil chamava:

"Padre Molfino, padre Molfino". Apesar de já estar quase dormindo, levantou-se, jogou o cobertor nos ombros e foi abrir. O garotinho que batia na porta estava com os olhos e a voz muito assustados e parecia exausto. O padre Molfino o conhecia muito bem. O menino muitas vezes o ajudava na missa, aos domingos, como coroinha.

— A sra. Domitila está morrendo, padre, e quer que o senhor lhe dê a extrema-unção.

— Ela não pode esperar até amanhã para morrer? — perguntou o padre Molfino, meio a sério, meio de brincadeira. Os dois tremiam, porque em Puerto Eten a temperatura caía drasticamente à noite.

— Não — disse o garotinho. — Está muito mal, acho que vai morrer. Talvez já esteja morta quando chegarmos lá.

— E onde a Domitila mora? — perguntou o padre Molfino, enquanto se agasalhava.

— Ela morava muito longe — explicou Pedro Caballero a Toño Azpilcueta, e apontou numa direção vaga. — Por ali. Logo depois de um dos lixões de Puerto Eten. O mais antigo. Porque há vários. Eu conheço três. O maior fica fora daqui. É o de Reque: quilômetros e quilômetros de lixo. Moscas e ratos em toda parte.

Afinal o padre Molfino vestiu a batina e guardou num cesto todos os apetrechos necessários para dar a extrema-unção à sra. Domitila. Pobre mulher. Ele ouvira sua confissão várias vezes nas últimas semanas e, embora soubesse que tinha crises de vômito e ataques de tosse, não pensava que estivesse tão mal. Acomodou o menino na motocicleta que usava como transporte em Puerto Eten e atravessaram o calçadão. No céu se viam uma lua redonda e um mar de estrelas. O menino guiou o padre por uma estrada que se afastava da área urbana e, depois de avançarem por uns dez minutos, lhe disse onde parar. O padre sentiu um cheiro nauseabundo penetrar em suas narinas e ficou alarmado ao ver o menino seguir naquela direção.

— A Domitila mora neste lixão? — perguntou.

— Logo depois — disse o garotinho. — Não estamos longe da casa dela, padre.

— Isto aqui está cheio de ratos e baratas — protestou o padre Molfino.

— Sei muito bem — respondeu o menino. — Me morderam quando fui chamar o senhor.

— Foi na volta — explicou o padre Molfino. — Acho que a pobre mulher já tinha morrido. Morava sozinha num barraco miserável, atrás de um dos lixões de Puerto Eten, lá para cima. Existe um bairro inteiro ali, de gente muito pobre. O menino era vizinho dela; não tinham nenhum parentesco, mas era bem-disposto e cuidava dela.

— No caminho de volta? Quando atravessou o lixão? — perguntou Toño Azpilcueta.

— Tive que atravessar, não havia outro jeito — disse o padre Molfino. — A Domitila morava lá em cima. A coitada almoçava e jantava graças ao lixão. Porque sempre se joga no lixo alguma coisa de comer, dizia ela. Restos, sobras. Basta apanhar com rapidez, antes que ratos, baratas, moscas e mosquitos peguem tudo. E os milhares de insetos. Até morcegos vinham se abastecer lá, segundo ela. Foi então que ouvi aquele som, que parecia...

— Parecia o quê, padre? — perguntou Pedro Caballero. Naquela época sua perna ainda estava intacta e ele usava com orgulho o uniforme e o revólver da Guarda Civil.

— Parecia simplesmente o que era mesmo: o choro de uma criança — respondeu o padre Molfino, arregalando os olhos úmidos e mexendo as mãos ossudas. — A pobre Domitila tinha morrido. Eu já lhe dera a extrema-unção. O menino, não lembro mais como se chamava, ia ficar lá, ao lado da morta, rezando pela alma dela. Eu estava voltando para casa, cruzando o lixão. Com as mãos afastava mosquitos e moscas, e com os pés, ratos e baratas. Aquele maldito depósito de lixo. Não havia outro jeito de voltar a Puerto Eten, só atravessando esse descampado repugnante, que fedia a todas as porcarias do mundo. Foi quando ouvi. Bem baixinho. Era ou não era? Sim, era o choro de um recém-nascido. Claro, claro que era.

— Ele falava castelhano muito bem — disse Pedro Caballero. — Mas ao ouvi-lo se notava logo que era italiano. Porque não parecia estar falando, parecia estar cantando. Saúde, amigo!

Toño Azpilcueta bateu o copo de cerveja no de Caballero: pois saúde, então!

— Quer dizer que a mãe o deixou ali, no meio do lixão? Para ser comido pelos ratos? O que está me dizendo, padre Molfino! — exclamou Pedro Caballero, horrorizado.

— Eu sonho com aquela noite há muito tempo — disse o padre Molfino. — Vinte e dois anos, sem contar a ninguém o que aconteceu. Você é a primeira pessoa que ouve isso da minha boca. Com exceção do juiz de paz que me deu a tutela para cuidar da criança. A ele, sim, contei como foi, e a pergunta que me fez foi a mesma que eu já tinha feito a mim mesmo: como é que os ratos ainda não tinham comido o bebê? Provavelmente por causa do choro, que os afugentava. Os ratos têm ouvidos muito delicados. Era um choro bem baixinho, mas eu escutei. Ainda tinha um ouvido bom nessa época, parece. Agora, tanto tempo depois, meus olhos e meus ouvidos falham. Mas nesse dia, quando estava atravessando o lixão, escutei. O que era aquilo? Era o choro de uma criança. Por acaso eu podia ir embora dali, seguir em frente, continuar o meu caminho? Sabendo que tinham abandonado um recém-nascido naquele monte de lixo? Não, claro que não, era só o que faltava. E, fazendo das tripas coração, comecei a procurar no escuro, chutando ratos e baratas, de onde vinha aquele pranto baixinho, quase desfalecendo.

— Isso quer dizer que a mãe não teve coragem de matá-lo — balbuciou Pedro Caballero. — Largou o bebê ali no lixão. O senhor conseguiu descobrir quem era ela?

— Não, nunca — disse o padre Molfino, negando com a cabeça. — Uma mulher desesperada, sem dúvida, por causa da pobreza. Um ser destruído, como tantos aqui. E a fome também tinha corroído seus sentimentos. Coitadinha. É preciso ser corajoso para abandonar um recém-nascido, sem se atrever a matá-lo, para que os roedores façam o serviço.

— E afinal, encontrou a criança?

— Encontrei — confirmou o padre Molfino; sua voz vacilou ao recordar esse dia. — Depois de muito tempo, claro. Depois de muitos chutes à esquerda e à direita para espantar os repugnantes ratos e baratas e os milhares de insetos que frequentam os depósitos de lixo à noite para buscar comida. Não sei quanto tempo fiquei ali procurando, até que de repente dei com ele. Enrolado em um cobertor. Quando o peguei ainda chorava. Pedindo o seio, claro. O seio da mãe. Era praticamente um esqueletinho, a pobre criança. Lembro com a maior nitidez: meus dedos sentiam todos os ossos do corpo dele. Quando saí do lixão, com o menino no colo, corriam lágrimas dos meus olhos. Eu pensava que tinha esquecido como se chora. Mas não. Foi nesse momento que descobri que ainda conseguia.

— E ele, ficou sabendo disso? — perguntou Toño Azpilcueta, parando de escrever por um momento.

Essa história infeliz de ratos o irmanava ainda mais a Lalo Molfino. Sonharia com ela muitas vezes no futuro?

— Claro que não — disse o padre Molfino, enfático. — Nunca lhe contei nada.

— Ele sabia que a mãe o tinha abandonado, recém-nascido, nesse lixão? — insistiu Toño Azpilcueta.

— Não sei — disse Pedro Caballero. — Essa conversa aconteceu quando Lalo, já adulto, num daqueles ataques intempestivos que costumava ter, foi embora para Chiclayo ou Piura durante a noite sem se despedir de ninguém, nem mesmo do padre Molfino, que o tinha salvado, adotado e educado na escolinha que tínhamos aqui nessa época, a Santa Margarita. Eu mesmo estudei nessa escola. Ele a tinha batizado assim em homenagem a uma Virgem de lá da Itália da qual era muito devoto. Nunca descobri se o Lalo chegou a saber que o padre italiano, que sabe-se lá como chegou aqui, o tinha encontrado num depósito de lixo. Esse boato se espalhou na escola, mas ninguém teve coragem de contar a ele. Pelo menos é o que eu acho.

— Esse padre ainda vive aqui? — perguntou Toño Azpilcueta a Pedro Caballero, parando de escrever por um momento e tomando um golinho de cerveja que, a essa altura, não estava mais gelada.

— Não, não, ele voltou para a Itália quando sentiu que ia morrer — disse Pedro Caballero. — Puerto Eten lhe fez uma grande homenagem na despedida e o prefeito pendurou uma medalha no peito dele. O que terá acontecido? Com o padre Molfino, quero dizer. Já deve ter morrido, sem dúvida.

— Há quanto tempo tudo isso aconteceu? — perguntou Toño Azpilcueta. Sentia um gosto horrível na boca e via ratos e baratas em todo canto.

— Um bocado de anos, com certeza — disse Pedro Caballero.
— Com certeza. Então, se o padre realmente nunca contou nada ao Lalo, eu devo ser a única pessoa nesta cidade que sabe que a mãe, ou o avô, ou sabe-se lá quem, abandonou Lalo Molfino recém-nascido num depósito de lixo em Puerto Eten para ser comido pelas baratas e pelos ratos.

Os dois perderam o apetite e não aceitaram as batatas recheadas que o garçom do El Rincón del Norte veio oferecer. Mais algumas cervejas, porém, eram imprescindíveis para sobreviver a uma conversa em que se falava de lixões e roedores.

— O padre Molfino já estava aqui quando eu nasci, porque, pelo que minha mãe dizia, foi ele quem me batizou — continuou Pedro Caballero. — Quando adotou o Lalo, botou seu sobrenome no menino. Um bom homem, esse padre. Fundou a Santa Margarita, que funcionava na cidade como uma escolinha pública, mesmo sendo privada. Quer dizer, ninguém pagava um tostão, me parece. Ou, pelo menos, pouquíssima gente devia pagar a mensalidade. Muitos garotos e garotas de Puerto Eten estudaram lá. E ele foi um pioneiro: ficávamos todos juntos, meninos e meninas. Mas depois o Lalo não fez o ensino médio no Colégio Nacional, como a maioria dos alunos, porque tinha descoberto o violão. E a partir de então o instrumento passou a ser a vida dele.

— A vida dele? — espantou-se Toño Azpilcueta, enquanto saboreava a segunda cerveja que o garçom tinha deixado na mesa. Estava bem gelada, felizmente, mas logo esquentaria.

— Não sei onde o encontrou. Num dos depósitos de lixo de Puerto Eten, com certeza. Era um violão velho e sem cordas que alguém tinha jogado fora. Sem cordas, repito. Lalo o pegou e o ressuscitou. E a partir desse momento a vida dele passou a ser aquele violão. Não estou exagerando. Repôs as cordas, trocou as tarraxas e pintou. Ou melhor, envernizou o instrumento. A partir de então, não teve outra preocupação a não ser aquele violão. Passava o dia todo com ele nas mãos. Acho até que aprendeu a tocar sozinho. Isso mesmo, sozinho. Pelo que sei, ninguém lhe ensinou. Como passava dia e noite concentrado no violão, acabou largando a escola. O padre Molfino ficou desesperado. Queria que ele entrasse no Colégio Nacional para terminar o ensino médio, mas Lalo não lhe deu ouvidos. Como já falei, não existia outra coisa na sua vida. E para quê? Ele tocava demais.

— Demais — repetiu Toño Azpilcueta. — Nunca vou esquecer a noite em que o ouvi. É por isso que estou aqui. Mas não vamos mudar de assunto. Como era a relação entre o Lalo e o padre Molfino?

— Esquisita — disse Pedro Caballero. — Tudo era estranho na relação entre os dois, assim como tantas outras coisas na vida dele. Nunca o tratou como um pai, era mais como um padre da Igreja. Lalo o respeitava, mas não sei se algum dia chegou a amá-lo.

— E os outros alunos da escola? — perguntou Toño Azpilcueta. — Teve algum outro amigo? Alguma namoradinha?

— Que nada! — gesticulou Pedro Caballero. — Seu relacionamento com as outras crianças era muito ruim. Pelo seu jeito de ser; Lalo era taciturno e desconfiado. E também porque diziam que não era normal morar com um padre. Parecia estranho. Mas ninguém o provocava, porque, na primeira insinuação, Lalo mandava logo uma cabeçada. Era brigão, não aceitava desaforos apesar de ser magrinho. Não era nada fácil ser amigo dele. Fiquei com muita raiva quando descobri que tinha ido embora para Chiclayo, ou Piura, sem se despedir. E imagino que para o padre Molfino deve ter sido pior. O Lalo era muito estranho, sabe?

— Mas com certeza alguém deve ter ensinado o garoto a tocar violão — insistiu Toño Azpilcueta. — Porque isso não se aprende sozinho. E muito menos tocando do jeito como ele tocava.

— E quem o ensinaria aqui? — exclamou Pedro Caballero. — Em Puerto Eten, que eu saiba, não há professores de violão. Além do mais, Lalo era o sujeito mais antipático do mundo. Só conversava comigo. Pelo que me lembro, não tinha nenhuma outra amizade.

— Então ele não estudou mais quando saiu da escolinha do padre Molfino — retomou Toño Azpilcueta.

— Acho que não — disse Caballero. — Eu o via pouco, por causa do maldito violão. Para que ele iria estudar se só queria ser músico? Não fazia sentido continuar na escola, não é? O senhor deve entender dessas coisas. O Lalo era mesmo um grande violonista?

— Eu já lhe disse, o melhor que ouvi na vida — respondeu Toño Azpilcueta. — E sim, pode ter certeza de que entendo do assunto. Acredite, devo ter ouvido centenas de violonistas, tanto peruanos quanto estrangeiros.

— Eu o escutei muitas vezes, mas nunca imaginei que era tudo isso que o senhor falou — disse Pedro Caballero. — Quer dizer, que o Lalo Molfino era excepcional tocando aquele violão.

— Era mais do que genial — disse Toño Azpilcueta. — Era divino, sublime, tudo o que você quiser.

— As coisas que o senhor fala sobre o meu amigo realmente me deixam assombrado — disse Pedro Caballero, coçando a cabeça. — Quer dizer então que está escrevendo um livro sobre ele. Espero que me inclua nessas páginas. Afinal de contas, lhe dei boas informações sobre o Lalo. Não foi, *don*?

Toño Azpilcueta ficou em Puerto Eten três dias além do que havia planejado, ou seja, cinco no total. Só tinha previsto ficar dois para fazer a pesquisa. Passou esses três dias adicionais bebendo cerveja de manhã, de tarde e de noite no barzinho do El Rincón del Norte, em companhia do sempre prestativo Pedro Caballero e de dezenas de amigos que também tinham estudado com Lalo Molfino na Santa Margarita. Percebeu que muitos daqueles amigos de Pedro Caballero quase não se lembravam do músico, ou não se lembravam nada, e inventavam recordações só para contar vantagem diante daquele homem de Lima que assumira a tarefa de escrever um livro sobre o tal cafuzinho de Puerto Eten que considerava um gênio.

A informação mais importante que conseguiu nesses três dias de busca foi trazida por um advogado, Juan Quiroga, que não tinha frequentado a escolinha nem conhecia Lalo Molfino: nada menos que a declaração que o padre Molfino entregou à polícia relatando que havia encontrado uma criança viva num depósito de lixo e manifestando sua intenção de adotá-la se ninguém a reclamasse. Era um documento precioso, que o advogado teve a gentileza de fotocopiar e lhe entregar. Toño guardou a cópia com cuidado na pasta.

Passou uma noite inteira pensando nos primeiros sons toscos que o menino Lalo Molfino tirou daquele violão ressuscitado, imaginando como devem ter soado na noite de Puerto Eten. Sentiu lágrimas brotando dos olhos na solidão daquele quartinho de pensão, de onde se ouvia o som das ondas do mar quando o vento soprava e a correnteza ficava mais agitada. Aos cinquenta anos estava ficando um pouco chorão. Por que choramingava tanto, ali sozinho, relembrando aquele cafuzo de Puerto Eten que tocava uma música magistral? Ambos haviam sido criados por pais italianos, embora o seu tivesse sobrenome basco. Os dois nasceram com esse desvio, por assim dizer, essa pequena desconexão com o Peru, que no entanto conseguiram remediar ao se dedicar à mais peruana das artes, a música *criolla*. As valsinhas haviam preenchido qualquer vácuo, qualquer carência. Agora que investigava a história de Lalo Molfino, Toño reconhecia que mais de uma vez entrara em pânico com a ideia de ter sido recolhido na rua, talvez em algum lixão — por que não? —, e criado por um pai estrangeiro, como Lalo. Essa dúvida o deixava horrorizado, não ter certezas em relação à sua origem, ser uma pessoa desarraigada. O ser humano não é um átomo, pensava, não foi feito para navegar sozinho pela vida, precisa fazer parte de algo maior, de uma comunidade, de uma pátria que lhe dê sentido e o proteja. Sem essa tribo, que diabos é o homem? Simplesmente uma criança abandonada num depósito de lixo, à mercê dos ratos. Toño enxugou as lágrimas com a mão e em seguida, sem se importar com o calor, cobriu-se inteiro com o lençol. Temia que algum rato, por menor que fosse, tivesse encontrado um jeito de se esgueirar por entre as tábuas do quartinho. Só uma ideia o tranquilizou, e ele se agarrou a ela até conseguir conciliar o sono. Havia encontrado uma coisa a que dedicar sua vida: escreveria o livro sobre Lalo Molfino, tinha coisas importantes a dizer.

X

A valsa peruana é uma instituição social: não foi criada para ser tocada nem ouvida a sós, como outras músicas. Nada disso. Ela exige um conjunto de três, quatro ou mais pessoas para ser tocada e animada; é por esse motivo que, desde o início, lá pelo século XIX, quando nasceu, e nas primeiras décadas do século XX surgiram vários grupos de valsa. Alguns dos mais famosos foram Los Morochucos, é claro, formado por Óscar Avilés, Augusto Ego-Aguirre e Alejandro Cortez, a lendária dupla Montes e Manrique, e o Trío Abancay, de César Santa Cruz, José Moreno e Pablo Casas. Em seu livro, César Santa Cruz Gamarra diz que José Moreno era muito amigo de Felipe Pinglo Alva e o acompanhou abnegadamente "até o último momento".

Nesses grupos sempre havia um cantor e vários músicos, em geral violonistas, mas à medida que diversos setores da sociedade iam aderindo, vários instrumentos passaram a ser utilizados junto com o violão, como o piano ou o violino das classes altas, e outros mais humildes, como o alaúde, o *cajón*, as castanholas, a trombeta, a gaita e até a matraca, de introdução muito recente. E temos que agradecer muito a Eduardo Montes e César Augusto Manrique que, numa época em que não se gravavam discos no Peru, ainda no começo do século XX, levaram cento e oitenta e duas peças peruanas para Nova York e fizeram noventa e um registros, demonstrando, segundo os autores de quem extraí estas informações, José Antonio Lloréns Amico e Rodrigo Chocano Paredes, que em 1911 "já se havia estabelecido um repertório *criollo* de considerável volume e aceitação popular" no país.

Por outro lado, começaram a surgir os primeiros cancioneiros e centros musicais dedicados a enaltecer as figuras de compositores e artistas famosos. O primeiro a ser fundado foi o Carlos A. Saco; e, após a morte de Felipe Pinglo Alva, veio aquele dedicado à sua memória.

Esses dois centros se transformaram em *peñas*, onde se faziam saraus que celebravam os artistas nacionais e contribuíam para a divulgação da música peruana. Jesús Vásquez, por exemplo, assim como La Limeñita y Ascoy, formado pelos irmãos Ascoy, eram grandes apoiadores do centro musical dedicado à memória de Carlos A. Saco, enquanto o Centro Felipe Pinglo Alva tinha apenas um luminar, María Jesús Jiménez, e muitos sócios.

Eu sempre tive uma grande admiração por esses grupos que nasceram com a valsa. Eram mais que conjuntos musicais; seus integrantes costumavam ficar amigos e compartilhar muitas coisas além do amor pela música *criolla*. Junto com o entusiasmo pelas melodias nacionais, surgiu entre eles uma consciência coletiva, a ideia de que pertenciam a um mesmo país, do qual deviam sentir orgulho. É uma pena que ninguém se lembre mais desses músicos antigos, de seus grupos pioneiros e suas vozes, entre as quais se destacavam, claro, as de um grande número de mulheres.

Nessa época não existiam sequer os cancioneiros, e por isso não nos lembramos mais dos conjuntos antigos, embora os pesquisadores sempre os mencionem em suas memórias, como foi um caso de um francês, Gérard Borras, com sua esplêndida pesquisa sobre a valsa peruana. Seria preciso reuni-los, ouvi-los e guardar esses relatos que são a verdadeira história do Peru.

Mas não há dúvida de que a valsa, ao se enraizar em nosso país, estimulou a criação de muitos grupos que tocavam o gênero, primeiro entre as pessoas mais humildes, e depois, galgando posições na sociedade, entre a classe média e até a aristocracia, como acontece agora, quando a valsa chega a todas as famílias peruanas, sem exceção. Lembro-me de uma crônica de Ruperto Castillo, na revista *Folklore Nacional*, em que ele relata sua surpresa ao visitar uma aldeia perdida na Amazônia, onde acreditava que a civilização ainda não havia chegado, e ouvir uma valsa peruana cantada pelos indígenas locais em seu próprio idioma. Ou seja, também à Amazônia havia chegado essa música, verdadeiramente nacional.

Quando digo que a valsa inspira sociabilidade, estou dizendo a mais estrita verdade. Quem toca ou tocava valsa peruana sozinho? Com exceção de Lalo Molfino, ninguém. Mas o caso dele era absolutamente excepcional e desculpável. Só tocando violão como ele fazia é possível detestar qualquer outra presença no palco. Os conjuntos sempre brotaram como um mundo coletivo e amigável. São um remédio para o individualismo e para qualquer inclinação egoísta, incompatível com a diversão que só se desfruta em grupo ou na catarse da dança ou da *jarana*, tão populares entre nós. Centenas, milhares de bandas nasceram na capital e nas províncias graças à valsinha peruana, que fomentou a amizade em festas que selam as boas relações entre os grupos humanos, das quais o Peru é um magnífico exemplo. A valsa também propiciou a formação de muitos casais e deu origem, sem dúvida, a inúmeros casamentos.

    Não estou dizendo que sejamos um país tão alegre como o Brasil, por exemplo, onde as pessoas dançam seminuas pelas ruas durante o famoso Carnaval, mas sim que somos um país em que a amizade é frequente e indispensável, para rir, para comemorar aniversários ou mesmo para chorar juntos os lutos. O que vem a ser o compadrio senão isso? Uma outra forma de se relacionar e de construir pontes de parentesco com as pessoas. A valsa peruana, quando não exalta a saudade do passado, favorece a amizade, o companheirismo e, claro, o amor.

    E, se querem mesmo saber, digo que também fomenta o erotismo. E aqui entra de novo aquele casal dos dois extremos da sociedade peruana: Toni Lagarde, o grã-fininho miraflorense, e Lala Solórzano, a pretinha linda e travessa daquele cortiço de Morones. O que os manteve juntos durante tanto tempo? Só pode ter sido o erotismo! Apesar da idade, suas noites ainda devem ser repletas de prazer, aventuras, explorações e felicidade. E não digo mais nada por respeito às damas que me leem.

    É preciso falar com muita delicadeza sobre o erotismo, para que as senhoras de idade e os padres não se ofendam. Mas estou convencido de que ouvindo e, sobretudo, dançando a valsa peruana, mais cedo ou mais tarde a paixão aparece, se impõe e, em muitos casos, chega ao ponto de ebulição.

    Os casais que se formam, ao dançarem juntos, acabam se excitando e se desejando. Depois, se os dois vão para a cama ou se abstêm de fazê-lo, é coisa que só depende deles. Mas a valsa cumpriu sua missão, e nesse sentido o casamento de Toni Lagarde e Lala Solórzano foi um grande sucesso, porque só se vive tantos anos juntos por obra do amor (ia acrescentar "e da cama", mas não direi nada por respeito à santa mãe Igreja). Com a Igreja a valsinha peruana teve maus encontros no século XIX, pois os bispos chegaram a condená-la como algo discordante da moral e da decência. Ao que parece, não gostavam de que o dedo do homem roçasse nas costas da mulher — era assim que se dançava na época, a essa distância — e estiveram a ponto de proibi-la. Eu estudei o assunto, posso afirmar. Só que mais tarde a Igreja católica, sempre tão sabida e astuta, percebeu que a valsa havia se tornado a música e a dança mais apreciadas por todos os setores do país e suspendeu a proibição de que os peruanos a dançassem.

Nem toda música provoca o mesmo efeito social que a valsa peruana. Não é o que acontece com o *yaraví*, por exemplo, nem com os tristes *norteños*, gêneros melancólicos e entranháveis, de cantores solitários como o arequipenho Mariano Melgar — embora alguns compositores tenham tentado dar uma orientação mais alegre e coletiva ao *yaraví*. Mas isso me importa pouco. Gosto de *yaraví*, sobretudo quando estou melancólico. Especialmente dos de Mariano Melgar, nosso herói e compositor romântico que morreu lutando pela independência do Peru no exército do general Pumacahua durante a sublevação desse caudilho. As valsas iluminam todos os momentos da vida, e eu as escuto assim: de manhã cedo, entre bocejos; ao meio-dia, almoçando; de tarde e de noite, trabalhando, claro, porque a valsa também inspira e leva à ação.

Quem não percebeu que a música de uma valsa *criolla* desperta uma animação sexual secreta, tanto nos homens como nas mulheres? E nos dá "más ideias". À medida que dançamos, e no decorrer da dança, os corpos se atraem e se roçam, e no transcurso da noite as intimidades e confidências entre as pessoas se veem favorecidas. Os corpos vão se aproximando e se tentando mutuamente, chegando até o ponto de despertar cobiças, digamos assim para nos referir aos maus pensamentos que resultam da atração mútua, para a qual a música e a letra das nossas valsinhas costumam ser inspirações irresistíveis. Quando me referi à valsa como instituição social que incentiva a amizade e o desejo, favorecendo o amor, eu queria dizer exatamente isso, só que de uma forma um pouco mais crua.

Isso acontece com qualquer música que é dançada? De modo algum. Quem ousaria dizer o mesmo de um sapateado argentino ou do popular samba, por exemplo? O sapateado se dança sozinho, quando se trata de um homem, ou sozinha, se a bailarina for mulher. O parceiro não existe, e se existe, os bailarinos dançam separados, cada um concentrado nos passos que dá em função da música, uma música que isola e distancia as pessoas em vez de aproximá-las e inflamá-las, como faz a valsa. O sapateado foi feito para ser visto de longe, e a valsa para ser vivida na própria carne.

Foi por isso que ela teve tanta aceitação no nosso país e serviu para aproximar as pessoas e combater os preconceitos e o racismo. Entre as virtudes da valsa peruana, não podemos esquecer esses elementos que também fazem parte do seu feitiço.

XI

Toño Azpilcueta se levantou pensando em Lucha Reyes. Ela era, a seu ver, a cantora que mais se parecia com Lalo Molfino porque também teve uma vida infeliz e morreu jovem. Lembrou-se das palavras do autor de um documentário sobre a sua vida explicando que, graças ao caráter determinado, Lucha tinha sobrevivido às quatro maldições que caíam contra ela: ser mulher, ser negra, ser cantora e ser feia.

Lucha nasceu em 1936 no seio de uma família enorme, toda uma população de negros, negrinhas e negrinhos dos Barrios Bajos, onde nasciam os mais pobres entre os pobres do Peru, e passou vários anos em um convento, provavelmente com a ideia de virar freira, uma forma de sobreviver no país sendo mulher, negra e feia. Mas Lucha Reyes superou muito mais desgraças do que a fome. Teve a sorte de conhecer o Negro Ferrando, que a levou para cantar num programa que ele fazia na Rádio América enquanto transmitia as corridas do hipódromo. O cafuzo Ferrando era ligado ao hipismo acima de tudo, mas Toño Azpilcueta sabia o quanto ele tinha feito pela música *criolla*, quantos cantores e cantoras havia descoberto, inclusive Cecilia Barraza, possibilitando que cantassem, tocassem violão, reco-reco ou *cajón* e ficassem famosos. Uma delas foi Lucha Reyes.

Toño Azpilcueta se lembrava das perucas louras, ruivas ou brancas que Lucha Reyes usava para cantar, com sua voz imensa, aquelas valsas que eram a marca registrada da humildade e da pobreza no Peru. E da *huachafería*, claro, com suas histórias apaixonadas e sangrentas, seu sentimentalismo exacerbado e suas cafonices infinitas, que ela modelava e eternizava dando à valsa peruana um acento especial, um vigor e uma força até então desconhecidos. Ela transformou a valsa, que era cantada baixinho, sempre de um jeito afeminadinho, bem-comportadinho, em um estrondo e ao mesmo tempo algo muito refinado. Toño escrevera isso nos vários artigos, sempre elogiosos, que publicou sobre a cantora.

É uma pena que o cafuzo Ferrando não tenha descoberto o cafuzinho Lalo Molfino, porque sem dúvida o tornaria famoso e popular. Com certeza o batizaria de "O violão do Peru", concorrendo com Óscar Avilés, e depois gravaria seus discos e organizaria excursões por todo o país para que as massas peruanas o conhecessem e aplaudissem. Era esse o destino que Lalo Molfino merecia. Quem sabe agora cabia a ele a tarefa de lhe proporcionar a glória póstuma com seu livro, já que o cafuzo Ferrando não o fez.

Toño evocava Lucha Reyes para não pensar na última missão que deveria realizar em Puerto Eten antes de voltar a Lima. Não queria fazer isso, sentia nojo, ficava arrepiado só de pensar, mas sabia que para escrever seu livro tinha que visitar o Reque, um mar de lixo que se estendia até onde a vista alcançava, o lixão onde o padre Molfino encontrara o pequeno Lalo.

Antes do café, chamou um táxi e explicou ao motorista que precisava conhecer o terrível lixão por causa de um livro que estava escrevendo. O homem entendeu o que ele queria e abriu a porta do carro. Meia hora depois, Toño Azpilcueta tinha atravessado a ponte e estava diante de um gigantesco mar de detritos a perder de vista e que atraía uma infinidade de moscas que atacaram seu rosto, suas mãos e seus braços assim que saiu do velho táxi. Tampando o nariz por momentos, entrou naquele monturo gigantesco que não tinha limites e viu os sacos de lixo que os caminhões deixavam lá no meio da manhã, depois de recolherem os resíduos dos povoados vizinhos.

O mais incrível é que, no centro daquele amontoado repelente, viu um barraco, feito com recortes de papelão, pano, madeira e pedaços de ferro, e um homem, provavelmente idoso, que morava ali. Ao se aproximar dele com a intenção de entrevistá-lo, viu que de repente o homem mergulhava metade do corpo no lixo, como se procurasse um tesouro, e reaparecia tirando do pescoço e da cabeça algum bicho que se agarrara em sua pele. Fazia isso com uma naturalidade que aumentou o mal-estar de Toño. Agora não conseguia mais evitar a coceira. Começou a sentir patinhas úmidas e nojentas em todo o corpo, uma irritação na pele. Enquanto o velho enxotava com sua pá um urubu que queria lhe roubar algum tesouro encontrado no lixo, Toño se deu conta de que estava ficando tonto. Tentou imaginar o que Lalo Molfino devia ter sentido ali, abandonado, rodeado por esses odores nauseabundos, esses bichos pegajosos que subiam pelo seu corpo, e não aguentou. Tudo aquilo era sujo demais, e tão infestado, com toda certeza, de ratos e camundongos que sentiu um grande nojo de si mesmo. Por fim, perseguido por auréolas de moscas e fedores, voltou correndo para o táxi. Encontrou o motorista dando tapas no próprio rosto para espantar os mosquitos. "Já viu o que queria?", provocou. Toño, sacudindo todo o corpo, pediu que saíssem dali imediatamente.

Tomou um banho demorado na pensão. Trocou de cueca e de calça e chegou a cogitar deixar no quarto a muda de roupa que tinha usado de manhã. Depois pensou melhor e lembrou que não tinha roupa sobrando, de modo que guardou tudo na mala grande e se certificou de que seus cadernos e cadernetas estavam na outra. Foi pagar a conta, arrastando as duas, e na entrada do estabelecimento deu com um homem à sua espera. Demorou para reconhecê-lo. Era alto e um pouco encurvado, e vestia, como muita gente em Puerto Eten, macacão, camiseta e tênis.

— Ainda bem que encontrei o senhor antes que fosse embora — disse ele, apertando sua mão. — Sou Jacobo Machado. Estivemos juntos ontem, mas era tanta gente que nem vai se lembrar de mim.

— Lembro muito bem — disse Toño Azpilcueta. — Claro que sim. Amigo do Pedrito Caballero, certo?

— Isso mesmo — confirmou Machado. — Vim porque ontem exagerei com o pisco e me deu um branco na memória. Às vezes acontece. O Lalo não era meu amigo, mas por acaso descobri uma coisa que pode te ajudar: o homem que o levou para Chiclayo, e talvez também para Lima, para tocar num grupo folclórico. O nome dele era Abanto.

— Luis Abanto Morales? — perguntou Toño Azpilcueta, surpreso. — Eu estava indo procurar um lugar para tomar café da manhã. Por que não vem comigo? É por minha conta. Quer dizer então que Abanto Morales...

— Não sei se é Morales — disse Machado, franzindo seu nariz largo. — Mas se chamava Abanto, lembro direitinho. Eu o conheci em Chiclayo, acho que nunca esteve em Puerto Eten. Lembro até que bebemos umas cervejas juntos, ele pagou.

Foram tomar o desjejum num bar que havia ao lado da pensão. Pediram café com leite e torradas com manteiga e conversaram por um bom tempo. Nessa época Jacobo Machado era caminhoneiro e transportava cargas de Puerto Eten para Chiclayo e para o resto do Peru, às vezes como motorista, outras como ajudante, num caminhão novinho em folha que tinham batizado de *El Rascador*.

Ficou nesse emprego, bastante bem remunerado, durante dois ou três anos. Uma noite, em Chiclayo, tomando umas cervejas com um homem que viera de Lima e se chamava Abanto, acabaram conversando sobre Puerto Eten. "O melhor violonista do Peru, Lalo Molfino, é de lá", disse ele, e depois se vangloriou de tê-lo contratado para tocar num conjunto.

— Tem certeza de que era Abanto Morales? — perguntou Toño Azpilcueta.

— Eu já disse que não sei se era Morales. Mas Abanto, sim. Um nome bem estranho.

— É um bom cantor. Sim, senhor — falou Toño. — Tínhamos bastante contato alguns anos atrás. Se Lalo Molfino tivesse tocado com ele, eu saberia. Fico surpreso.

— Não sei se tocou com ele — disse Jacobo Machado. — Só posso afirmar com certeza que esse homem se chamava Abanto. Era bem gordo e já um pouco idoso. Estava de gravata, com um grande relógio no pulso e viera de Lima. Um senhor elegante. Não sei o que fazia em Chiclayo, só sei que, quando falou de Lalo Molfino, eu pulei da cadeira e contei para todo mundo que tínhamos estudado juntos em Puerto Eten, na escola Santa Margarita.

— Mas esse homem não lhe disse o que aconteceu com ele, com Lalo, em Chiclayo ou em Lima?

— Não, porque mudamos de assunto na mesma hora — disse Machado. — Ninguém conhecia Lalo naquela mesa, só o sr. Abanto e eu. Acho que começamos a falar de futebol, se não estou enganado.

Mais tarde, no ônibus que o levava de Puerto Eten para Chiclayo, Toño Azpilcueta continuou a pensar em Abanto Morales. Pelo que lhe contaram, estava doente. Descobriria isso em Lima. Já tinha um bom pretexto para marcar outra conversa com Cecilia Barraza no Bransa, porque ela com certeza poderia lhe dizer como encontrar o compositor. Não havia motivo para continuar em Chiclayo fazendo averiguações. Era melhor pegar o ônibus da Roggero para Lima naquele mesmo dia, mesmo que isso significasse não comer o famoso arroz com pato.

Toño, que não conseguia dormir — dessa vez viajava de noite e não teria como admirar os desertos solitários e, vez por outra, o mar e suas ondas rugindo com força —, ficou pensando no seu livro. A visita a Puerto Eten não tinha sido tão útil como ele imaginara, mas pelo menos conseguira algumas informações importantes que lhe permitiriam mergulhar na psicologia de Lalo Molfino. Havia muitas lacunas que seria preciso preencher pesquisando e entrevistando outras pessoas, a começar por Abanto Morales. Ou então poderia inventar tudo o que não sabia sobre Lalo Molfino. Se inventasse, o livro ficaria mais parecido com um romance, uma fantasia sobre a suposta vida de Lalo Molfino, mas não, ele não queria isso. Queria que seu livro fosse feito a partir de pesquisas rigorosas, que só dissesse coisas verdadeiras e que fossem comprovadas por ele. Um livro sobre a *huachafería*, sobre a valsa *criolla* e sobre aquela figura desconhecida que decidiu um dia recuperar e aprender a tocar sozinho um violão, esse grande instrumento da valsinha que passou a personificar a música peruana. Um livro no qual explicaria que a valsa peruana não existiu durante os três séculos da colônia, um período em que os peruanos brancos e da boa sociedade tinham a sua própria música, importada da Espanha, e os peruanos humildes, a começar pelos escravizados, também tinham as suas, assim como suas próprias danças, de origem africana, muito diferentes das dos brancos. Na verdade, a fusão musical desses mundos separados só ocorreu no século xix, muitos anos depois da independência, quando surgiram as valsinhas.

O que havia acontecido na última década para que o Peru entrasse naquela guerra fratricida que provocava um monte de mortes todos os dias? Por que o Sendero Luminoso ocupava povoados isolados nas montanhas e soltava bombas nas cidades serranas, e até mesmo em Lima, se todas as vítimas eram peruanas? Em que momento o país tinha se partido, se fraturado por completo, separando as montanhas do litoral e um irmão de outro irmão? Não fazia falta, agora mais do que nunca, um livro que unisse de novo o Peru? Será que ele conseguiria escrever esse livro sobre a alma peruana, no qual cada um de seus compatriotas pudesse se reconhecer e lembrar o que os unia? Na escuridão do ônibus, Toño Azpilcueta sorriu, com pena de si mesmo, e recordou o costume tão peruano de achar que as coisas pensadas já eram realizadas. Será que aconteceria isso com ele? Iria se conformar com o sonho, com a fantasia, ou conseguiria concretizar todas as suas ideias numa obra capaz de revitalizar a pátria? Não!, pensou. Estava certo de que escreveria o livro sobre Lalo Molfino. Tinha esse desejo. E seu amigo, compadre e vizinho, o chinês Collau, lhe havia emprestado cinco mil soles para isso. Não podia decepcioná-lo.

XII

Gostaria de falar agora de Gérard Borras, a quem já me referi, um jovem que apesar de estrangeiro é douto nos assuntos da nossa terra e publicou um estudo intitulado *Lima, el vals y la canción criolla* (*1900-1936*). Esse autor, membro do Instituto Francês de Estudos Andinos, deu um tratamento rigorosamente acadêmico ao seu estudo que abrange apenas, como indica o título completo, trinta e seis anos, o período dos cancioneiros, que estudou a fundo. Graças aos cancioneiros publicados em Lima e à revista *Variedades*, que ele consultou com uma curiosidade de erudito, essa pesquisa nos oferece uma percepção muito detalhada da influência da valsa peruana nesse momento em que era muito difundida entre as classes média e baixa. A imprensa e a coletividade de Lima utilizavam a valsa (ou a música peruana em geral) para comentar os fatos jornalísticos, tanto políticos quanto policiais, que atraíam a atenção popular. O ensaio nos mostra, por exemplo, a sensação causada em Lima pela morte de dois destacados aviadores, chamados Octavio Espinosa e Walter Pack (o segundo, norte-americano), que colidiram por acidente em pleno voo e despencaram no solo, ambos mortos, assim como seus ajudantes. O fato causou grande comoção e, claro, deu origem a uma série de valsas e canções que celebravam (ou pranteavam, melhor dizendo) o ocorrido. Esses primórdios da aviação peruana, que o pesquisador descreve com precisão, levaram ao conhecimento do público os nomes de Carlos Tenaud, Juan Bielovucic e Octavio Espinosa, e tiveram uma publicidade passageira. Mas, como eu disse — como o estudo disse —, a morte de Octavio Espinosa e Walter Pack abalou a cidade, e surgiram diversas valsas em homenagem a eles, o que significa que a valsa peruana não era apenas música, era também transmissão de notícias.

A valsa *criolla* foi avançando, ganhando espaço na atenção dos peruanos, pois não era um fenômeno limitado a Lima, também existia nas províncias; tratava-se sem dúvida de uma música nacional e profundamente popular. Pela filiação de seus cultores, antes de mais nada: gente humilde, às vezes paupérrima, operários, marmoristas, pedreiros, varredores de rua, acendedores da iluminação pública, pedreiros, que economizavam para comprar seu violão ou para dar um de presente a alguém. Nessa difusão da valsa peruana, Felipe Pinglo Alva teve um papel principalíssimo, e sua morte, em 1936, deixou um vácuo que milhares de peruanos tentaram preencher em todo o território nacional. Nenhum deles conseguiu, é claro; Pinglo Alva continuou a ser a estrela máxima da nossa música. Mas a valsa e outras canções nacionais — como as polcas e os *tonderos* — se espalharam e avançaram em todas as direções até chegarem a todos os espaços, dos mais humildes aos mais prósperos, e constituírem, pela primeira vez, uma música nacional que todos os peruanos, por mais diversa que fosse sua origem, aprovavam. Daí a sua popularidade, da qual a imprensa se aproveitou. Chegaram a ser compostas canções de humor macabro e até masoquista, como "O rato": "Tenho medo, muito medo/ da barata e do ratão/ porque os dois são uns bichinhos/ que entram dentro do colchão". E esta outra: "De Lambayeque a Chiclayo/ mataram um *huerequeque*/ e do bucho dessa ave, comadre,/ saiu um cholo de Lambayeque".

Após a morte de Felipe Pinglo Alva surgiu uma cantora muito bonita, com uma voz magnífica: Jesús Vásquez. Tinha uma linda concepção das valsas, e com isso contribuiu como ninguém para divulgar a música *criolla* em setores sociais que ainda não a conheciam. Muitos jovens lhe mostravam suas canções, e ela, sempre presente no rádio e nos primeiros filmes peruanos, ajudava a divulgá-las. Jesús Vásquez viajou pelo mundo inteiro e fez sucesso em toda parte. Era natural de Rímac e foi uma das grandes cultoras da música nacional. É verdade que, na mesma época, surgiram muitas outras vozes femininas no meio artístico, cantoras como Serafina Quinteras, Amparo Baluarte, Alicia Lizárraga, Estela Alva, La Limeñita e muitas mais. Mas só Chabuca Granda conseguiu superar todas e se impor internacionalmente, levando a música peruana para além das nossas fronteiras e conquistando um público universal.

Dezenas, centenas, talvez milhares de compositores surgiram nos anos que se seguiram à morte de Felipe Pinglo Alva e fizeram a fama de algumas cantoras, como a já citada Jesús Vásquez, a favorita, que se multiplicou no rádio e no cinema, contribuindo de forma decisiva para dar representação nacional à valsa peruana.

Uma vez, por exemplo, a revista *Variedades* descreveu uma luta de vida ou morte entre dois bandidos, Tirifilo e Carita, vencida por este último. Não apenas o artigo em questão relatou o caso de forma heroica e cavalheiresca como foram compostas muitas valsas rememorando o confronto. Questões políticas também aparecem na valsa, como as campanhas para que as jamais esquecidas cidades de Tacna e Arica voltem a ser peruanas e o triste caso da guerra com a Colômbia em plena selva amazônica, dois acontecimentos históricos que originaram um grande número de composições impregnadas do mais nobre patriotismo que o estudioso francês resenha com cuidado, muito embora não mencione, porque não teve oportunidade de ouvi-lo, Lalo Molfino e outros grandes intérpretes da música *criolla*.

XIII

Quando voltou a Lima, Toño Azpilcueta sentiu necessidade de visitar seus amigos Toni Lagarde e Lala Solórzano para lanchar e conversar sobre seu projeto. Os dois costumavam passear todas as tardes pelas ruas do bairro. Já eram bastante velhinhos, deviam ter uns noventa anos, mas não perdiam os bons hábitos.

    Toni era um leitor empedernido, ainda mais depois de aposentado, e se interessava em particular pela história do Peru. Tinha devorado os livros de grandes historiadores como Porras Barrenechea, Jorge Basadre e Luis E. Valcárcel, o que criou uma confusão memorável em sua cabeça, pois ainda não se decidira entre os hispanistas e os indigenistas. Quando lia José de la Riva Agüero, encantado com sua prosa da virada do século, sentia-se hispanista, mas quando lia os historiadores de Cusco, em especial Uriel García, virava um indigenista consumado. Com essas mudanças de ideologia, Toni se divertia um bocado e irritava meio mundo.

    Enquanto tomavam um lanche em que não faltou geleia de marmelo, Toño contou ao casal como seu amigo Collau lhe fizera aquele incrível empréstimo e depois relatou sua viagem a Chiclayo e Puerto Eten. Estava determinado a escrever o tal livro sobre Lalo Molfino e defender no papel suas ideias sobre a *huachafería*. Os amigos riam, como se não tivessem levado muito a sério aquelas palavras. Sem se dar por achado, Toño insistiu no assunto. Queria notícias dos sobreviventes da Palizada, se alguém ainda continuava vivo. Fazia muito tempo que Toni e Lala não viam nenhum deles, nem sequer sabiam quem estava vivo e quem não estava. Confessaram que já não ouviam mais tanta música peruana no rádio. Tinham tomado gosto pelas radionovelas, e quando estavam em casa, quando não tinham um livro nas mãos, se sentavam em frente ao aparelho para sofrer e curtir as velhas histórias rocambolescas e truculentas que uma emissora voltara a transmitir. Se Toño escreveria mesmo sobre a *huachafería*, disse Lala, não podia ignorar essas narrativas, sempre tão intrigantes, que lhes traziam recordações da sua própria história de amor. Toño ficou confuso. Duvidava que a radionovela fosse um produto estritamente peruano, e além do mais achava ofensivo comparar a genialidade de Felipe Pinglo ou de Lalo Molfino, sua capacidade de auscultar a alma das pessoas, àquelas ideias imaginadas por uns escrevinhadores que com certeza produziam por encomenda, sem saber coisa nenhuma sobre o Peru ou a sensibilidade de sua gente.

Toni deu uma gargalhada e lhe disse que essas histórias, independente de quem as escrevesse, retratavam bem a realidade do país. Sem ir mais longe, acrescentou, havia o caso da sua herança. A questão tinha sido resolvida anos antes, quando Toni, na reunião convocada pelo tabelião, deixou os irmãos muito impressionados ao dizer que não queria um centavo, embora a lei o amparasse, porque respeitava a decisão dos pais que o tinham deserdado quando ficou noivo de Lala Solórzano. Os irmãos protestaram e disseram que já haviam combinado que não respeitariam a vontade dos pais e lhe dariam sua parte, mas ele, que era teimoso, insistiu que não havia nada a fazer, que respeitaria a decisão dos pais de deserdá-lo por se casar com uma mulher negra e pobre, e que os outros podiam dividir o que lhe cabia e todos continuariam amigos como sempre. (A verdade é que nunca se encontravam, só se viam uma vez na vida outra na morte.) No fim o tabelião deu um jeito de que a lei fosse respeitada nas aparências, mas na prática os irmãos dividiram entre si a parte de Toni. A reunião terminou com todos se abraçando, é claro.

— Seria um bom tema para uma valsa, não para uma novela de rádio — declarou Toño Azpilcueta, com ar de doutor.

Toni tinha três irmãos. Um deles, o mais velho, era advogado, o outro, banqueiro, e a irmã se casara pela segunda vez com um chileno rico que morava no Peru; tinha fazendas, ao que parece, mas parte delas havia sido confiscada pelo general Velasco com sua lei de reforma agrária. Até recentemente, às vezes convidavam ele e Lala para algum evento em sua casa e eles iam para não parecerem antipáticos, mas a verdade é que ficavam entediados no meio daqueles senhores e senhoras da sociedade que falavam muito de negócios e tinham pouco interesse, ou nenhum, pela história do Peru. Para demostrar que não tinham preconceito racial (mas o fato é que tinham, sim), sempre tratavam Lala muito bem, às vezes com certo exagero, e até poucos anos antes ainda propunham associá-la aos seus clubes de música, leitura ou dança, e ela aceitava, sempre cordial, já sabendo que depois do encontro todos esqueceriam o que tinham combinado. A verdade é que eles se davam bem com os parentes, mas só assim, com uma leve distância.

Por outro lado, parecia que Carmencita Carlota se dava superbem com as primas ou sobrinhas, e era bastante amiga de uma delas, que muitas vezes participava do inigualável lanche em que a família comia *chancays* com a geleia de marmelo preparada pela mãe. Esta e Toni formavam um casal que Toño invejava. Como tinham conseguido? Com certeza, pensou Toño, foi graças às muitas dificuldades que tiveram que enfrentar quando jovens. A teimosia os salvou. Os dois se defenderam do mundo amando-se e amando muito a filha, Carmencita Carlota. Toño se sentia triste quando comparava sua história. Ele e Matilde, que vinham do mesmo bairro, La Perla, que tinham se unido sem provocar nenhum tipo de animosidade ou falatório, e muito menos a rejeição das famílias, com o tempo foram ficando cada vez mais distantes. Todas as pequenas misérias que acabam fissurando os relacionamentos se interpunham entre eles. Já seus amigos, ao contrário, apesar de virem de mundos tão diferentes, encontraram na música *criolla* a cola que apaga todas as diferenças sociais e raciais. E ali estavam os dois, velhinhos e felizes, um ao lado do outro. Lala e Toni eram mesmo um modelo. Entre eles não havia o menor resquício desses ódios que se incubam entre pessoas que convivem há muito tempo e as condenam à amargura. Basta olhar em volta para perceber que a maioria das pessoas é infeliz, está sempre lutando por algo que nunca vai conseguir — a felicidade ou a fortuna —, ao contrário de Toni e Lala, que pareciam contentes com a sua sorte, embora a pobreza os tenha impedido de viajar pelo mundo e até mesmo pelo próprio Peru. Reclamavam que não conheciam Cusco, por exemplo, porque nunca tiveram dinheiro suficiente para passar as férias. Mas não viviam amargurados com isso, porque havia outras coisas que compensavam. Seu grande amor era uma delas, e esse amor permitia que desfrutassem juntos um livro, um filme, um programa de rádio e até as novelas que, como diziam, por mais que Toño as criticasse, lhes proporcionavam emoções e, aos noventa anos, motivação para continuar vivendo. Além, claro, da música. Na cama, excitados com as valsas e as *marineras*, deviam se entender muito bem, concluía Toño. Sem dúvida melhor que Matilde e ele. Há quanto tempo não se deleitavam fornicando? A resposta o deixava arrasado. Meses, talvez anos, já tinha perdido a conta. Quem dera ser como Toni e Lala.

Ele achava que esses amigos eram uma prova evidente de que suas ideias estavam corretas. A valsa tinha feito uma revolução na vida deles que deveria ser replicada em toda a sociedade peruana, unificando-a, superando os preconceitos e abismos sociais. Esta seria a tese central do seu livro, confessou aos dois. Costumava-se pensar que é a religião, a língua ou a guerra que forma um país, criando uma sociedade, mas nunca ocorrera a ninguém que uma canção, uma música, pudesse fazer as vezes de religião, língua ou batalhas. A música, basta pensar um pouco para captar, é a expressão artística que mais tem o poder de despertar a fraternidade, e mesmo o erotismo, entre pessoas diferentes. Toño apontava para os dois. Ali estava a prova, bem à sua frente, não era possível desmentir. Seu entusiasmo o fazia discursar em voz alta, quase gritando. Gesticulava com energia, a ponto de o banco de madeira onde estava sentado ranger tanto que parecia que ia quebrar.

Toni e Lala se entreolharam pelo canto dos olhos, um pouco surpresos diante da veemência do amigo. A certa altura, Toni se atreveu a dizer que nem tudo em suas vidas era tão perfeito como parecia, mas Toño cerrou as mandíbulas e o corrigiu no mesmo instante.

— Nada disso, meu amigo — replicou, negando com o dedo. — Vocês são um exemplo para mim e para todo o Peru.

Os *chancays* com geleia de marmelo terminaram e Toño se despediu, prometendo voltar trazendo um exemplar do seu livro. "Para duas almas que a valsa uniu, exemplo e orgulho desta terra mestiça, o meu Peru", seria a dedicatória.

XIV

O *cajón* é uma grande invenção da música peruana cuja origem se perde na noite dos séculos, embora provavelmente tenha surgido no tempo da Conquista, já que muitos negros e mestiços — escravizados ou livres — vieram com os espanhóis. Nos livros de história há um grande silêncio a respeito dessa população de gente de pele escura que chegava ao Peru desde o final do século xv junto com os conquistadores — a começar por Cristóvão Colombo — e participou ativamente da tomada de Tahuantinsuyo. Naqueles primórdios distantes, os negros e mestiços chegaram a constituir algumas vezes um terço dos membros das expedições espanholas ao país. E muitos escravizados eram recompensados com a alforria por sua bravura e pelos serviços prestados durante a conquista. O historiador Porras Barrenechea afirma que, apesar das proibições da Inquisição, muitas músicas, cantos e danças africanas se filtraram população adentro desde aquele promissor alvorecer do Peru, em que a população escura vinda da Espanha desempenhou um papel tão importante. Muitos desses negros ou mestiços eram muçulmanos que tinham se convertido ao catolicismo na pátria-mãe, de modo que o islamismo também tem sua participação nas intensas misturas raciais que originaram os peruanos. Em nossas fotografias mais antigas há conjuntos musicais em que o *cajón* e o *cajonista* aparecem ocupando um lugar de destaque.

  O *cajón* é indissociável da pobreza e do engenho daqueles que não tinham nenhum dinheiro para comprar uma gaita, uma viola de mão nem, muito menos, um violão. Por isso inventaram esse instrumento musical que acompanha, como se fosse uma sombra, a *marinera*, a valsa, o *huainito* e, de modo geral, toda a música criada país afora desde que a independência culminou todas as conspirações dos peruanos buscando se emancipar da tutela estrangeira e o exército do general San Martín chegou do Chile para consagrá-la.

Foi assim que nasceu o *cajón* como instrumento musical. Quem o inventou? Os historiadores lembram os nomes dos grupos musicais mais antigos — apontam sobretudo os negros — que já o usavam. Mas, embora mencionem muitos nomes, o fato é que ninguém sabe ao certo. E eu penso que, diante da dúvida, devemos designar o *cajón* como o que ele realmente é: um símbolo do que são capazes os peruanos mais necessitados e amantes da música que, por falta de recursos, recorreram a esse instrumento de percussão para acompanhar os cantores de música *criolla*.

O *cajón* é qualquer caixote, claro. Mas, de preferência, feito de madeira dura e envelhecida — o cedro florestal, por exemplo, mas também há muitos de alfarrobo —, porque é a madeira que soa melhor, obediente à mão e ao ritmo. Mais tarde, já nos dias de hoje, as lojas de música inventaram os "*cajones* de fábrica", que, como você, leitor, há de imaginar, não costumam ser os melhores, e muitas vezes são bem piores que os outros, os de rua. O som desse instrumento é fascinante. Certa vez uns cantores espanhóis, chegando a Lima direto da Andaluzia, se apaixonaram pelo *cajón* e o levaram à Espanha, onde parece que se tornou, pelo que me contaram músicos mais viajados, um instrumento típico, em especial no sul do país, ao lado das castanholas e do violão, elementos substanciais do flamenco.

Para ser um bom *cajonista* é preciso ter mãos endurecidas e calejadas e um bom ouvido — mais nada. E uma voz que não desafine muito. Hoje em dia também se ensina a tocar o instrumento em escolas e conservatórios de música, mas todos dizem que os melhores percussionistas são os de rua, que aprenderam a tocar de ouvido e nunca cometem erros. E é uma maravilha para os olhos e para os ouvidos — sei por que estou dizendo — ver esses artistas populares, às vezes analfabetos, especialistas em tocar *cajón*, produzindo aqueles sons que, com os dedos e a palma das mãos, vão espalhando pelas melodias que ouvimos da valsa. Dizem que é por isso que os cantores de valsa e *marinera* sempre exigem que haja um *cajonista* nos grupos musicais que os acompanham. É verdade que os melhores executantes e cultores do instrumento, em geral incorporados à bateria, são homens, mas já existem algumas mulheres que tocam também, em especial entre as andaluzas e limenhas, e o fazem com a mesma elegância e bom ouvido. É com prazer que cito aqui alguns exemplos de *cajonistas* famosos de Lima; todos os que atuam em grupos mais ou menos conhecidos o são.

Dizem, por exemplo, que o pai da famosa Lala Solórzano, o sr. Juanito Solórzano, era um grande *cajonista* que até morrer, de pura velhice, quando estava prestes a completar cem anos, ainda era um astro tocando esse instrumento no cortiço de Morones, onde morava com sua multidão de netos, bisnetos e achegados.

Atualmente o *cajón* se espalhou pelo mundo inteiro e muitos países reivindicam o crédito por tê-lo descoberto. Mas o fato é que é peruano. Nasceu aqui, para orgulho da nossa música. E aqui temos os melhores *cajonistas*, para nosso orgulho. Não só em Lima, claro. Também em todas as províncias do litoral e da montanha. E até na Amazônia. Sem o *cajón*, a música peruana não seria o que é. Seu som tem um gostinho especial, uma alma de madeira. Nossa *marinera*, nossas polcas, nossas valsas não seriam as mesmas sem esse perfume das árvores e das plantas das nossas florestas, sobretudo da Amazônia. É isso que o *cajón* nos proporciona. E quanto mais velho, melhor. Por isso os nossos *cajonistas* mantêm seus instrumentos até literalmente se desmancharem.

Já ouviram o Manco Lañas tocando? O Manco Lañas nunca quis entrar num grupo musical, apesar das muitas propostas que recebeu. De vez em quando aparece em algum palco ou numa boate, com a irregularidade dos boêmios, quando sabe que vai encontrar um conjunto que aprova. E então começa a tocar.

Deus do céu, que ouvidos e que mãos. Lañas é um homenzinho insignificante, teve poliomielite na infância, mas quando toca ele cresce, engorda e parece até que se levanta. É uma espécie de Lalo Molfino do *cajón*. E hoje ninguém tenta mais contratá-lo. Já se cansaram. Todos os grupos ficam apenas à espera de que ele apareça e os acompanhe. Há muitos *cajonistas* magníficos no Peru. Outro grande é o que acompanhava Chabuca Granda em suas turnês internacionais: Carlos "Caitro" Soto, majestoso com seu famoso *cajón*.

Em seu interessante livro sobre a valsa peruana (intitulado *El Waltz y el valse criollo*), César Santa Cruz Gamarra, irmão de Victoria, a ilustre folclorista, diz que na década de 1950 havia três grandes *cajonistas* no país: Francisco Monserrate, Víctor Arciniega, o "Gancho", e Juan Manuel Córdova, apelidado de "Pibe Piurano", especialista em *tonderos*, sobretudo. E também que esses bateristas participavam dos programas de rádio, quase sempre ao final, pois costumavam encerrar com alguma *marinera* ou *tondero* do Norte. E que foi Yolanda Vigil, dona do mais belo apelido, "a Peruana", quem introduziu a música *criolla* com seu show no Embassy, em Lima e no grande espaço nacional, e o fez com a graça e a brejeirice típicas da mulher do litoral. Segundo ele, só a partir de então a música *criolla* rompeu a carapaça que a restringia aos cortiços e se espalhou por todo o país.

Sem desmerecer a sabedoria do ilustre Cruz Gamarra, creio que foi um pouco antes disso que a música *criolla* começou a ganhar terreno e foi se impondo em todos os setores do Peru, com diversos coletivos sociais adotando o *cajón* e os *cajonistas* como um fato essencial do gênero, inseparável dele, como mais tarde seria reconhecido.

Por outro lado, César Santa Cruz Gamarra não parece ser de todo simpático a essa expansão da música *criolla* na década de 1950, que se deveu sobretudo aos programas de rádio. Pelo contrário, manifesta seu descontentamento, como se a valsa, ao se espalhar pelos estratos sociais, tivesse perdido algo da sua qualidade, da sua originalidade, e, mais que isso, houvesse empobrecido. Eu não concordo com ele, é claro. Para mim, essa ruptura do pequeno círculo em que a música peruana estivera confinada até então foi a melhor coisa que nos aconteceu como país. Foi um grande mérito dessa arte, com a qual enfim puderam nascer as canções que os peruanos, de qualquer classe social, passaram a reconhecer como próprias.

César Santa Cruz Gamarra chegou a ter um grande destaque em nosso país, primeiro como intérprete e compositor de canções, depois como *decimero*, isto é, como autor de décimas, que improvisava com uma facilidade enorme perante diversos públicos, retomando uma antiquíssima tradição nacional cuja origem se perde nos anos da colônia. Ele ressuscitou essa tradição e se tornou muito popular, apesar dos preconceitos que marginalizavam os negros na época. Embora fosse um negro retinto, não fazia parte dos setores mais pobres do país. Nasceu na classe média, passou a infância no bairro de La

Victoria, em Lima, e vários de seus parentes — em especial sua irmã Victoria — contribuíram com muito talento para enriquecer o folclore nacional, tanto pelas informações divulgadas em artigos, conferências e livros como pela prática do canto e da dança, que trouxe fama a todos os membros dessa família. Mas foi César Santa Cruz Gamarra, com as suas décimas, que ficou célebre em todo o país. Depois partiu para a Espanha, onde, provavelmente com menos sucesso que aqui, divulgou a música *criolla* e se tornou bastante conhecido. Creio que morreu lá, onde sem dúvida deixou um bom número de admiradores.

 Como *decimero*, ele era insubstituível e foi muito amado e respeitado. É verdade que sabia de cor muitas das décimas que declamava e já as tinha usado em diferentes circunstâncias, mas outras vezes realmente improvisava, em resposta aos estímulos que ia recebendo, e o fazia de forma maravilhosa. Tive oportunidade de ouvi-lo diversas vezes, em apresentações públicas ou em programas de rádio, e não se pode negar que recitava com uma facilidade extraordinária, de uma forma inesquecível, muito pessoal, que desencadeava aplausos formidáveis. Era figura popular em todos os ambientes peruanos, e talvez sua ida para a Espanha o tenha prejudicado, porque em Madri perdeu o clamor da pátria e nunca gozou da enorme celebridade que tinha no Peru. Essa posição de destaque, infelizmente, César Santa Cruz Gamarra não conseguiria ter entre os espanhóis.

XV

Durante toda a semana Toño Azpilcueta trabalhou em seu livro. Com exceção de algumas aulas de desenho e música que teve que dar no Colégio del Pilar, não fez nada além de organizar as informações que obtivera sobre Lalo Molfino e tentar descobrir o paradeiro do professor Abanto Morales.

Cecilia Barraza esclareceu suas dúvidas: o sr. Abanto que Jacobo Machado havia mencionado não tinha nada a ver com o filho ilustre de Cajabamba, exceto a coincidência de nomes. E era verdade, esse Abanto — que no seu caso era nome, não sobrenome — tinha ouvido o violão de Lalo por acaso, e aflorou em sua cabeça a fantasia de ganhar um dinheirinho com um grupo de música *criolla*. Abanto era um empresário — não era músico nem especialista em *criollismo* — que investia onde sentisse cheiro de bom negócio, não importava qual. Toño conseguiu localizá-lo no porto de Callao, porque agora ele se ocupava de pesca, da mesma maneira que antes transportava mercadorias pela região de Chiclayo, no norte.

— Estou procurado o senhor há dias — disse Toño, quando Abanto finalmente o recebeu num pequeno escritório na área do porto. — Pois deve estar se perguntando por que insisti tanto em ter esta conversa. Acontece que o senhor teve a sorte de conhecer o mais excelso violonista do Peru, Lalo Molfino, a quem pretendo fazer justiça em um livro que estou escrevendo. Queria que me desse alguma informação sobre ele. Qualquer coisa que lembrar, por favor.

O sr. Abanto o olhou com decepção. Com certeza tinha imaginado que queriam conversar com ele para lhe propor algum bom negócio, nunca para fazê-lo recordar aquele músico com quem perdera tanto dinheiro.

— Maldita a hora em que entrei nesse negócio de música

criolla — exclamou, arrependido. — Nunca chegamos a tocar em público por causa desse Lalo. Era um infeliz, um desgraçado cheio de escrúpulos e obsessões. Não queria se apresentar em grupo, exigia tocar sozinho. Todos os músicos que eu tentava contratar desistiam por causa dele. Eu pagava os ensaios, elogiava todo mundo, até subornei alguns para que aguentassem o Lalo, mas no final jogavam a toalha. Um bandido, um filho da mãe esse Lalo Molfino.

Esse depoimento rasgou o coração de Toño. Já estava quase devolvendo aquele insulto, como se tivesse sido dirigido a ele, quando lembrou que era a segunda vez que lhe diziam a mesma coisa. Difícil de acreditar. Mais do que isso, ele se negava a acreditar por um motivo simples: não era possível. Um cultor da música mais fraterna e amorosa não podia ser individualista, muito menos um narciso egoísta que desprezava a tal ponto os outros músicos que se recusava a tocar com eles. Mas ele próprio tinha visto o efeito mágico do seu violão, tinha sentido. Naquela noite em Bajo el Puente teve vontade de abraçar o público, podia ter beijado todo mundo, dado a eles tudo o que possuía, porque o violão de Lalo Molfino os tornara irmãos. Sua música era desapegada e generosa, era o ouro e a prata do Peru jogados a mancheias para o público. O que Abanto contava devia ter alguma explicação.

Quando viu que havia sido um erro procurá-lo, Toño disse que era melhor ir embora. Foi então que o empresário soltou uma frase que mudou todo o panorama.

— A única pessoa que o apoiava era a namorada. Uma moça bem magrinha, bastante jovem, que vinha buscá-lo toda tarde. Não lembro mais o nome dela. Alguma coisa tipo Maluenda.

— Lalo tinha uma namorada? — perguntou Toño, surpreso. — Uma moça magrinha, foi o que disse?

— É, coitada — confirmou o sr. Abanto. — Toda tarde os dois saíam daqui de mãos dadas, acredite. Ela chegava quando o ensaio estava terminando. Pergunte ao Miguelito, que com certeza vai se lembrar melhor. Era o *cajonista* do grupo. Antes me ajudava a dirigir *El Rascador*, e agora é funcionário da minha fábrica de farinha de peixe. Um ótimo trabalhador.

Essa informação deixou Toño Azpilcueta intrigado. Anotou os dados desse Miguelito e saiu para continuar a escrever seu ensaio na Biblioteca Nacional. Por um lado, estava contente por ter descoberto uma coisa importante sobre Molfino, mas por outro continuava perturbado pela forma grosseira e provocativa como Abanto falara dele. Aquilo não era possível, as pessoas estavam erradas a respeito de Lalo. Ele mesmo havia cometido erros no passado ao julgar grandes artistas, reconhecia. Fora injusto mais de uma vez, porque a falta de perspectiva ocasiona opiniões taxativas e desinformadas. Não tinha acontecido isso com a grande Chabuca Granda?

Ao contrário do que ela mesma sentia, Toño gostava de ver como Chabuca era amada e admirada em tantas cidades importantes do mundo. Mas nas primeiras vezes em que ouviu suas valsas e seus *pasillos* escreveu, em vários dos seus artigos, que as letras não expressavam uma realidade do passado colonial de Lima, não passavam de fantasia. Será que realmente havia existido alguma vez aquela Lima elegante, meio andaluza e meio árabe, onde os cavalheiros, cavalgando com seus ponchos do mais fino linho, e as jovens senhoras, todas belas e distintas, passeavam pela ponte dos Suspiros ou pelo Paseo de Aguas, do outro lado do rio, ou então iam a Pampa de Amancaes banhar suas belas figuras com flores amarelas que exalavam aromas requintados? Ou tudo aquilo era uma invenção absoluta que, como certas tradições de Ricardo Palma, escondia e transformava a realidade peruana em vez de descrevê-la?

Chabuca Granda não esquecia essa velha história que, felizmente, não havia chegado ao grande público pelas revistas de fofoca. Quando ela conquistou um público enorme, que ultrapassava as fronteiras do Peru e ganhou fãs entusiastas da valsa peruana em todo o continente, da Argentina até o México, Toño Azpilcueta ousou expor suas objeções àquela visão do passado *criollo* de Lima esboçada nas suas canções. Quem dera o grande Felipe Pinglo Alva tivesse tido tanta divulgação!, disse ele em um sarau, causando uma confusão tremenda e um debate interminável.

Toño Azpilcueta era sempre muito respeitoso em seus artigos, e também o foi verbalmente com Chabuca Granda. Tomava muito cuidado para não menosprezar nem insultar uma pessoa que — enfim! — fazia um enorme sucesso, não apenas com o público peruano, mas também fora do país; no Chile, no Equador, na Colômbia, na

Argentina, no México — até mesmo no Brasil —, pois se emocionava ao ver como seus compassos e letras encantavam pessoas tão diferentes. Mas se permitia questionar e perguntava se teriam existido mesmo aquelas emocionantes incursões a Pampa de Amancaes ou se, na verdade, em vez de rapazes garbosos e lindas moças da sociedade limenha, não havia sido um pessoal mais humilde, o povo sem sapatos, sem perfumes, que adotou a valsa no seu início. Originalmente, defendia Toño, a valsa tinha um ar menos aristocrático e era bastante popular, ou seja, miserável, faminta. Dos cortiços abigarrados, ao longo de muitos anos, foi subindo de categoria, conquistou pouco a pouco um público mais elevado, a classe média lhe abriu as portas dos seus modestos salões, até que por fim, com o passar do tempo, conseguiu espaço nos salões dos mais abastados e aristocráticos.

Muitas semanas depois de publicar esse artigo, apresentaram Toño Azpilcueta a Chabuca Granda durante uma participação da artista num programa da Rádio América. Quando lhe fez uma pergunta sobre essa questão, ela não gostou e, olhando-o muito séria, se recusou a responder. Toño Azpilcueta passou uma das piores vergonhas da sua vida. Mais tarde, porém, à medida que o prestígio e a popularidade da cantora cresciam, foi mudando de opinião. Que importância tinha que aquela Lima meio andaluza, meio árabe nunca houvesse existido? Pois agora, graças a Chabuca, já existia. Por que os autores e compositores tinham que se aferrar à história real? Por acaso os grandes músicos foram fiéis ao passado? Não, muitos autores de ópera, a começar por Mozart e Wagner, inventaram um passado mitológico muito mais irreal que a Lima colonial de Chabuca Granda e, graças à sua originalidade e à força do seu talento, impuseram essas versões.

Em vez de criticar Chabuca, seria o caso de elogiá-la. Ao inventar esse passado, ela foi a verdadeira criadora de uma história que agora não era mais fictícia, era real, porque estava na memória de centenas, milhares, talvez milhões de pessoas no mundo inteiro, que conheciam o Peru pelas valsas e pelos *pasillos* em que descrevia aquela Lima imaginada por suas fantasias, seus sonhos e seus preconceitos.

Por mais que Toño Azpilcueta tenha se retratado também por escrito, Chabuca não o perdoou, e a partir de então toda vez que se viam, em algum sarau ou festival, a saudação era sempre seca, quase glacial. Errar é humano, e ele havia errado com ela; por isso também era possível que Abanto e José Durand Flores, e mesmo Cecilia Barraza, tenham interpretado mal o comportamento de Lalo Molfino. Um violonista tão virtuoso não podia ser aquele exemplo de má educação, egoísmo e falta de solidariedade que descreviam, porque sua música era exatamente o contrário. Ele provaria isso em seu livro, mas antes precisava encontrar a tal magrinha, que certamente era conterrânea de Lalo, também chiclaiana, que soubera ler tão bem o seu coração.

XVI

A morte de Carlos Gardel em 1935, num acidente aéreo na Colômbia, teve um efeito catastrófico no mundo inteiro e, claro, também no Peru. Ela ocorreu num momento em que o tango, que dera a volta ao mundo graças ao Sabiá dos Pampas e à poderosa presença da Argentina em todo o planeta — eram outros tempos —, fazia sucesso até em Paris, onde se dançava muito o tango apache. E em toda parte, tal como na França, os casais inventavam novos passos que iam acoplando ao ritmo da música.

Devido a essa tragédia, o tango ficou ainda mais popular, a ponto de ocupar, pouco a pouco, o lugar da valsa *criolla* entre as preferências populares aqui na nossa terra. Por exemplo, em Lima entrou na moda um texto de J. Chávez Sánchez, intitulado "La tangomanía", que dizia:

> *É engraçado que os negros de Malambo*
> *em vez de* marinera *dançam tango,*
> *que em vez de graça, e com lisura,*
> *transformaram em requebro de cintura.*

O próprio *El Cancionero de Lima* publicou uma grande manchete de página inteira, segundo alguns limenhos de bastante mau gosto, que dizia: "Carlos Gardel, que foi tão admirado, morreu cantando o tango 'Cuesta abajo' [Ladeira abaixo]". Mas não há dúvida de que o gosto dos limenhos pela valsa *criolla* foi retrocedendo e, devido a essa morte, deu lugar ao tango na preferência da maioria dos fãs. Foi então que o ilustre Felipe Pinglo Alva e os cantores da chamada Velha Guarda reagiram com patriotismo, bloqueando a trilha charrua por onde o gosto popular começava a enveredar, alheio à alma neoindígena tão bem retratada pelo portentoso crânio que foi o cusquenho José Uriel García. Com têmpera e talento, nossos músicos puseram o tango no seu lugar e reintroduziram a valsa como a canção dançante mais popular do Peru, uma canção que, nascida nos cortiços e nos bairros mais humildes, foi se espalhando gradativamente até forjar pela primeira vez uma música que, agora sim, era nacional, já que todo o Peru a dançava.

Foi esse o admirável trabalho de Felipe Pinglo Alva e de muitos outros violonistas e cantores daquela extraordinária geração que, salvaguardando a quintessência e o suprassumo da nação, conquistou desde então um lugar na memória dos peruanos. Esses homens humildes e modestos, cholos e *huachafos*, entre os quais se incluíam sem dúvida Pedro Bocanegra, Carlos Saco, Víctor Correa Márquez, Manuel Covarrubias, Filomeno Ormeño, David Suárez Gavidia, Nicolás Wetzell, Alberto Condemarín e Luis de la Cuba, não tinham ideia de que estavam mudando o Peru, nem de que o país, graças a eles, nascia do ponto de vista cultural e, sobretudo, musical. Todos eles frequentavam os cortiços de um cano só e os bairros mais populares e mais pobres, como Mercedários, Barrios Altos, Rímac, Malambo, Chirimoyo e outros cem. Bebiam pisco e chicha e passavam três dias cantando, tocando violão e dançando sem parar. Morriam jovens, com os pulmões destruídos, vítimas da febre amarela, da varíola, da malária ou da tuberculose. Eram heróis e não sabiam.

A valsa peruana, música de origem espanhola ou austríaca, ou talvez ambas, que também derivou nas danças chilenas e argentinas, se popularizou graças a eles. Mas só no Peru, e em grande parte graças a Felipe Pinglo Alva, surgiu a *huachafería*, essa grande distorção dos sentimentos e das palavras que, estou convencido, acabou se tornando a contribuição mais importante do país ao mundo da cultura. Uma *huachafería* que reunia o que havia de melhor, como a poesia de *Los heraldos negros*, de César Vallejo; ou os poemas repletos de infantes de José María Eguren que, aparentemente, acreditava nas fadas nórdicas; ou a mais *huachafa* de todas, a poesia — tão barulhenta e publicitária — de José Santos Chocano, que numa inesquecível festa *huachafa* foi coroado na Plaza de Armas, em Lima, como os heróis da Antiguidade grega. Essa *huachafería* uniu os brancos, os cholos e até os indígenas, pois todos os peruanos se reconheciam na valsinha, que agora era tocada tanto em festas realizadas nos salões elegantes como nas mais humildes bodegas. Lalo Molfino, sem nunca ter sabido disso, foi sua mais exímia expressão.

Foi Felipe Pinglo Alva quem presidiu esse movimento que garantiu a supremacia da valsinha peruana. Apesar da tuberculose que já corroía seus pulmões, o ilustre bardo era muito consciente do que fazia. Numa de suas cartas ele fala do seu "empenho em criar uma música nacional". Talvez por isso, em vez de canções superficiais e salpicadas de lugares-comuns, preferia abordar assuntos mais sérios, inclusive alguns que tocavam o sinuoso campo da política. Pense em "El plebeyo", por exemplo, e nos corações dilacerados pela injustiça social.

A temática das suas composições sempre voltava ao amor, mas nem por isso ele evitava falar dos podres da sociedade, descrevendo ora a miséria e as privações da vida dos pobres e os abusos a que eram submetidos, a injustiça que isso representava para os humildes, ora as ilusões das moças e dos rapazes da classe média, com suas aspirações de conquistar o mundo e alcançar a felicidade. Por tudo isso, Felipe Pinglo Alva foi chamado de Cantor dos Humildes. Porque, como bem apontam os críticos que estudaram as grandes contribuições que esse aedo deu à valsa num período crítico, ou seja, entre 1924 e 1926, suas canções não revelam apenas uma qualidade artística até então desconhecida e jogos poéticos inovadores: têm também um sentido social e atacam alvos concretos com grande sutileza e elegância, que é a grande característica de suas letras.

Em sua triste vida, tão rica e tão breve devido à tuberculose que o levou deste mundo ainda muito jovem, com apenas trinta e sete anos, chegou a compor — calculando por baixo — três centenas de valsas. Foi criado por tias que o mimaram e o protegeram desde que seus pais, *don* Felipe Pinglo Meneses e *doña* Florinda Alva Casas, morreram ainda jovens. Por isso essas tias, Gregoria e Ventura, exerceram tanta influência sobre ele. Estudou no grande colégio popular de Lima, o Nuestra Señora de Guadalupe, claro, e seu nome ficou ligado para sempre a Barrios Altos, onde viveu a maior parte do tempo. Depois trabalhou na Direção Geral de Tiro, um departamento do Ministério da Guerra, onde o estrondo da pólvora não ensurdeceu a sensibilidade do seu espírito.

Segundo todos os testemunhos, era um homem baixinho e muito magro, sempre atencioso e gentil com tudo mundo, em especial com as damas, que costumava se retirar dos saraus e tertúlias por volta das duas, no máximo três da madrugada, porque no dia seguinte tinha que ir trabalhar.

O reconhecimento de Felipe Pinglo Alva foi tardio no Peru; ocorreu parcialmente e só depois da sua morte. Ele obteve alguma popularidade graças ao rádio e ao cinema, pois os primeiros filmes rodados no país, como *Gallo de mi galpón*, tinham música de sua autoria. Mas a maior parte de seus discos foi produzida de maneira póstuma, porque na Lima da sua época não existia a infraestrutura necessária para isso.

Às vezes me pergunto, não posso negar, por que Felipe Pinglo teve que se apequenar tanto, como um vassalo, diante da aristocrata das letras de suas valsas. A letra de "El plebeyo" me parece excessivamente lamurienta e classista, no mau sentido da palavra. O que é isso de proclamar que "o plebeu" ama uma "aristocrata"? Não significa, talvez, reconhecer o caráter preconceituoso e racista da sociedade peruana? Não significa aceitá-la como é, com todos os seus preconceitos sociais? Meu ponto de vista é que os "branquelos", assim como os "índios", deveriam desaparecer, engolidos pela imensa miscigenação. Isso tem que ser estimulado por todos os meios — e a valsa, em particular, e a música *criolla* em geral, cumprem essa função, de criar um país unificado de cholos, onde todos vão se misturar com todos e onde vai surgir a nação mestiça na qual todos os peruanos estarão confundidos. Essa grande mescla será o verdadeiro Peru. O Peru mestiço e cholo que está por trás da valsinha e da música peruana, com seus violões, *cajones*, queixadas de burro, cornetas, pianos, alaúdes. É este o Peru anunciado pela sua valsinha, como não? O país do sentimentalismo e da *huachafería*, habitado por gente sem preconceitos raciais, como o grande José Uriel García.

XVII

Estimada senhorita:
Finalmente consegui encontrá-la, não foi nada fácil. Estou à sua procura há cerca de três semanas. Sem querer incomodá-la com meus problemas, apenas lhe digo que descobri seu paradeiro graças a Miguel Cuadra, um dos funcionários em Callao do sr. Abanto, que já foi promotor musical e descobridor de um intérprete a quem nós dois somos afeiçoados, o ilustre Lalo Molfino. Não se assuste, por favor. O sr. Abanto me relatou que esse funcionário, Miguel Cuadra, tinha sido amigo de Lalo Molfino e seu. E também, sem nenhuma intenção de invadir o âmbito da sua privacidade, me disse que a senhorita e o bardo se frequentavam de maneira mais solícita, razão pela qual presumiu que eram namorados. É por isso que estou à sua procura. Da mesma maneira que expliquei tudo isso ao diligente Miguel Cuadra, explico agora à senhorita.

Meu nome é Toño Azpilcueta, sou crítico e divulgador da música *criolla*. Para algumas pessoas, sou um simples jornalista que acompanha com atenção o percurso do trabalho artístico no Peru, mas considero que minha função é outra: eu diria, antes, que sou um sismógrafo que mede as vibrações da alma nacional, e, pode acreditar, nunca as vi se tensionar e se alongar tanto como na presença de Lalo Molfino. Testemunhei o milagre apenas uma vez na vida, mas esse acontecimento foi o bastante para despertar em mim uma gratidão e um interesse perenes pelo seu talento e o seu talante. Em muitos casarões já ouvi um violão resplandecer, mas nunca como dessa vez num sarau em Bajo el Puente, quando o protagonista da noite era o exímio Lalo. Foi tão profundo o meu impacto que agora estou escrevendo um livro sobre ele. E é aí que a senhorita entra em cena, minha amiga.

Repito que não quero alarmá-la. Minha intenção ao escrever estas linhas é apenas pedir o seu valioso testemunho. Certamente a senhorita é a pessoa que melhor conheceu Lalo, que esteve mais próxima daquela urna encantada, a sua alma, de onde brotaram todos os seus acordes. Não se preocupe. A menos que me diga o contrário, seu nome não vai aparecer no livro. Seus desejos serão respeitados de forma rigorosa por minha pessoa. Estou escrevendo esse ensaio porque Lalo Molfino foi um violonista excelso, o fenômeno mais original e extraordinário que ocorreu na música peruana. Nós dois sabemos disso, mas o povo não, e é para ele que escrevo. Para que conheça esse gênio que Deus levou de modo tão prematuro.

Permito-me convidá-la para tomar um café da manhã comigo no Bransa, da Plaza de Armas, na próxima segunda-feira. Lá servem uns *chancays* de lamber os beiços, que nunca vai esquecer. Também estarei por ali na terça e na quarta-feira à sua espera. Peço-lhe por favor que venha para conversarmos.

Seu, cordialmente,

Toño Azpilcueta

Será que Maluenda viria depois de ler a carta?, perguntava-se Toño, sentado no Bransa com um chá de camomila à sua frente. Acabou indo, afinal, mas não na segunda nem na terça-feira. Só apareceu na quarta, e com muita cautela, tateando com os pés na porta do café antes de entrar. Toño estava cansado de esperar. Já tinha certeza de que ela não viria, mas estava errado. Assim que apareceu na varanda, seu coração disparou. "É ela", pensou.

E era mesmo. Estava tão pobremente vestida que, pensando que fosse uma mendiga, um garçom quis expulsá-la. Toño se adiantou. Pegando-a pelo braço — "A senhorita está comigo", disse —, levou-a até sua mesa e puxou uma cadeira. Usava uma bata azul que parecia bem velha — devia estar morrendo de frio naquela roupa tão leve — e uns sapatinhos que mais pareciam pantufas de andar em casa. Seus pés, inchados de tanto caminhar, com as unhas tortas e sem esmalte, ficavam expostos. Ela estava morrendo de medo. Toño lhe perguntou: "O que vai pedir? Aqui servem uns *chancays* com queijinho da serra muito bons. Não quer também um café com leite?".

A mulher fez que sim, sem dizer nada. Parecia muito jovem, mas havia algo de imemorial em seu rosto. Dava a impressão de estar muito nervosa. Assentia, e volta e meia olhava em volta com um ar assustado. Tinha um rosto bonito, com exceção dos olhos, onde havia uma expressão perdida.

— Obrigado por ter vindo — disse Toño Azpilcueta, sorrindo para ela. — Sem a sua colaboração meu livro ficaria bem fraquinho, como se pode imaginar. Eu não sabia nem desconfiava que Lalo Molfino teve um amor aqui em Lima.

Ela fez que sim de novo, sem sorrir. E então Toño ouviu sua voz pela primeira vez:

— Não sei por que eu vim, meu senhor. Não sei o que estou fazendo aqui.

Seus olhos não encaravam Toño Azpilcueta, só o miravam de relance.

Toño pediu o quitute anunciado, e só depois de encher o estômago e comprovar que ele estava disposto a continuar pedindo toda a comida que se fizesse necessária Maluenda abaixou a guarda.

— Não sei se Lalo gostava mesmo de mim — disse, catando as migalhas do *chancay* com a ponta do dedo.

O relacionamento dos dois tinha começado sem romantismo. Foi uma coisa mais direta e espontânea. Lalo sempre a via sair do café onde trabalhava, perto do local onde ele, Miguel Cuadra e dois outros homens ensaiavam, até que um dia se animou a falar com ela. Na terceira vez, pegou-a pelo braço, simplesmente, e a arrastou consigo, apesar dos seus protestos, que batia nele e ameaçava chamar a polícia. Lalo então a beijou. Depois a soltou. Maluenda saiu dali correndo, mas depois de dar alguns passos parou de correr e continuou andando. Lalo a alcançou e, em silêncio absoluto, foi com ela até a porta de casa, na avenida Sáenz Peña. Ao se despedir, beijou-a de novo, mas dessa vez sem resistência. Foi um beijo na boca, um beijo molhado. Ela sentiu a língua do rapaz em seus lábios, se esfregando neles, que eram fininhos e tímidos. O medo inicial que sentira se diluiu quando identificou em Lalo uma forte inibição. Os encontros seguintes foram parecidos. A princípio ele parecia impetuoso e agressivo, mas depois de um beijo atropelado baixava a vista e ficava taciturno. Era incapaz de expressar afetos, e por fim foi Maluenda quem teve de incitá-lo para que afinal a abraçasse, acariciasse e lhe desse beijinhos no pescoço.

— Nunca passou disso — continuou. — Talvez não gostasse de mim o suficiente ou não sentia atração.

— Está me dizendo que foram só beijinhos e ponto-final? — perguntou Toño, com cautela.

Lalo passava longas horas sem falar com ela, afinando o violão, com a cabeça inclinada sobre as cordas, como se elas falassem em voz baixa e lhe transmitissem seus segredos. Morava num quarto daquele cortiço de La Perla, um lugar que nunca era varrido e onde só tinha um punhadinho de roupa, além, claro, do violão, do qual cuidava como outras pessoas cuidam de um cachorro ou um gatinho. Na tarde em que a levou para onde morava, ela pensou que enfim dormiriam juntos. Estava disposta, a ponto de lhe insinuar que era sua, que podia fazer o que quisesse com ela. Mas Lalo não fez nada. Falou de Puerto Eten, do padre Molfino, do lixão onde tinha encontrado seu violão, só isso.

— As pessoas que se gostam fazem coisas — refletiu Maluenda, mastigando um segundo *chancay* com queijinho da serra.

Na outra vez em que ficaram sozinhos no quarto, os dois se beijaram e se tocaram apaixonadamente, e Maluenda percebeu que Lalo estava excitado. Foi se deitar na cama e levantou o vestido. Depois, arqueando o corpo, abaixou a calcinha e apertou os braços contra o peito, ansiosa, nervosa. Mas Lalo se levantou da cama e lhe deu as costas.

— Ele tinha uma espécie de bloqueio, não sei o que era, mas parecia morrer de medo. Estava bem e, de repente, sem mais nem menos, como se tivesse se lembrado de alguma coisa, ou de alguém, se afastava do meu corpo, quase com nojo. Nunca entendi. Não insinuei mais nada. Pensei que mais tarde ele tomaria a iniciativa, mas era sempre a mesma coisa. Beijos, carícias e pronto. Só chegava até aí.

Toño a princípio ficou surpreso com essa informação inesperada, mas depois a achou de enorme interesse. Lalo era a pessoa mais solitária que ele já tinha conhecido, ninguém o suportava, era pouco provável que aquela magrelinha não tivesse despertado seu afeto. Devia ser algo mais profundo, uma inibição severa provocada pelos padecimentos da infância.

— E como terminaram? — perguntou.

— Da forma mais simples — disse Maluenda. E, pela primeira vez naquela manhã, seu rosto mostrou um sorriso. — Um dia fui buscá-lo no ensaio, como todas as tardes, e o sr. Abanto me disse que teve que demiti-lo porque Lalo não se dava bem com o resto da companhia. Fui até o quartinho onde ele morava, em La Perla, e tinha sumido. Nunca mais soube dele até receber a sua carta. Que leram para mim, porque não sei ler. Quer dizer, é difícil, exige muito esforço. Em outras palavras, leio pouco. Fiquei na dúvida se devia aceitar ou não o seu convite para o café da manhã. Espero não me arrepender depois.

— Não vai se arrepender — garantiu Toño Azpilcueta. — Só vou incluir no livro o que a senhorita autorizar. Nem menciono o seu nome se não quiser. Além do mais, não sei seu sobrenome nem quero saber, se isso a deixa mais tranquila.

Quando acabaram de conversar, Toño a levou até a porta do Bransa e observou como se afastava entre os carros e caminhões estacionados na Plaza de Armas de Lima. Imaginou-a passando em frente à catedral, onde estavam os supostos restos mortais de Francisco Pizarro entre os quais foram encontrados ossos de lhama e de vicunha. A história de Lalo Molfino era tão complexa e misteriosa que talvez ele tivesse que fazer a mesma coisa. Misturar aqueles fragmentos de vida que Pedro Caballero, Abanto e Maluenda lhe deram com ossos de algum animal andino.

XVIII

No folclore peruano existe algo que é único, ao menos me parece: uma valsa, intitulada "Ódiame", em que um galã pede à amada que o deteste, que o odeie, porque acredita que "só se odeia o que é muito querido". Rafael Otero compôs a música há muitos anos, e é provável que ninguém soubesse de quem era a saborosa letra até Eduardo Mazzini revelar que o autor não era outro senão o grande poeta tacnense Federico Barreto (1862-1929), famoso pelos artigos contundentes e poemas ferozes contra a ocupação chilena que escreveu naquela terra querida, Tacna, que durante muitos anos após a Guerra do Pacífico padeceu a presença do exército estrangeiro.

Ninguém recebeu essa revelação com mais alegria que eu, porque a coletânea de poemas que inclui esses versos estava entre as poucas velharias que minha família materna guardava. Tinha uma dedicatória dirigida a uma amiga da minha avó, que era de Tacna e, ainda garota, recebeu uma cartinha de amor do poeta junto com o livro.

Vários pesquisadores afirmam de forma peremptória que o poema original de Federico Barreto foi cortado e alterado pelo próprio Rafael Otero, ou pelos supostos autores da letra, para que se adaptasse melhor à música. Isso foi um erro grosseiro porque, como demonstraram esses eruditos, o texto teria ficado muito melhor sem essas tesouradas. Mas, antes de mais nada, lembremos a letra com que sempre foi ouvida e cantada essa famosa valsa:

Odeia-me, atende o meu pedido,
odeia sem medida nem clemência,
o ódio quero mais que a negligência
pois o rancor dói menos que o olvido.

Se me odeias, ficarei convencido
de que me amaste, mulher, com insistência,
pois é sabido, pela experiência,
que só se odeia o que é muito querido.

Eu menino, teu orgulho me acossa,
ou vale mais tua frágil formosura,
pensa que lá no fundo de uma fossa
*usaremos a mesma vestidura.**

Federico Barreto incluiu o poema em seu livro *Algo mío*, mas esse poemário circulou muito pouco, o que explica por que durante anos ninguém se deu conta desses cortes. São muito poucos, de fato. Na primeira estrofe, o primeiro e o último verso mudam, e no verso final o autor (ou quem escreveu a letra) transforma um hendecassílabo em um "dodecassílabo arrítmico" (parece que é assim que dizem os especialistas).

Mas o que quero contar nestas linhas é que uma amiga da minha avó recebeu esse poemário do próprio Federico Barreto, cuja obra estudávamos então na escola e que, pelo visto, tinha se apaixonado por essa amiguinha da vovó. Uma menina muito bonita, segundo os retratos da época. Ou, melhor dizendo, pinturas, já que naquele tempo a fotografia quase não existia. Não cheguei a conhecer minha avó, que morreu no mesmo ano em que nasci, mas não há dúvida de que ela e essa amiga eram duas belezas. Isso explica por que seduziram Federico Barreto, um grande poeta — por mais que os vates atuais queiram esquecê-lo e relegá-lo — cheio de coragem diante dos chilenos, que afinal o obrigaram a deixar Tacna, onde havia exercido uma militância também heroica como jornalista. Foi para a França

---

* No original: "*Ódiame por piedad, yo te lo pido,/ ódiame sin medida ni clemencia,/ odio quiero más que indiferencia/ porque el rencor hiere menos que el olvido.// Si tú me odias quedaré yo convencido/ de que me amaste, mujer, con insistencia,/ porque ten presente, de acuerdo a la experiencia,/ que tan sólo se odia lo querido.// Que vale más, yo niño, tú orgullosa,/ o vale más tu débil hermosura,/ piensa que en el fondo de la fossa/ llevaremos la misma vestidura*". (N. T.)

e morreu em Marselha, em 1929. Lá deve estar sepultado, sem que ninguém leve flores ao seu túmulo no Dia de Finados.

Passo agora a abordar outro tema crucial, pelo qual sou apaixonado e que não tem tanto a ver com a letra dessa valsa cativante, mas com seu conteúdo, digamos assim, filosófico. O texto é um poema de amor, sem dúvida. Mas o mais desconcertante nele é que o amante, logo de cara, se dirige à mulher que ama para lhe pedir que o odeie. Em sua mentalidade distorcida, o ódio é o resquício de um amor exaurido, ao qual ele se aferra porque encontra um triste consolo naquelas cinzas amargas. Embora "triste" — nós peruanos no fundo somos tristes —, é um consolo: "Só se odeia o que é muito querido". Estamos diante de um filósofo.

Essa é a prova — há dezenas, talvez centenas, mais — de que existe uma linha filosófica na nossa valsa, alimentada por altas sumidades do pensamento que estudaram profundamente o ser humano e cujos acertos, como nesse caso, se transmitem na letra de uma valsa. "Ódiame" desmente quem pensa que o *criollismo* é só alegria e diversão. Também é um substrato metafísico, uma música em que há tristeza e dor, amargura e pensamentos medulares. Mais um exemplo da maravilha que é a nossa valsa nativa.

Talvez nesse aspecto outra valsa leve a dianteira, uma canção que se defronta com a morte, e a faz sua, que transcorre num cemitério e termina da forma mais dramática que se pode conceber. Refiro-me a "El guardián", que diz:

> *Eu te peço, guardião, quando eu morrer*
> *limpa os rastros da minha humilde cova;*
> *não deixes planta alguma florescer*
> *nem que ali me coloquem laje nova.*
>
> *Uma vez morto, deixem-me no olvido,*
> *pois já está minha existência acabada.*
> *Por isso, guardião, ouve o pedido:*
> *no meu túmulo não permitas nada.*
>
> *Remove todo dia a erva daninha,*
> *e joga muito longe toda a terra:*

> *e se ali vier chorar a amada minha,*
> *manda sair do cemitério... e cerra!**

O mais interessante neste terrível poema é o último verso, a exclamação final, que também é uma ordem: "e cerra!". Todas as tremendas lamentações do texto levam aqui do amor à morte como culminação de uma existência. É a isso que me refiro com as cativantes meditações mortuárias que aparecem em algumas valsas. O historiador e crítico da música peruana Eduardo Mazzini, citado nestas páginas, revela que a letra dessa valsa, grande exemplo do que chamei de "inclinações profundas e filosóficas" de algumas composições, foi obra do poeta colombiano Julio Flórez (1867-1923). Embora o autor seja estrangeiro, isso pouco importa, ou nada, porque na Colômbia o poema provavelmente não diz muita coisa a seus conterrâneos, ao passo que no Peru foi adotado e ainda é muito popular. A letra dessa valsa se integra intimamente a um sentimento nacional um tanto masoquista e tanático, específico do Peru entre os demais povos da América Latina, do qual tratarei mais adiante.

---

* No original: "*Yo te pido, guardián, que cuando muera/ borres los rastros de mi humilde fosa;/ no permitas que nazca enredadera/ ni que coloquen funeraria losa.// Una vez muerto échenme al olvido,/ pues mi existencia queda terminada./ Es por eso, guardián, que yo te pido/ que sobre mi tumba no permitas nada.// Deshierba mi sepulcro cada día,/ y arroja lejos el montón de tierra:/ y si viene a llorar la amada mía,/ hazla salir del cementerio... ¡y cierra!*". (N. T.)

XIX

Nessa noite Toño quase não dormiu. Uma ideia ficou rondando a sua mente, primeiro como intuição, depois como certeza: Lalo Molfino devia saber que tinha sido abandonado num depósito de lixo em Puerto Eten. Essa informação devia, tal como um corvo, devorar a sua alma. Tudo se explicava assim. Que não quisesse se reproduzir, que tivesse horror ao sexo — pois devia associar a sexualidade à gestação de crianças cujas mães, horrorizadas com a gravidez, jogavam os monstrengos no lixo para que os ratos os devorassem. Era doloroso pensar que um segredo desses pudesse ser guardado num lugar minúsculo como Puerto Eten. A notícia deve ter se espalhado pela cidade quando as pessoas viram aquele sacerdote, o padre Molfino, aparecer de repente com um filho. As vozes mais maliciosas devem ter dito que era filho dele. E todos devem ter comentado, depois de ligar os pontos, que o padre havia encontrado o menino num lixão onde os seus pais, ou só a mãe, o abandonaram. Era provável que na própria escola Santa Margarita os outros garotos tenham dito a Lalo durante um jogo de futebol, cruéis como costumam ser as crianças: "Você foi encontrado no lixo, Lalito, é bom ficar sabendo de uma vez". E, claro, provocaram em Lalo Molfino uma repulsa à gravidez que refreava seu pau toda vez que ia enfiá-lo numa vagina. Essa ideia ficou girando sem parar na sua cabeça durante a noite toda, e Toño Azpilcueta mais uma vez teve pesadelos atormentados por ratos pestilentos.

De manhã continuou obcecado pelas mesmas ideias. Era impossível que ele não soubesse, e isso explicaria muitas coisas, como o desejo de se destacar entre todos para superar sua origem trágica. Pobre rapaz. Toño já tinha várias páginas prontas, mas as últimas descobertas o fizeram questionar o que havia escrito. Nos dias seguintes, alguma coisa vinha paralisá-lo toda vez que se sentava para escrever. Pensava que não tinha informações suficientes, que precisava continuar a pesquisar para conhecer os detalhes da vida secreta de Lalo Molfino. Com certeza o seu mau gênio, todas aquelas exigências de números exclusivos, que haviam irritado pelo menos os três empresários que o contrataram, tinham a ver com seu nascimento absurdo, num lixão, e com seu resgate por um padre italiano. Ao mesmo tempo, pensava na própria vida. Imaginava que no futuro, quando já fosse considerado um autor famoso, alguém poderia se interessar por ela e, pesquisando em sua biografia, descobrir um segredo que nem ele mesmo conhecia. Que aquele imigrante italiano de sobrenome basco, por exemplo, não era seu pai biológico, que também o teria adotado, ou, pior, recolhido em algum cortiço de Lima ou num depósito de lixo. Em meio a risos nervosos e uma aflição que se espalhava por todo o corpo, teve que parar de escrever e sair para tomar um pouco de ar.

De noite, sabendo que não conseguiria dormir, preferia ficar conversando com seu compadre Collau. Este nunca lhe perguntava como ia o livro, mas ouvia em silêncio todas as explicações que Toño lhe dava, às vezes também a Matilde, quando se reuniam sob a luz do poste da calçada. Na noite em que lhes contou que Lalo Molfino não conseguia fazer sexo apesar de ter ereções, o chinês Collau concordou com sua tese de que o músico sabia que tinha sido abandonado num lixão.

— Caramba! Estava com medo, então — disse Collau quando soube. — Se engravidasse aquela magrelinha, tudo se repetiria. Assim ninguém consegue, compadre.

— Na certa era por causa disso que tocava tão bem — disse Matilde. — Toda a atenção dele ia para o violão.

O chinês Collau deu uma gargalhada.

— Ele se satisfazia com o instrumento — disse, ainda rindo e balançando a cabeça.

No dia seguinte Toño acordou enojado com os sonhos obscenos que tivera durante a noite. Quando Matilde lhe disse que o café estava pronto, já vinha escrevendo havia algumas horas; não as sentira passar, não tivera um único momento de hesitação, o lápis corria sem parar sobre o caderno, do qual já havia preenchido muitas páginas. Tomando seu chá matinal — hoje não sentia as dores de estômago que costumava ter, em particular depois de acordar —, reviu o que havia escrito, corrigiu algumas coisas e considerou tudo bastante aceitável. Lavou-se depressa, sem dizer uma palavra, e quando chegou a hora foi para a Biblioteca Nacional, depois de deixar as filhas no Colégio del Pilar e dar um beijo em cada uma. Lá continuou a trabalhar a manhã toda, até a hora do sanduíche que lhe servia de almoço; todos os dias Matilde fazia um sanduíche e o embrulhava num guardanapo para ele levar. Os garçons do Bransa o deixavam comer em uma das mesas.

Na biblioteca, os cancioneiros de meio século antes já estavam separados para ele, mas nessa manhã virava as páginas sem ler nada ou lendo de relance, pois sua cabeça continuava atormentada pelas revelações de Maluenda de que Lalo Molfino era incapaz de consumar o ato sexual depois dos toques, beijos e abraços iniciais. Sentiu então que tudo o que havia escrito seguia uma pista falsa. Agora que compreendia melhor as coisas, viu que Matilde tinha razão: o talento de Lalo era uma compensação por todos os seus sofrimentos. Portanto, a história precisava começar naquela noite em que o padre Molfino foi dar a extrema-unção a uma moribunda e ouviu o choro que o guiou e o fez descobrir o recém-nascido Lalo a tempo, antes de ser comido pelos bichos. Era assim que o livro começaria, com um capítulo um pouco truculento. E depois retrocederia, para se concatenar com o outro grande tema do ensaio: a *huachafería*. Como relacionar as duas coisas? Não tentaria logo de início. Como fazem os bons escritores, deixaria passar muitas páginas antes de fundir Lalo Molfino e a *huachafería* num abraço maravilhoso e inseparável, que seria a própria essência do seu livro. Era indispensável encontrar um título, mesmo provisório, que mais tarde poderia alterar quando decidisse o definitivo, coisa que — desconfiava — só aconteceria quando pusesse o ponto-final. Via com facilidade os capítulos, um após o outro.

Nessa semana terminou o rascunho da primeira parte, intitulada "A aprendizagem". Ainda em Puerto Eten, Lalo Molfino havia aprendido a tocar aquele antigo violão agora remoçado e também ouvido a sua primeira valsa, uma valsinha de Chabuca Granda, claro, "José Antonio", que começava a entrar na moda. Mais tarde teria que verificar se as datas batiam e se não havia muitas contradições entre uma coisa e outra.

Nessa noite contou a Collau e Matilde que havia preenchido um caderno inteiro com o prólogo e vários capítulos. Estava feliz, coisa que seus amigos confirmaram dizendo que nunca o tinham visto tão eufórico. Ficou assim, escrevendo de manhã e de tarde, durante toda aquela semana. Dedicou o domingo seguinte à leitura de tudo o que havia feito naqueles dias. Depois rasgou cuidadosamente aqueles cadernos em tiras, sentindo-se muito bem e satisfeito. Agora teria que mudar tudo. O livro começaria na escola Santa Margarita, de maneira banal, com crianças brincando, uma bola de futebol rolando na grama, às vezes subindo com as cabeçadas dos jogadores dos dois times entre os quais se destacava, pela vivacidade e simpatia, Lalo Molfino. De repente, outra criança lhe revela a sua origem. A história recua então até a noite em que o padre Molfino deu a extrema-unção à sra. Domitila.

Trabalhou alguns dias na nova versão, e nessa noite anunciou à mulher e a Collau que o livro finalmente tinha decolado e avançava na direção certa. Os dois o acharam muito agitado, mais satisfeito que nunca consigo mesmo. No dia seguinte voltou a rasgar tudo em pedacinhos e a jogar fora o que havia escrito. Numa nova versão, o texto começaria com a conversa que teve com Maluenda no Bransa da Plaza de Armas. Iniciaria explicando que Lalo Molfino tinha um trauma sexual. Era uma boa maneira de atrair a atenção dos leitores, uma revelação desse tipo. A partir daí tudo se desdobraria, o violão, os casos da Santa Margarita, e só nas últimas páginas seria contada, com todos os detalhes, a história do lixão.

A cada noite Collau e Matilde encontravam um Toño Azpilcueta mais fascinado pelo que escrevia. Muito respeitosos, os dois concordavam com tudo o que ele lhes contava em estado de euforia, mas talvez não entendessem direito por que rasgava tantos cadernos já escritos e recomeçava o trabalho tantas vezes. Já Toño, por seu lado, entendia perfeitamente. Era uma procura, em busca da melhor maneira de começar aquele livro importante, que seria o primeiro e o último que escreveria, porque tinha certeza de que quando terminasse, depois de trabalhar por alguns anos, morreria, exausto, de câncer no estômago, deixando aquelas páginas perfeitas para Matilde e Collau publicarem. A obra só sairia postumamente, quando os vermes já começassem a comer o seu corpo, se não fosse cremado — quanto custaria a cremação? Também não queria deixar uma incumbência muito cara para Matilde —, e, lógico, faria enorme sucesso. Um sucesso que não viria de repente, que seria construído aos poucos, sobretudo entre os "intelectuais", que começariam a reconhecer um grande talento em Toño Azpilcueta, suas ideias originais, sua teoria revolucionária sobre a origem do que é peruano, a importância dos cholos na história do Peru, a solidez da miscigenação. E tudo isso contado ao compasso da música de Lalo Molfino, o vate, o involuntário, o fortuito e extraordinário violonista que, sem nunca ter imaginado tal coisa, encabeçaria o processo. Toño Azpilcueta estava feliz.

Quando, uma semana depois, releu mais uma vez o que tinha escrito, continuava muito contente, mais feliz do que nunca, mas mesmo assim voltou a rasgar tudo em pedacinhos. Já havia decidido que os primeiros capítulos se concentrariam no que ele pensava sobre o Peru, a valsa e a *huachafería*. Começaria fazendo uma descrição daquela Lima minúscula e quase desaparecida durante a Guerra do Pacífico, as brutalidades das forças militares de ocupação, os saques e a ferocidade com que subjugaram a chicotadas esta cidade inóspita, os livros que roubaram da Biblioteca Nacional e que mais tarde o tradicionalista Ricardo Palma recuperaria mundo afora escrevendo cartas e mais cartas. E a luta nas montanhas do general Cáceres contra os ocupantes, com o seu exército improvisado de cholos e de gente da serra. E também como, enquanto todas essas coisas aconteciam, nascia o verdadeiro Peru, o das valsas, da *huachafería*, nos bairros mais pobres de Lima, em Chirimoyo, nos cortiços de Malambo, nas peripécias da Palizada, nas excursões ao campo ou a Pampa de Amancaes, em festejos que duravam dois ou três dias nos quais aqueles violonistas impenitentes deixavam pouco a pouco suas vidas, como Felipe Pinglo Alva, devastados pela asma, pelos resfriados, pelas intoxicações e pela tuberculose.

Decidiu ler algumas páginas da nova versão para Matilde e Collau, mas assim que começou, nessa noite, sob a luz do poste solitário e desfalecente, se arrependeu. Agora tinha ideias diferentes, e deixou a mulher e o pobre chinês Collau desconcertados quando interrompeu a leitura e lhes disse que ainda não havia começado nada nesse livro que estava escrevendo. Os meses em que trabalhou não foram inúteis, porque agora tinha certeza de que era bom o que estava fazendo e que o que iria fazer seria ainda melhor. Toño Azpilcueta afirmava isso com convicção.

No dia seguinte recomeçou a reescrever tudo, desde o início, com ideias muito mais claras a respeito da composição daquela história em que contaria a vida fugaz de Lalo Molfino em um grande ensaio sobre a cultura e os costumes do Peru. Trabalhou durante mais uma semana, completamente despreocupado com dinheiro. Matilde fazia verdadeiros milagres para alimentar o marido e as filhas, Azucena e María, com o pouco que ganhava: teve que multiplicar a quantidade de roupa que lavava e passava. Porque, desde que começou a escrever seu livro, Toño Azpilcueta deixara de lado os artigos nas revistas que lhe rendiam uns soles. E o que recebia pelas aulas no colégio era insignificante.

— Por que você rasga tantos cadernos, compadre? — perguntou Collau uma noite. — Não gosta do que escreve?

— Gosto sim, e muito. Você está enganado — respondeu ele. — A cada dia escrevo melhor que no anterior. Disso tenho certeza. Mas estou com certa dificuldade para começar o livro e avançar no texto.

Matilde não dizia nada. Nunca tinha visto Toño tão concentrado em um assunto. As duas meninas murmuravam a mesma coisa. "Papai está muito contente com o que faz", comentavam entre si e com a mãe. "Parece outra pessoa, é como se tivesse nascido de novo e trocado de pele, como as cobras. Nunca esteve tão feliz."

Enquanto isso, Toño continuava tentando, insistindo. Um dia descobriu que fazia um ano que estava envolvido dia e noite naquele estudo sobre Lalo Molfino e a *huachafería* no Peru. Agora o livro parecia bem encaminhado. Finalmente seguia na direção certa. O texto estava ficando excelente, belo, cativante, até soberbo. Sentiu-se orgulhoso de si mesmo e, sob o efeito desse sentimento, tomou coragem e ligou para Cecilia Barraza convidando-a para tomar café da manhã no Bransa. Para pagar a conta precisou pedir uns soles emprestados a Matilde, que os deu sem fazer perguntas.

XX

Se existe alguém que a canção *criolla* deveria homenagear, esse alguém é Óscar Avilés. Dizem que Chabuca Granda afirmou certa vez que, "se não fosse Óscar Avilés, a canção peruana já estaria morta". E isso, sem dúvida, é verdade. Avilés é um grande violonista e um grande cantor. Mas, acima de tudo, é um sujeito incansável, muito prestativo, que adora a música *criolla* e está sempre à disposição dos amigos para completar a letra ou a melodia de uma valsa, ou então para acompanhá-los substituindo algum músico que adoeceu ou teve que viajar e deixou os outros em apuros.

Chabuca Granda sempre o defendeu e, como deveriam fazer todos os peruanos que confiam na música que nos representa, o idolatrava. Compartilho com ela esse entusiasmo e considero Óscar Avilés um dos *criollistas* mais ilustres do nosso tempo. Nascido em Callao, no bairro de Zepita, Óscar era o filho mimado de José Avilés Cáceres, um destacado fotógrafo e pioneiro da indústria cinematográfica no país. Aos vinte anos decidiu ser profissional, e desde então não parou de tocar violão, criando uma música muito pessoal que assim explica: "Quando comecei a tocar, acompanhando os intérpretes, isso costumava ser feito com as notas graves. Eu ousei tentar as agudas. Foi a esse estilo que deram o meu nome". Que entenda quem puder.

Dizem que ele "é o primeiro violão do Peru", e eu também diria isso se não tivesse ouvido Lalo Molfino. Em todo caso, acho que Óscar Avilés foi a pessoa que mais trabalhou para que a música *criolla* se tornasse uma expressão genuína do povo peruano, uma arte que o retrata e o descreve. Ninguém fez mais (nem melhor) do que ele para chegar a isso, atuando nos grupos mais destacados do Peru, de Los Morochucos a Fiesta Criolla, que foi fundado em 1956, além de tocar com os irmãos Dávalos, Rosita e Alejandro Ascoy, o Zambo Cavero — melhor parar aqui porque a vida é curta e a lista seria interminável.

Óscar Avilés se tornou, e este é talvez seu principal mérito, o maior divulgador que a música nacional já teve. Ninguém incentivou como ele os jovens a formarem grupos, corais e conjuntos, e ninguém os ajudou tanto a levantar o ânimo quando se sentiam derrotados pela indiferença ou o desdém da maioria. A própria Chabuca Granda afirmou que se não fosse Óscar Avilés jamais teria gravado na Argentina aquele álbum, *Dialogando*, em que interpreta suas próprias canções, um disco que contribuiu muito para lhe dar a fama internacional que conquistou.

Não sei quantos anos Óscar Avilés tem agora, mas, se olharmos para a epopeia criativa que foi a sua vida, devem ser muitos. Contudo, ninguém diria isso ao vê-lo tocando ou se preparando para tocar. Apesar da sua largura, está sempre muito bem-vestido, com seu bigodinho milimetricamente aparado a uma altura equidistante do nariz e do lábio superior, o que o torna inconfundível. Todo mundo sabe que Óscar Avilés é o primeiro a chegar aos ensaios e o último a sair, além de ser o músico mais propenso a ajudar os jovens, os próprios companheiros de geração ou os velhos que estão para se aposentar. Ao mesmo tempo que é tão bom companheiro, sempre foi a discrição em pessoa e ninguém sabe nada sobre sua família e sua vida privada além das coisas que ele mesmo se atreve a confessar. Por exemplo, seu carinho e admiração por Chabuca Granda: "Chabuca cantou as coisas que todos amamos. Além do seu trabalho como compositora, foi uma intérprete eminente". Nunca se cansou de dizer isso.

Por essas razões, e outras que não menciono aqui porque são de conhecimento geral, proclamo que o mundo da música *criolla* deve prestar sua homenagem a Óscar Avilés enquanto está vivo. Ninguém merece tanto quanto ele essa honra que vem sendo adiada há tantos anos. Sejamos generosos, ou melhor, justos com ele, e prestemos-lhe esse tributo que vai encher seus olhos de lágrimas, porque — será preciso dizer? — Óscar Avilés também é um *criollo* autêntico, ou seja, um peruano sentimental.

XXI

Cecilia Barraza entrou no Bransa da Plaza de Armas às dez da manhã, com um grande sorriso estampado no rosto, e deu um beijo e um abraço em Toño Azpilcueta, que ficou feliz ao ver a amiga, seu amor secreto, linda e elegante como sempre. Estava com um vestido claro, uma capa de chuva que parecia nova em folha e sapatos de salto alto, além de muito bem penteada, fresca, bonita e perfumada, com aqueles olhinhos sorridentes que continham toda a graça do mundo.

— Você andava sumido, Toño — disse ela, sorrindo. — Já perguntei a todo mundo sobre o seu paradeiro. Me disseram que anda às voltas com um livro. É aquele que ia escrever sobre Lalo Molfino?

— E está bastante adiantado — confirmou Toño Azpilcueta. — Ainda falta o título. Tenho uma ideia na cabeça: *Uma champanhota, maninho?*. É porque eu estava contando os progressos do livro ao meu amigo Collau quando ouvimos a notícia. O pessoal foi para a rua comentar, tinham capturado Abimael Guzmán. Meu amigo ficou tão feliz que propôs fazer um brinde ao gênio que tinha pegado aquele filho da mãe. Correu para casa e voltou com uma garrafa na mão: "Uma champanhota, maninho?", ofereceu, e foi nesse momento que eu entendi. Nessas três palavras estão contidos o tema, o espírito e o sentimento do meu livro.

— *Uma champanhota, maninho?*... Sei lá — disse Cecilia, muito séria. — Parece piada, não parece?

— Nada disso, pelo contrário — respondeu Toño, também sério. — Fala da fraternidade, do clima festivo, da unidade, da expressão de uma sensibilidade, de uma forma de ver o mundo. Fala das valsinhas que nós dois apreciamos tanto.

— Eu estava com saudades, Toño — disse Cecilia, abraçando-o outra vez, com um grande sorriso no rosto. — Perguntei muito sobre você a todos os nossos amigos. E sabe por que senti sua falta? Acho que você é o único amigo que eu tenho. Quer dizer, amigo de verdade, porque entre nós não há nada parecido com sedução ou amor.

Toño Azpilcueta sorria, mas seu coração congelou dentro do peito. Sentiu que Cecilia Barraza tinha enfiado um punhal em suas entranhas. O que acabava de dizer, aquela declaração de amizade, destruía toda a enorme felicidade que sentia por estar com ela, todos os sonhos secretos que acalentava, nos quais Cecilia Barraza era a rainha.

— Você também é a minha amiga mais querida — retribuiu Toño Azpilcueta. — Tirou as palavras da minha boca. Amigos íntimos, mais nada, esse é o nosso segredo. É por isso que gostamos tanto um do outro e nunca vamos brigar.

— Isso mesmo, compadre — concordou Cecilia. — Mas vamos lá, fale um pouco do seu livro.

Toño começou a lhe contar na mesma hora as coisas que ela não sabia sobre Lalo Molfino. Falou de Maluenda e da incapacidade de Lalo para fazer amor, depois expôs suas hipóteses a esse respeito, o trauma do nascimento, o depósito de lixo, o violão, e em seguida, dando um salto gigantesco, falou da *huachafería* e da tese central do livro: o Peru havia nascido e adquirido sua personalidade graças à *huachafería*. Cecilia Barraza levou um tempo para assimilar o que tinha ouvido.

— Isso não me convence nem um pouco — disse. — Nós, peruanos, somos *huachafos*? Alguns até são, mas nem todos. Quanto a mim, acho que não sou. Nem meus amigos e parentes. E você também não, Toño.

— Claro que eu sou, e com muita honra. Além do mais, meu livro vai dizer que a grande, a única!, contribuição do Peru à cultura universal foi esta, a *huachafería*. — Toño estava exaltado. — Quando você ler o meu livro, vai ver que tenho razão.

— Sei lá, Toño, acho que não é bem assim — disse Cecilia Barraza. — Mas não fique desse jeito. Pode ser que o seu livro me convença.

E logo mudou de assunto, para falar das suas turnês e apresentações pelo interior do Peru e no estrangeiro. Estava exausta, disse, porque não tinha parado este ano. Recebia convites para se apresentar em festivais de toda a América Latina e na maioria das vezes respondia que sim. Mas agora estava muito cansada e embarcaria num navio cujo destino não revelava a ninguém — "Acho que você não vai se chatear, Toño, se também não te contar" — porque o que ela mais queria, acima de qualquer outra coisa, era descansar.

Estava tão fatigada que quase não conseguia dormir de noite. Tinha perdido dois ou três quilos e, sendo magrinha, isso era bastante perceptível.

— É a primeira vez que me acontece — disse ela, séria. — Porque sempre dormi muito bem. Mas agora fico acordada a noite toda, de tão cansada. Essas férias vão ser boas para mim. É o que eu acho, pelo menos.

Cecilia era *huachafa*? Talvez ela tivesse razão, talvez realmente não fosse, mesmo cantando toda a música peruana, as valsas, polcas e pregões, com tanta graça e elegância. Será que isso representava um grande obstáculo para o que Toño queria demonstrar no seu livro sobre o Peru e os peruanos? Tinha que repensar tudo, desde o início. E muito bem.

Conversaram por mais meia hora e decidiram se encontrar com maior frequência, ao menos uma vez por semana, para não deixar passar tanto tempo de novo. Ela insistiu em pagar a conta, argumentando que Toño pagaria a dela depois da publicação do livro, que teria muitos leitores e compradores.

Quando a viu sair, vaporosa e feliz como sempre, Toño ficou deprimido. Lá se ia o amor da sua vida, agora que ela tinha decidido, afinal, que nunca existiria nada entre eles, que os dois sempre seriam apenas bons amigos.

Mas poucos minutos depois já estava imerso de novo no livro. Cecilia estava errada. Claro que ele era *huachafo*. Se ela não conseguia ver isso, se não entendia uma coisa tão fundamental, era evidente que os dois não tinham sido feitos um para o outro. Essa ideia o acalmou. Talvez fosse melhor assim. Pelo menos não perderia um tempo precioso fantasiando com um relacionamento impossível quando poderia ocupá-lo com o seu livro.

Foi para a Biblioteca Nacional e passou as horas seguintes trabalhando sem parar. Chegou tarde em casa, mas preferiu ficar escrevendo embaixo do poste de luz; passou a noite inteira acordado, sempre em alerta para espantar os ratos que o espreitavam nas valas e nos arbustos, e seguiu direto para dar suas aulas no Colégio del Pilar. À noite, apesar de exausto, insistiu que Matilde e o amigo Collau, e até Gertrudis, viessem escutá-lo falar do livro sob a luz do poste. Quando os outros, muito respeitosos, ouviram suas explanações sobre assuntos tão remotos como os vice-reinados, ficaram sem saber o que dizer. Toño lhes explicou que podia haver contradições no livro, que às vezes se afastava de Lalo Molfino e do que ele representava para discutir questões como a língua espanhola e a religião católica. Os outros assentiam com a cabeça, perplexos, porque a essa altura não entendiam quase nada do que ele dizia, e presumiram que Toño, de tanto ler e estudar na biblioteca, tinha ficado muito mais inteligente que eles.

O livro ia tomando forma mas ainda estava mal alinhavado, com grandes saltos e lacunas. Lalo Molfino começava a se tornar uma simples desculpa para falar de qualquer coisa, ou de tudo, de absolutamente todos os assuntos relevantes para um peruano. Um dia Matilde, que tinha acordado mais cedo que Toño como sempre para preparar o café, veio falar com ele com cara de choro.

— Sinto muito, mas eu não aguento mais, Toño — disse. — Nunca reclamei de nada, fui aumentando a quantidade de roupa que lavo e passo para entrar mais um dinheirinho no nosso orçamento. Só que simplesmente não aguento mais. Estou muito cansada, tenho medo de ficar doente. Isso me preocupa pelas nossas duas meninas; o que vai ser delas se acontecer alguma coisa comigo? Você tem que voltar a escrever seus artigos, porque o pouco dinheiro que ganhava com eles, por menos que fosse, está fazendo falta agora. Eu sei que pagavam mal, às vezes nada. Mas não posso continuar a sustentar esta casa sozinha. Sinto muito, Toño.

Os olhos dela brilhavam, parecia que iam verter lágrimas, mas Matilde se conteve e não chorou. Toño concordou na hora. Era a primeira vez que tomava consciência da situação. Claro, voltaria a escrever aqueles artigos mal pagos, mas isso não significava que reduziria o tempo que dedicava ao livro. Reassumiria sua antiga condição de especialista em *criollismo* reduzindo as horas de sono e de descanso.

Voltaria a fazer entrevistas e crônicas sobre os acontecimentos mais relevantes da vida musical, e tudo o que ganhasse iria para as mãos de Matilde. Não se importava com isso. Já tinha várias dezenas de páginas, o livro começava a existir.

XXII

A artista que levou a valsa peruana para além das fronteiras do Peru e a tornou famosa em todo o mundo, Chabuca Granda, morreu num hospital da Flórida, onde os cirurgiões norte-americanos não conseguiram salvar sua vida. Mas quando seu corpo voltou ao Peru todos os compatriotas prestaram a homenagem que lhe era devida e, aos prantos, acompanharam em massa seus restos mortais com toda a admiração e o respeito que sempre tiveram por ela, por ser a compositora virtuosa e a grande cantora que tanta felicidade deu a todos nós, que amamos nossa música tal como ela a amou.

Milhares de pessoas foram ao velório e depois ao cemitério onde ela descansa, entregues tanto à veneração quanto à dor de pensar numa existência sem a sua presença. Uma estátua recorda essa extraordinária compositora, autora de "El puente y la alameda", "José Antonio", "La flor de la canela" e centenas de outras peças de música peruana que hoje são ouvidas de Tóquio a Paris e de Buenos Aires a Nova York.

Nesta crônica não quero deixar de mencionar que Chabuca foi uma compositora inusitada, pois, ao contrário de tantos cultores de valsa, polca, *marinera* e de toda a rica gama de canções que honram a nossa música, ela não pertencia à classe mais modesta dos peruanos, mas à elite, a uma família da alta sociedade, que nem por isso se envergonhava, como as outras, do seu apreço pela música peruana. Educada no amor ao violão e às melodias populares, Chabuca, que a princípio era uma simples garota com talentos promissores, floresceu e de repente se tornou uma compositora fora de série. O Peru tem que agradecer a ela por sua música popular ser celebrada hoje em todas as praças e festas do mundo, pois foi a sua voz que arregimentou fiéis e admiradores nos cinco continentes do nosso orbe azul. Ninguém fez tanto para divulgar nosso folclore no estrangeiro como Granda. E ninguém visitou e confraternizou tanto como ela com as famílias mais humildes, para que lhe revelassem os segredos da valsinha peruana.

Chabuca, que ficou célebre como limenha, nasceu nas montanhas, em Cotabambas, Apurímac, pelos anos 1920. Há fotos dela ainda menina com os pais, em 1922 ou 1923, às margens da lagoa Cochasayhuas. Teve três filhos, a quem dedicou muitas canções: Eduardo, Teresa e Carlos, o caçula. O sobrenome deles era Fuller Granda.

E aqui tenho que confessar um erro do qual me arrependo todos os dias. Eu era e continuo sendo admirador de Chabuca, claro, mas uma vez — nós estávamos na Rádio América, por ocasião de um prêmio que lhe dariam — ousei lhe perguntar de onde havia tirado aquelas histórias contadas em suas valsas e *tonderos*, com belas moças da sociedade andando pelo Paseo de Aguas ao lado de cavalheiros das melhores famílias, durante os séculos coloniais, quando se sabe que na verdade a valsinha e outras músicas peruanas foram primeiro e antes de mais nada melodias típicas da classe popular, isto é, dos cholos e dos humildes, e na verdade as classes altas haviam repudiado aquela música, tratando-a com o mesmo desprezo que dedicavam a toda a música *criolla*.

Chabuca Granda não gostou nada da minha pergunta, e lamentei muito ter feito aquela observação. Que era demasiado estúpida, aliás. O pior foi que cheguei até a escrever um artigo, totalmente prescindível, com essas críticas. Quem disse que a música popular tem que ser rejeitada pela elite? Chabuca fez muito bem ao incorporar as classes mais altas da sociedade peruana às suas valsas e *marineras*, povoando suas canções com cavalheiros elegantes que, em suas selas de montaria e finos chapéus de palha, cortejavam as moças casadouras com os adoráveis textos que ela escrevia, e no antigo Paseo de Aguas, do outro lado do rio Rímac, despertavam a admiração das jovens adolescentes. É claro que Chabuca Granda podia idealizar essa colônia de trezentos anos atrás em suas valsas e aproveitar as imagens para realçar o encanto e a beleza das nossas canções. Não se deve ter preconceito nenhum em relação à música. Recebi essa lição de Chabuca Granda, a quem devemos a apropriação do folclore nacional pela burguesia peruana. Os cancioneiros não são livros de história, e seus autores podem acrescentar ou tirar o que bem quiserem — enfim entendi —, porque esses textos vão perdurar pelo que contam, mesmo que seja tudo pura fantasia.

    Lamento de verdade ter feito essas considerações estúpidas e de muito mau gosto à própria Chabuca Granda. Eu sempre digo isso, e repito neste texto cuja única intenção é expressar a minha admiração pelas conquistas de uma mulher graças à qual nossas valsas finalmente são ouvidas em todo o mundo. Embora tenha vivido poucos anos, e perecido rápido, como acontece com os grandes artistas, Chabuca Granda vai existir enquanto existir a valsa peruana. É por isso que grito agora, como todo o Peru: viva Chabuca Granda, a grande!

XXIII

Toño Azpilcueta acordou muito cedo, ainda estava escuro, e sob as últimas estrelas e as primeiras luzes da madrugada se sentou embaixo da lâmpada solitária e começou a revisar o longo manuscrito. Ficou muito surpreso enquanto lia. Lá estava tudo o que queria dizer sobre Lalo Molfino e a transformação do Peru graças à música *criolla*. Estudou com cuidado o que contava sobre o notável violonista de Puerto Eten e confirmou que não podia dizer mais nada sobre ele porque não sabia.

O material referente ao Peru ocupava três quartos do livro e parecia — foi o que achou — bem sintetizado, desde o império inca até os dramas políticos da atualidade. Lá estavam os períodos de surgimento e proeminência do Tahuantinsuyo, sua posterior decadência e divisão por culpa dos irmãos inimigos, Atahualpa e Huáscar, e a chegada dos conquistadores espanhóis que mudaram tudo, provocando uma rebelião sistemática dos povos dominados pelos incas e impondo desde então um estrato de seres supostamente brancos e superiores no governo do Peru. Havia também o maravilhoso idioma espanhol — a língua de Cervantes —, que, devagar se vai longe, mudou o destino dos povos da América Latina, permitindo que todos se entendessem depois de mil anos de confrontos e conflitos causados pela quantidade de línguas e dialetos falados em todo o continente.

Depois vinham as guerras civis e o longuíssimo bocejo de três séculos da vida colonial: lá estavam santa Rosa e são Martinho de Porres, todos os santos e as infinitas procissões, o Tribunal da Inquisição e a fundação do Vice-Reino, da Universidade de San Marcos, dos conventos e seminários, das igrejas intermináveis e das lutas entre os próprios conquistadores. Terminava a colônia e começava a República com seus golpes militares e seus sucessivos caudilhos, um após o outro, até fazer do Peru o que ele é agora: um país diminuído e exaurido pelas enormes divisões provocadas pela riqueza e pelas distâncias entre os falantes de espanhol e os de quíchua e outros idiomas regionais, entre os que eram pobres e os mais prósperos ou até os ricos ou riquíssimos (muito poucos, na verdade).

Depois disso surgiam os super-homens da Velha Guarda, e também Felipe Pinglo Alva, para revolucionar este país decadente, colocá-lo em ordem, aos poucos, graças àquela música que finalmente interpelava todos os peruanos e, quem diria, transformava a sociedade, gerando seres pujantes, criativos, todos misturados, que passo a passo iriam reerguendo, animando e transformando o Peru já em decadência para fazer dele — enfim! — um país ativo e moderno, um verdadeiro luxo na América Latina.

Foi então que Toño Azpilcueta se deu conta de que o livro estava terminado. Passou todo aquele dia, e o resto da semana, na Biblioteca Nacional, lendo as mais de duzentas páginas. Apesar de corrigir eventualmente algumas coisas, não encontrava nada de essencial para mudar. Disse várias vezes a si mesmo que por fim tinha terminado seu livro e que nele estava tudo o que queria e devia escrever. Um pouco tonto, sentindo uma espécie de vertigem, precisou admitir: o livro sobre Lalo Molfino e o Peru estava ali, concluído. Sentiu uma coisa agridoce pelo corpo, uma sensação que não era de felicidade nem nada parecido, mas um grande cansaço, uma fadiga infinita. Lembrou que nunca, durante todo o tempo em que trabalhou no livro, tinha pensado que chegaria a revisá-lo, como fizera naqueles últimos dias.

O texto tinha sido escrito à mão, e se quisesse encontrar um editor teria que passá-lo à máquina. Em voz baixa, envergonhado de si mesmo, foi falar com Matilde e lhe pediu dinheiro emprestado para levar o manuscrito a uma datilógrafa. Poucas semanas depois tinha duas cópias completas, e com elas voltou à biblioteca para ler tudo outra vez. Ainda fez algumas correções à mão, mas de todo modo achou o texto ainda melhor que da primeira vez. Afinal o intitulou *Lalo Molfino e a revolução silenciosa*. Embora não gostasse muito do título — preferia o antigo —, achou que, a menos que surgisse outro melhor, era adequado porque resumia as ideias centrais que o levaram a escrever a obra.

Foi falar com o seu compadre e amigo Collau e lhe contou que — enfim! — tinha terminado o livro. Collau ficou muito contente e, com espírito prático, disse: "Agora, Toño, temos que encontrar um editor".

Isso levou mais tempo do que Collau e Toño Azpilcueta imaginavam. Primeiro escreveram às duas melhores editoras que existiam no Peru, Planeta e Alfaguara, e ambas responderam uma semana depois, falando maravilhas do livro, elogiando profusamente, mas pedindo desculpas porque esse tipo de ensaio não se enquadrava em seus planos editoriais; devido à sua índole curiosa, provavelmente não teria saída suficiente para justificar a edição. Assim, as duas aconselharam Toño Azpilcueta a procurar outra editora.

Mas o fato é que havia pouquíssimas editoras em Lima, e Toño teve a sua primeira frustração. Pensou que a Planeta e a Alfaguara, assim como outras editoras peruanas, não tinham captado o alcance do livro e que lamentariam essas recusas quando fizesse sucesso. Começou a procurar livreiros-editores, entrou em contato com vários, mas todos, após lerem o original, lhe mandaram um abraço afetuoso e, tecendo fartos elogios, explicaram que era muito diferente do que estava agora na moda entre os leitores do país, e por isso não venderia muito. Essa circunstância explicava por que não queriam publicá-lo, pelo menos por enquanto, esperando que surgisse uma ocasião mais propícia e que os leitores mudassem suas preferências.

Toño Azpilcueta não esperava uma recusa tão unânime. Sem dizer nada a Matilde nem a Collau, guardou as duas cópias em sua mala e decidiu que por ora não faria novas tentativas. Estava cansado, farto e até desgostoso por ter trabalhado tanto em um livro que ninguém queria publicar.

E então aconteceu o milagre. Recebeu uma cartinha dirigida a ele e endereçada à Biblioteca Nacional — cujas funcionárias lhe entregaram com presteza — na qual o sr. Antenor Cabada dizia que tinha ouvido falar do seu "interessante livro", que pretendia se tornar editor depois de ter sido livreiro durante toda a vida e que estava disposto a publicá-lo, se a leitura o convencesse. Que lhe mandasse uma cópia, por favor. Toño ficou mudo, sem conseguir largar a cartinha milagrosa. Ligou na mesma hora para o sr. Antenor Cabada e este, tratando-o efusivamente, confirmou pelo telefone tudo o que dissera na carta. Sem mais delongas, Toño enviou o manuscrito e, depois de lê-lo, o ex-livreiro confirmou o que lhe dissera pelo telefone: estava disposto a publicá-lo.

Conversaram durante muitas horas sobre o aspecto do livro, e o sr. Cabada aceitou contratar um bom desenhista de Lima para fazer a ilustração da capa; depois decidiram que tipo de letras seria usado na gráfica. Em menos de um mês, já haviam recebido os primeiros exemplares. Toño Azpilcueta, acariciando aqueles volumes impressos em papel um tanto rústico, se surpreendeu ao notar que o livro ao qual se dedicara tanto não lhe provocava agora entusiasmo nem alegria, mas uma espécie de resignação. A tensão e a expectativa haviam desaparecido, como se a conclusão da sua única missão na vida o tivesse deixado completamente vazio. Sentia-se mais triste que alegre. Passava horas contemplando sua obra; parecia mentira que tivesse trabalhado tanto nela.

O sr. Antenor Cabada lhe disse que o livro estava sendo distribuído nas poucas livrarias que havia em Lima e no resto do Peru. Que desse uma voltinha para ver como estava bem exposto. Toño foi conferir, mas não o viu em nenhuma das livrarias que exibiam as novidades nas vitrines. Não lhe ocorreu pensar que essa ausência se devia ao fato de já estar sendo lido e vendido. E não ficou contente nem mesmo quando Antenor Cabada veio lhe contar que o Ministério da Educação havia lhe informado que, como seu auditório costumava ficar vazio, o lançamento podia ser feito lá, sem nenhum custo. Toño disse que ele mesmo falaria sobre o livro no evento, não seria preciso trazer nenhum dos intelectuais da elite para fazer isso por ele. O sr. Cabada convocou Rigoberto Puértolas, um homem um pouco idoso, mas bastante lúcido, que anos antes havia sido presidente da associação de professores de ensino fundamental do Peru e continuou bastante ativo após sua aposentadoria, sempre próximo dos sindicatos de professores e das suas campanhas reivindicatórias. Toño insistiu que ele mesmo queria apresentar o livro, de maneira que o sr. Rigoberto Puértolas só teve que apresentar o próprio Toño.

Naquelas duas semanas de espera, Toño não soube de nenhuma repercussão da obra entre os leitores ou os críticos que, segundo o sr. Antenor Cabada, liam e discutiam suas propostas e declarações sobre o Peru. De todo modo, na noite do lançamento chegou ao auditório do Ministério da Educação às sete e quarenta e cinco — o evento estava marcado para as oito —, de barba feita, banho tomado e com o terno e a gravata muito bem passados. Naquele imenso e desolado auditório não havia mais que catorze ou quinze pessoas, muitas das quais eram velhinhos que pareciam ter se refugiado ali para se proteger do frio que, àquela hora, e ainda mais agora que estávamos em pleno inverno, costumava se impor e recrudescer em Lima. Na primeira fila estavam Collau, Gertrudis e Matilde, que se dera de presente um vestido novo, comprado especialmente para a ocasião. Emocionados, os três o viram subir ao palco e se sentar no centro de uma mesa em que também estavam o editor e o sr. Rigoberto Puértolas. Este último era ainda mais velho do que dizia e parecia não ter ideia do que iria falar.

Toño Azpilcueta ficou um pouco frustrado ao ver o pequeno número de pessoas que foi ao lançamento de *Lalo Molfino e a revolução silenciosa*; mas tinha preparado um bom texto e queria lê-lo com entusiasmo, mesmo que para essas poucas pessoas. O sr. Puértolas, que lhe estendera uma mão distraída e parecia não saber onde estava nem quem era aquele à sua frente, leu com dificuldade um papelzinho que mantinha bem perto dos olhos, como se não confiasse na própria vista. Pronunciou com sua meia-voz o nome de Toño Azpilcueta e disse que ele era um grande divulgador da canção *criolla* e que os leitores peruanos sem dúvida o conheciam pelos artigos que escrevia com frequência em revistas que divulgam o folclore nacional. Agora tinha publicado um livro, e balbuciou alguma coisa antes de ler o título, *Lalo Molfino e a revolução silenciosa*, que vinha provocando intensas discussões em Lima e no resto do Peru pelas ousadas teses sobre o nosso país que defendia e revelava a existência de um excelso violonista peruano, infelizmente já falecido, Lalo Molfino, que morreu muito jovem, deixando atrás de si uma esteira valiosíssima para os músicos de estirpe *criolla*. Quando terminou não houve aplausos e, para surpresa de Toño e do sr. Cabada, Puértolas se retirou do auditório andando devagarinho com sua bengala, que fazia um som estranho entre as fileiras daquele teatro quase vazio.

Toño Azpilcueta esperou que seu apresentador saísse e, tirando do bolso as fichas que havia trazido, preparou-se para se dirigir aos quinze ouvintes. Não viu entre eles nenhum dos diretores ou editores das revistas em que escrevia. Mas não desanimou, disse para si mesmo que aquele evento não tinha importância e que tudo o que diria lá também poderia ter dito em Villa El Salvador, nas noites quentes em que ficava conversando com aquelas três pessoas que ali estavam, solitárias, na primeira fila do auditório, esperando que ele falasse: Gertrudis, Collau e Matilde.

Toño nunca havia falado em um auditório tão grande e tão vazio, mas o fez como se todas as cadeiras, agora desertas, estivessem cheias de gente ávida para ouvi-lo. Falou do seu mestre, um grande punense, o professor Hermógenes A. Morones, e disse, sorrindo, que tinha descoberto que aquela letra A maiúscula com o ponto ao lado significava nada menos que Artajerjes, um nome que provavelmente seus pais lhe impuseram em homenagem a algum parente distante e do qual talvez não gostasse. O professor Morones foi titular da cátedra dedicada ao folclore nacional peruano na Universidade de San Marcos — agora, infelizmente, extinta —, e recordou o grande saber desse professor, seu mestre, todas as antologias que ele publicou com recursos próprios, sem ajuda de ninguém, de norte a sul do país, e seus muitos artigos e diversos livros sobre o folclore peruano que, para quem os leu, revelam a existência de uma arte popular muito rica e variada, e demonstram exaustivamente o vigor e a grande versatilidade da música nacional.

Como ele mesmo contou, havia se interessado por essa música desde muito jovem, quase criança, quando ainda estava na escola, e, sem que ninguém lhe ensinasse nada, começou a ler e a escrever por iniciativa própria sobre aqueles artistas e compositores que não chegavam às altas esferas da sociedade mas deleitavam um público muito amplo, tanto em Lima como nas províncias. Uma música que, podia afirmar, embora só o tivesse visto e ouvido por uma única noite, Lalo Molfino levava à sua expressão mais elevada. Falou do impacto extraordinário que teve quando ouviu, dedilhando as cordas de seu violão na noite em que foi a Bajo el Puente a convite de José Durand Flores, aquele garoto chiclaiano, nascido em Puerto Eten, que estava com um sapato de verniz de que se lembrava muito bem, quase tão bem quanto de seu instrumento prodigioso.

Começou então, com alguma prudência, a explicar àquele auditório semideserto a grande revolução que, esperava ele, seria provocada discretamente pela música peruana, em especial a valsa e a rica coleção de compositores e instrumentistas que se acumulavam desde que aquele extraordinário grupo de cantores, violonistas e notívagos da Velha Guarda, e o próprio grande Felipe Pinglo Alva, surgiram no Peru. Eles transformaram o país desde as suas raízes e o foram convertendo em uma sociedade grande outra vez, como foi durante o período inca, mas agora não mais por seus templos e palácios imponentes nem por suas conquistas, mas pela forma como os peruanos se misturavam, sem complexos nem preconceitos, estabelecendo pouco a pouco uma coletividade integrada, em que todos teriam direito à consideração e ao tratamento de gente, e não de animais, e viveriam num ambiente de progresso e respeito aos outros, como um país modelo para a América Latina. Não mencionou a *huachafería*, mas disse que agora, com a prisão de Abimael Guzmán e a redução da violência, a música devia ser estimulada a fim de promover as emoções fraternas que dariam unidade, mais uma vez e para sempre, à nação peruana.

Toño Azpilcueta viu que três pessoas — sua mulher e seus amigos de Villa El Salvador — o aplaudiam com entusiasmo, e que os velhos que estavam ali, dormitando e protegendo-se do frio, também aplaudiam, mas por imitação, com menos fervor que seus amigos. Agradeceu e se levantou, ao mesmo tempo que o sr. Antenor Cabada, que o abraçou para felicitá-lo. Notou com orgulho que havia algum brilho nos olhos do ex-livreiro.

Enquanto voltavam para Villa El Salvador num táxi que o bom Collau pagou do próprio bolso, Matilde foi a única que disse o que todos pensavam: pena que não houvesse mais gente naquele auditório, porque a palestra de Toño Azpilcueta sobre o livro tinha sido realmente esplêndida. Todos concordaram com o elogio.

No dia seguinte não apareceu nos jornais uma única linha sobre o lançamento. E nos posteriores, nenhuma resenha nas revistas em que ele vez por outra escrevia, exceto na *Folklore Nacional*, onde saiu um pequeno artigo entusiástico, mas muito confuso, de alguém que só tinha lido o primeiro capítulo. Não chegou a ser um consolo para Toño Azpilcueta saber que o destino do seu livro era comum à maioria das publicações peruanas, como lhe explicou o editor. A inevitável frustração atraiu os horríveis bichinhos, que continuaram a assediá-lo durante a noite, em pesadelos que o acordavam e o mantinham aterrorizado até conseguir dormir de novo, tentando não incomodar a esforçada Matilde.

XXIV

Que música tocavam os incas? Não devem ter sido um povo muito musical, porque seu império era concentrado em expandir as fronteiras e incorporar novos grupos e coletividades ao Tahuantinsuyo. Durou apenas cerca de cem anos antes de se dissolver em rixas internas devido à briga estúpida entre Huáscar, o equatoriano, e o cusquenho Atahualpa.

Esses ancestrais agiam com toda a cautela, preferindo a persuasão à agressão, e assim conseguiram expandir os limites do império até a chegada dos espanhóis. Mas a divisão desse império entre Cusco e Quito, fratura que encheu a cordilheira dos Andes de sangue e de cadáveres, favoreceu enormemente o domínio espanhol.

Assim que se deram conta da chegada dos espanhóis, as nações que o império inca pensava ter incorporado, como os chancas e os huancas, vizinhos subjugados, se insubordinaram e começaram a ajudar os europeus. Aliaram-se aos novos invasores, e isso foi fatal para os incas que, além da divisão entre Huáscar e Atahualpa, também tiveram que enfrentar essa rebelião das nações e culturas dominadas, que aliás nunca o foram por completo, apenas na superfície.

Será que os incas tinham música, canto e dança nesses tempos de assimilação de outros povos ao Tahuantinsuyo? Certamente. E deviam ser músicas e danças militares, para que as pessoas aprendessem a obedecer; expressões marciais, coletivas, nada estéticas; formas artísticas produzidas por um povo guerreiro e conquistador. Ou seja, algo que nada tem a ver com o Inti Raymi atual, que todos os anos reúne em Cusco milhares de pessoas dançando, cantando e se embebedando.

Durante os três séculos — nada menos — que durou, a sociedade colonial peruana, com os seus santos, missas, procissões e cerimônias religiosas, ao contrário de estabilizada e integrada, era ferozmente dividida. A tal ponto que a burguesia e a nobreza nada sabiam a respeito da enorme população indígena, sobre a qual era exercida toda a autoridade colonial por meio do Exército e das pequenas forças militares locais criadas para cercear os nativos, punindo-os e subjugando-os com o medo e a repressão sistemática. E a Santa Inquisição, embora não tenha queimado muita gente — foram só sete pessoas em três séculos, segundo um historiador chileno especialista no assunto —, estava lá para lembrar aos peruanos que podiam ser entregues às chamas se passassem dos limites.

Ao mesmo tempo, os padres lhes incutiam "a verdadeira religião". Enquanto isso, os destruidores de idolatrias cometiam mutilações e extravios de milhares e milhares de estatuetas e objetos incaicos consagrados aos seus deuses, que eram numerosos, uma vez que os incas incorporavam ao seu santoral todas as divindades dos povos que integravam ao seu império.

Era impossível que durante três séculos não houvesse rebeliões indígenas. A mais importante, sem dúvida, foi a do cacique Túpac Amaru, que conseguiu sublevar os índios em todo o sul, inclusive os camponeses da Bolívia. Contudo, essa insurreição não era contra o rei da Espanha, mas contra a brutalidade dos *encomenderos* — encarregados de disciplinar, evangelizar e taxar os indígenas — nas fazendas. Os indígenas julgavam que o rei da Espanha ignorava esses abusos e apoiava a sua causa. Os *encomenderos* eram também contra os reis, porque não aceitavam "as novas leis" — mais humanas que as existentes — e se rebelavam contra elas, promovendo batalhas sangrentas. Por fim, conseguiram impedir que fossem aplicadas, e tudo ficou como antes. Teria sido o essencial, o que teria transformado a conquista da América em algo menos violento e até generoso. Mas que conquista era assim? A da América do Norte consistiu, simplesmente, no extermínio das populações indígenas.

Deve ter havido inúmeras revoltas locais ou de menor vulto que não deixaram rastros, que nem sequer chegaram às cidades; eram esmagadas, com ferocidade, nos lugares onde havia grandes latifúndios. Centenas e milhares de indígenas foram sacrificados, sem dúvida, em repressões que fizeram correr muito sangue nativo.

A música daqueles anos não refletia de forma alguma uma sociedade integrada. Pelo contrário, a burguesia e a minúscula aristocracia peruanas dançavam e ouviam música espanhola, enquanto os indígenas continuavam com a sua, uma música triste, que usava instrumentos aparentados com o *charango*, sem dúvida a corneta, talvez o violão, com uma divisão muito clara entre a música serrana e a do litoral, que inclui a *marinera*, músicas paralelas que se ignoravam mutuamente até o momento em que começaram, já bem avançado o século XIX, a intercambiar sons e instrumentos.

Tudo isso mudou entre o final do século XIX e o início do XX graças aos próceres musicais da nação, cuja memória evoquei nestas páginas.

XXV

Toño Azpilcueta costumava sair da Biblioteca Nacional e ir a pé até o Bransa da Plaza de Armas, onde, como já era muito conhecido pelos garçons e administradores, na hora do almoço pedia um café pingado e desembrulhava o sanduíche que Matilde lhe preparara. Almoçava lá diariamente, às vezes escrevendo artigos sobre música *criolla* ou revendo as anotações que tinha feito ao longo da manhã. Mas nesse dia, levado pela nostalgia dos seus tempos de estudante, foi andando pela avenida Abancay até o Parque Universitário. A Universidade de San Marcos, em cuja Faculdade de Letras ele havia estudado, nessa época tinha vários cursos funcionando ali, como os de direito, letras e educação. Agora todas as faculdades ficavam na esquina da avenida Universitária ou então na avenida Venezuela, onde Toño nunca havia ido. Chegou ao Parque Universitário, deu uma olhada na antiga universidade, que agora reservava aquele espaço só para visitantes ilustres, cerimônias importantes e doutorados, e por fim, como se estivesse sendo guiado por uma mão invisível, dirigiu-se, pela Colmena, a um dos cafés mais antigos da avenida, o Palermo, onde estivera muitas vezes quando era estudante e onde tinha ouvido falar que se reuniam os poetas dos anos 1950, como Paco Bendezú, Pablo Guevara e Wáshington Delgado.

Mal tinha se sentado a uma mesinha e pedido um café com leite, ouviu seu nome na mesa ao lado. Quando se virou, viu que ninguém o chamava; era a conversa de dois clientes. Estavam tão perto que dava para ouvir.

— Sim, isso mesmo, um tal de Toño Azpilcueta — insistia um senhor de olhos profundos, bastante bem-vestido, de colete e com vários anéis nos dedos, na certa um advogado, com seu acompanhante, um homem mais jovem, que estava sem gravata e provavelmente era um funcionário do seu escritório. — Você não leu?

— Ainda não — reconheceu o mais jovem. — É interessante?

Toño não conseguia acreditar. Tinha sofrido tanto com o silêncio e a indiferença generalizados e agora deparava com dois homens comentando o seu livro.

— É, é sim. Se bem que, enfim, acho que o autor é meio biruta. Imagina só, ele defende a tese de que a música *criolla* vai integrar este nosso país, aproximar as pessoas de raças, cores e línguas diferentes; quer dizer, a valsa, a *marinera*, os *huainitos*... Que a música *criolla* vai ter esse papel fundamental: unir os peruanos. É uma tese um bocado enlouquecida, não acha?

— Eu tenho que ler isso — disse o jovem. — Adoro essas loucuras, sabe? A música *criolla* vai unir os peruanos? Não soa tão mal. O autor se chama Toño Azpilcueta? Deve ser de origem europeia, pelo sobrenome. Ou talvez seja um nome artístico.

— Você é jovem, por isso se deixa convencer por esses disparates; eu, no máximo, me divirto com eles. A música *criolla* aproximaria todos os peruanos, os choclos, os serranos e os branquinhos... Por favor. Você se casaria com uma indiazinha dessas que nunca tomam banho e têm o fiofó fedendo a vômito?

— Nem pensar — riu o mais novo. — Se bem que as cholas, às vezes, são bem gostosinhas. Têm um corpo bem-feito, juro. De qualquer maneira, vou ler.

— A revolução que vem aí não vai ser ditada pelas forças produtivas, como pensavam Marx e José Carlos Mariátegui — continuou o mais velho —, mas pelos compositores e cantores de valsas e *marineras*. Que loucura. Se você quiser, posso emprestar o livro. *Lalo Molfino e a revolução silenciosa*, é o título.

— O caso é que você deve ter ficado bastante impressionado, meu velho — comentou o mais jovem. — Porque fala desse Toño Azpilcueta com entusiasmo, apesar de tudo. Sabe quem ele é?

— Um entusiasta da literatura, pelo visto. Ou melhor, do jornalismo.

— Toño Azpilcueta — disse o mais novo, em tom de galhofa. — Pode ser mesmo um pseudônimo. Mas arranjou um nome que mais parece uma caricatura.

— É doidinho, pode acreditar em mim. Vai direto da música para os ratos. Tem uma obsessão doentia por roedores.
— Estou ficando cada vez mais curioso.
— Certo, mas temos que trabalhar também — disse o mais velho, chamando o garçom e pedindo a conta. — A vida não é só diversão. O livro está no escritório, pode levar hoje.

Houve uma discussão entre os dois em relação à conta. Ambos insistiam em pagar e acabaram dividindo meio a meio.

Toño Azpilcueta ficou pensativo, com o olhar fixo naquele homem elegante e velho que, à medida que se afastava, pouco a pouco ganhava feições familiares e assustadoras. Sentiu a coceira subir pelas panturrilhas, as patinhas infectas, e, para recuperar a calma, pediu outro café com leite, que bebeu aos golinhos porque estava muito quente. A irritação que sentiu ao ouvir o homem afirmar que a hipótese do seu livro era um disparate e que o autor devia ser meio biruta foi seguida por algo parecido com uma satisfação, um sentimento inesperado de euforia. É verdade que a última coisa que desejava ouvir era um parecer tão severo e ofensivo, mas, por outro lado, aquela discussão era a prova de que o seu livro não deixava ninguém indiferente. Agora, pelo menos, tinha certeza de que alguém o tinha lido e comentava. Como teriam sido as vendas? Provavelmente, fracas. Precisava telefonar para Antenor Cabada e perguntar. Ligaria naquela mesma tarde. E visitaria Toni Lagarde e Lala com a maior urgência, para contar tudo o que tinha acontecido e levar um exemplar do livro. Será que ainda se dizia essa palavrinha, "biruta"? Era uma expressão dos anos 1950. Enfim, é melhor ser biruta que um zé-ninguém. Quando saiu do Palermo, não sentia mais a coceira no corpo nem pensava em roedores. Ficou satisfeito, agora seu nome começava a estar na boca de todos. Que fossem dois idiotas era o de menos, seu livro estava ficando conhecido pelo público e logo chegaria às mãos de leitores mais relevantes.

XXVI

Huachafería é um peruanismo que os vocabulários vinculam a uma história que provavelmente não tem nada de verdade. Mas, como ela se espalhou por toda parte, vale a pena contá-la. Martha Hildebrandt, uma ilustre filóloga, por exemplo, afirma em seu livro *Peruanismos* — citando colaboradores da revista *Actualidades*, além de Enrique Carrillo e Clemente Palma — que *huachafita* é um peruanismo que vem do termo colombiano *guachafita*, que significa briga ou confusão, mas foi inventado por Jorge Miota com um significado um pouco diferente. Miota foi um jornalista e contista nascido no século XIX que não publicou livros mas colaborou em muitas revistas, incluindo a já citada *Actualidades*, onde dizem que empregou pela primeira vez, no início do século XX, a palavra *huachafo*. Ele havia morado durante algum tempo fora do Peru, em Buenos Aires e Paris, e viajou por vários outros lugares. Não está totalmente fora de cogitação que Miota, que também andou pela Venezuela, onde era usado o termo *guachafita* em referência a uma festa barulhenta e alegre, tenha importado essa palavra de lá, transformando-a em modismo aplicado a festas banais e a garotas presunçosas e cafonas.

No entanto, Martha Hildebrandt conta uma anedota que reforçaria a tese de que a origem da palavra é colombiana; ela a ouviu do professor Estuardo Núñez e reproduziu em seu livro sobre peruanismos. Parece que, por volta de 1890, um casal colombiano bastante modesto chegou a Lima e se estabeleceu numa rua próxima ao quartel de Santa Catalina. As filhas desse casal, jovens e alegres, davam festas barulhentas, frequentadas por moradores da região e, principalmente, por oficiais desse quartel. A família colombiana chamava essas festas de *guachafas*, e, por associação, o pessoal do bairro, que tinha dificuldade para pronunciar os nomes das anfitriãs, apelidou-as de *huachafas*. Como eram garotas de uma classe média modesta, mas um pouquinho presunçosas, que tentavam aparentar uma posição social melhor do que a que de fato tinham, a palavra logo adquiriu uma conotação relacionada ao mau gosto e à cafonice.

Será verdade essa história? Estuardo Núñez mencionou a Martha Hildebrandt duas fontes bem próximas: sua avó, que sofria muito com o barulho daquelas festas, e seu próprio pai, que era oficial e de vez em quando frequentava as *jaranas* das colombianas, tal como outros oficiais do quartel de Santa Catalina. Em todo caso, o que parece definitivo é que Miota foi o primeiro a usar a palavra com H em vez de G e, portanto, é o inventor do termo que designa a variante peruana da cafonice.

Na verdade, trata-se de algo mais sutil e complexo, pois é uma das contribuições do Peru à experiência universal; quem a despreza ou não a entende perde a clareza sobre o que é este país, sobre a psicologia e a cultura de um setor importante e talvez majoritário dos peruanos. Porque a *huachafería* é uma visão do mundo e ao mesmo tempo uma estética, uma maneira de sentir, de pensar, de fruir, de se expressar e de julgar os outros.

A cafonice é uma distorção do gosto. Uma pessoa é cafona quando imita algo — o refinamento, a elegância — que não consegue ter e, no seu esforço, degrada e caricatura os modelos estéticos. A *huachafería* não perverte nenhum modelo porque é um modelo em si mesma; não desnatura os padrões estéticos, mas os implanta; não é uma réplica ridícula da elegância e do requinte, mas uma forma própria e distinta, peruana, de ser refinado e elegante.

Em vez de tentar uma definição da *huachafería* — armadura conceitual que inevitavelmente deixaria escapar por suas frestas inúmeros ingredientes desse ser disseminado e protoplasmático —, vale a pena dar alguns exemplos para mostrar como ela é vasta e evasiva, a multiplicidade de campos em que se manifesta, e também aqueles que marca e nomeia.

Há uma *huachafería* aristocrática e outra proletária, mas é provavelmente na classe média que ela reina e fala mais alto. No âmbito das cidades, está em toda parte. No campo, porém, é inexistente. Um camponês jamais é *huachafo*, a menos que tenha uma prolongada vivência citadina. Além de urbana, a *huachafería* é antirracionalista e sentimental. A comunicação *huachafa* entre o homem e o mundo passa pelas emoções e pelos sentidos mais que pela razão; para ela, as ideias são decorativas e dispensáveis, um estorvo para a livre manifestação dos sentimentos. A valsa peruana é a expressão por excelência da *huachafería* no campo musical, e isso a tal ponto que podemos estabelecer uma lei que não admite exceções: para ser boa, uma valsa peruana tem que ser *huachafa*. Todos os nossos compositores (de Felipe Pinglo Alva a Chabuca Granda) intuíram isso nas letras das suas canções, muitas vezes enigmáticas do ponto de vista intelectual: desenvolveram imagens de tom inflamado, sentimentalismo iridescente, malícia erótica e outros excessos retóricos formidáveis que quase sempre contrastavam com a indigência das ideias.

A *huachafería* pode ser ótima, mas raramente é inteligente; ela é intuitiva, prolixa, formalista, melódica, imaginativa e, acima de tudo, sentimentaloide.

Uma dose mínima de *huachafería* é fundamental para se entender uma valsa *criolla* e apreciá-la; não acontece o mesmo com o *huaino* — música das montanhas —, que raramente é *huachafo*, e quando é, de modo geral é deficiente.

Mas seria um erro deduzir disso que só existem *huachafos* e *huachafas* nas cidades costeiras e que as das montanhas estão imunizadas contra a *huachafería*. O indigenismo, exploração sentimental, literária, política e histórica de um Peru pré-hispânico e romântico, é a versão serrana da *huachafería* costeira; surgiu principalmente em Puno e em Cusco, mas se espalhou por todas as montanhas. O hispanismo, por outro lado, é a exploração sentimental, literária, política e histórica de um Peru hispânico estereotipado e romântico. O indigenismo e o hispanismo têm dois historiadores como estandartes: Luis E. Valcárcel, do indigenismo, e José de la Riva Agüero, do hispanismo. Um nome sui generis é José Uriel García, autor de *El nuevo indio*. Sua tese é de que as montanhas, isto é, a cordilheira dos Andes, são um ser vivo que impôs sua presença aos espanhóis e mais tarde os transformou, de modo que os elementos espanhol e indígena se misturaram de maneira indissolúvel, a tal ponto que o que era espanhol se tornou um pouco peruano, enquanto o que era indígena se tornou um pouco espanhol.

A festa de Inti Raymi, que todos os anos ressuscita em Cusco com milhares de figurantes, é uma cerimônia intensamente *huachafa*, tanto quanto a procissão do Senhor dos Milagres que no mês de outubro faz Lima ficar roxa (note-se que uso essa expressão com *huachafería*).

Por sua natureza, a *huachafería* está mais próxima de certas ocupações e atividades que de outras, mas na verdade não existe nenhum comportamento ou tarefa que a exclua essencialmente. A oratória só seduz o público nacional se for *huachafa*. O político que não gesticula, que prefere a linha reta à curva, que não abusa das metáforas e não ruge ou canta em vez de falar tem dificuldade para atingir o coração dos seus ouvintes. Ser um "grande orador" no Peru significa — foi o caso de Haya de la Torre, o fundador do aprismo — ser alguém frondoso, florido, teatral e musical. Em suma, um encantador de serpentes.

As ciências exatas e naturais têm apenas alguns contatos inquietos com a *huachafería*. A religião, por seu lado, convive constantemente com ela, e há ciências com uma predisposição *huachafa* irresistível, como as chamadas — *huachafamente* — ciências sociais. Pode-se ser um "cientista social" ou um "politicólogo" sem incorrer em alguma forma de *huachafería*? Talvez, mas nesse caso temos uma sensação de fraude, como acontece quando um toureiro não espicaça o touro.

Onde provavelmente as infinitas variantes da *huachafería* podem ser melhor apreciadas é na literatura, porque, de forma natural, se manifestam sobretudo na fala e na escrita. Há poetas que são *huachafos* ocasionais, como César Vallejo, outros que o são sempre, como José Santos Chocano, e poetas que só não são *huachafos* quando escrevem em verso, como Martín Adán — que em seus ensaios, contudo, se revela um *huachafo* excessivo. É inusitado o caso de Julio Ramón Ribeyro, que nunca é *huachafo*, o que, tratando-se de um escritor peruano, é uma verdadeira extravagância. Mais frequente é o caso de autores como Bryce e Salazar Bondy: apesar dos preconceitos e da covardia contra a *huachafería*, em algum momento ela sempre se intromete no que escrevem, como um vício secreto incurável. Exemplo notável é Manuel Scorza, em cuja obra até as vírgulas e os acentos parecem *huachafos*.

Eis alguns exemplos de *huachafería* de alta estirpe: desafiar para um duelo, gostar de tourada, ter casa em Miami, o uso da partícula "de" ou da conjunção "y" no sobrenome, anglicismos, considerar-se branco. De classe média: ver novela na televisão e reproduzir as cenas na vida real, levar grandes panelas de macarrão para a praia no domingo e comer entre uma onda e outra, dizer "penso de que" e colocar diminutivos até na sopa ("quer uma champanhota, maninho?") e tratar o próximo de "cholo" (no sentido pejorativo ou não). E proletários: usar brilhantina, mascar chiclete, fumar maconha, dançar rock'n'roll e ser racista.

Os surrealistas diziam que o ato surrealista prototípico seria sair à rua e atirar no primeiro transeunte que passasse. O ato emblemático do *huachafo* é o do boxeador que, na tela da televisão, com o rosto ainda inchado pelos socos que levou, saúda a mãe que está assistindo e rezou pela sua vitória, ou o do suicida frustrado que, ao abrir os olhos, pede confissão.

Há uma *huachafería* terna (a garota que compra uma calcinha vermelha com rendas para surpreender o namorado) e certas aproximações que, por serem inesperadas, a evocam: padres marxistas, por exemplo. A *huachafería* nos fornece uma perspectiva para observar e organizar o mundo e a cultura. A Argentina e a Índia (a julgar pelos seus filmes) parecem mais perto dela que a Finlândia. Os gregos eram *huachafos* e os espartanos, não; e entre as religiões, o catolicismo leva a medalha de ouro. O mais *huachafo* dos grandes pintores é Rubens; o século mais *huachafo* é o XVIII, e entre os monumentos não há nada tão *huachafo* quanto a Sacré Coeur, em Paris, e o Valle de los Caídos, na Espanha. Há períodos históricos que parecem ter sido construídos pela *huachafería*: o império bizantino, Luís da Baviera, a Restauração. Existem palavras e expressões *huachafas*: prístina, societal, conscientizar, benzinho (dito a um homem ou a uma mulher), devir, arrebol.

O que há no mundo de mais parecido com a *huachafería* não é a cafonice, mas o que na Venezuela chamam de *pava*. (Exemplos de *pava* que li certa vez em Salvador Garmendia: uma mulher nua jogando bilhar, uma cortina de lágrimas, flores de cera, aquário na sala.) Mas a *pava* tem uma conotação de mau presságio, anuncia infortúnios, algo de que a *huachafería* peruana, felizmente, está isenta.

Quero esclarecer que escrevi estas modestas linhas sem nenhuma arrogância intelectual, apenas com calor humano e sinceridade, pensando em meu congênere, esta maravilhosa obra de Deus: o homem!

XXVII

— Então você publicou seu livro, compadre. E a Lala e eu nem ficamos sabendo — protestou Toni Lagarde.

— Na verdade, não avisei porque não queria obrigar vocês a irem até o Ministério da Educação no dia do lançamento — disse Toño Azpilcueta. — Preferi vir pessoalmente trazer um exemplar. Quero saber o que acham.

Estavam caminhando pela avenida Arica, devagar porque Toni andava com a ajuda de uma bengala, em direção ao monumento a Bolognesi e à avenida Brasil com seu desfile interminável de carros e ônibus. Já fazia menos frio, por isso a avenida estava cheia de pedestres, muitos passeando como eles dois.

— Vai dar briga com a Lala para ver quem lê primeiro — disse Toni.

As ruas estavam cheias de gente, e às vezes eles tinham que dar espaço para a multidão passar. Toni Lagarde tateava com a bengala o chão onde pisava. Avançava sem pressa, dando passos largos, na medida em que suas pernas permitiam. Seu vestuário era muito simples. Uma calça com aspecto leve e uma camisa de manga curta, lavada e relavada muitas vezes. Procurava não pisar nos buracos, que se multiplicavam naquela avenida Arica, entre as casas simples, de janelas grandes, nem esbarrar nas pessoas que vinham no sentido contrário. Toño lhe contava a cena dos dois homens que, no café Palermo, falavam sobre o seu livro, e como um deles disse que o autor de *Lalo Molfino e a revolução silenciosa* devia ser meio pirado. Ele olhava para as pessoas andando pela avenida Arica e pensava que todas, por mais diferentes que fossem, podiam se sentir parte da mesma família. Seria essa, insistiu com Toni, a sua contribuição para a história do Peru. Deixava um livro no qual demonstrava que à música *criolla* podia superar os preconceitos e abrir as mentes e os corações. Se a música tinha propiciado a união entre ele e Lala, por que não faria o mesmo com os outros compatriotas? Podia parecer uma ideia excêntrica, mas certamente não era um capricho. Havia pensado nisso a vida toda e tinha certeza de que, uma vez que seu livro começasse a ser lido, choveriam pedidos de educação musical nas escolas para familiarizar as crianças, desde o início da sua existência, com as artérias da nacionalidade. Elas aprenderiam a tocar instrumentos, a cantar o repertório clássico; haveria aulas de dança, de *marinera*, de valsa, de polca, que conciliariam as diferenças, os abismos sociais, e fariam com que mais branquelos ricos como Toni se unissem felizes com negras pobres como Lala, ou vice-versa, mulheres brancas e ricas caindo nos braços de homens negros, cholos ou indígenas tão pobres quanto o próprio Toño.

Toni ouvia aquilo tudo em silêncio, folheando o livro que trazia embaixo do braço cada vez que o amigo mencionava alguma das hipóteses que desenvolvia naquelas páginas. Não queria dizer nada, mas Toño sistematicamente lhe perguntava se não tinha razão, se não era evidente — ainda mais agora que a guerra contra o Sendero Luminoso parecia ter fim — que a solução para os problemas do país era despertar o amor pela pátria compartilhada que se expressava nas valsinhas e na música *criolla* em geral.

— Sei lá, Toño, o que aconteceu comigo e com a Lala foi um caso excepcional — disse por fim Toni. — Coisas do amor, que é sempre tão misterioso. Não sei se somos exemplo de alguma coisa. Nós vivemos a vida que queríamos viver, imagino que os outros também façam isso.

— Os outros são escravos dos próprios preconceitos — protestou Toño Azpilcueta. — Os únicos verdadeiramente livres foram vocês dois. A música abriu os seus olhos, lhes deu consciência.

— Não estou dizendo que isso esteja errado — disse Toni, tentando acalmar o amigo. — É uma teoria, como existem muitas outras. Lembra a dos apristas. Que foi a classe média que unificou o Peru. E a América do Sul. O sonho de Bolívar. Só que esse esquema de Haya de la Torre, por causa dos militares, nunca funcionou.

Toño de súbito levou a mão às costas, como se uma mão invisível lhe tivesse aplicado uma chave de braço, e se coçou com impaciência. De repente a avenida Arica parecia um lugar hostil, cheio de madrigueiras onde milhares de ratos e camundongos podiam criar suas ninhadas. Sugeriu a Toni que seria melhor voltarem para a casa dele e comer uns *chancays* com a geleia de marmelo de Lala.

— Assim que soubemos que você viria, Lala foi em busca de marmelos — disse Toni Lagarde, sorrindo. — Nesta época é bastante difícil encontrar. Ainda bem que arranjou. Ela só faz essa geleia quando você vem, seja dita a verdade.

— Vocês são um casal excepcional — insistiu Toño Azpilcueta. — Foram os heróis desse estudo. Estão presentes em todo o livro, em quase todas as páginas. São um exemplo do que todos os peruanos deveriam ser.

Voltaram acelerando o passo, na esperança de chegar à casa de Toni e Lala antes de anoitecer.

— Você também acha que estou meio doidinho, como aquele senhor elegante que zombou de mim no Palermo? — perguntou Toño, impaciente, coçando as pernas.

— Nada disso, Toño. Nem um pouco. Você é um idealista, isso sim, e não há nada de errado nisso.

O chá já estava preparado na salinha que também servia de sala de jantar. Lala tinha acabado de pôr as xícaras na mesa — ele, Toño Azpilcueta, sempre tomava chá com algumas gotas de leite — e lá estavam os *chancays*, quentinhos, com geleia de marmelo.

— Toño trouxe o livro que ele escreveu — disse Toni a Lala. — Você não sabe que bela dedicatória fez para nós. Segundo ele, somos um exemplo que o resto dos peruanos deveria seguir.

— Está vendo? É o que eu sempre digo, Toni — falou Lala, em tom de troça, apesar dos olhares que o marido lhe dirigia. — Nós somos um modelo, você simplesmente não acredita em mim.

— São mesmo — afirmou Toño, solene. — É muito sério isso o que digo. Pela maneira como vocês levaram a vida. Sendo felizes sem buscar a felicidade. Acho que vocês são um exemplo, sim. Aqui e em qualquer outro lugar. Por mais que, falando assim, pareça meio bobo. O fato é que eu nunca conheci um casal como vocês. Para mim, são o modelo de família que todos os peruanos deveriam imitar. E não só porque se casaram desafiando as classes sociais e os preconceitos que todo mundo tem neste país, mas também pela maneira como se mantiveram unidos. Sendo felizes com o que tinham, sem aspirar a mais nada. Um exemplo para todos os peruanos, repito.

— Mas você e Matilde formam um casal melhor que nós — brincou Lala. — Eu não aguento mais esse aí.

— Não, isso não é verdade — disse Toño Azpilcueta, baixando a vista e se encostando na cadeira.

E não era verdade porque entre ele e Matilde se abrira aquele abismo que separa os casais que, em vez de desfrutar juntos as coisas boas da vida, como a música, passam seus dias lutando por uma sobrevivência sempre precária. Além do mais, como negar que Toño se aproveitava de Matilde, que se matava de trabalhar lavando e consertando roupa para fora enquanto ele fantasiava com Cecilia Barraza? A música *criolla*, em vez de unir o casal, talvez o tivesse separado. Quanto mais Toño trabalhava no seu livro e mais horas passava na Biblioteca Nacional, mais tempo Matilde precisava dedicar ao sustento da casa, das duas filhas e dele próprio. Ela ralava o dia todo enquanto ele cultivava uma única fantasia: que seu livro o colocasse no mesmo nível que Cecilia Barraza e seu prestígio vencesse as resistências que impediam a cantora de vê-lo como uma opção máscula de espécime peruano, apetecível para uma conjunção carnal e adequada para acompanhá-la pelos caminhos da vida.

Uma nuvem sombreou o rosto de Toño, que agora parecia não estar mais tão deliciado com os *chancays* com geleia de marmelo.

— O melhor de tudo — acrescentou, num tom entre solene e sombrio — é que vocês nem percebem que são felizes.

Queria acrescentar que os dois, ao contrário dele e Matilde, aproveitaram o amor que sentiam um pelo outro para se adaptarem a tudo o que tiveram que padecer; quer dizer, os preconceitos das pessoas, a pobreza, a vida modesta que levaram. E superaram tudo isso graças ao seu amor, perene. Talvez esse fosse o segredo que lhes permitiu resistir a todas as dificuldades que tiveram que enfrentar.

Ele pôde confirmar isso ao longo da tarde, quando a conversa girou em torno das coisas que aconteciam no Peru. Fosse falando dos atentados terroristas, da pobreza que havia nas serras ou de qualquer outra notícia, Toño Azpilcueta percebia que Toni e Lala, embora alarmados, na verdade estavam protegidos de qualquer eventualidade ou sobressalto pela solidariedade que, graças ao amor, existia entre os dois. Sobre isso é difícil legislar. Não se pode obrigar ninguém a se apaixonar para sempre, como havia acontecido com eles. O mais comum é que os amores sejam transitórios, que as pessoas conheçam outras pessoas e se apaixonem por elas, troquem de parceiro. Isso é natural. O excepcional era o caso de Toni e Lala. Toño gostaria que as coisas fossem mais sólidas e duradouras em sua vida, incluindo a relação com Matilde. Pensou que talvez fosse o caso de moderar o enfoque do seu livro, mostrar-se menos otimista, menos convicto. Despediu-se de Toni e Lala um pouco taciturno, e quando chegou em casa lhe disseram que o sr. Cabada, seu editor, precisava falar com ele urgente.

Na venda do compadre Collau, retornou a ligação. Do outro lado da linha Cabada parecia exaltado. Fazia dias que o procurava, tinha deixado recado até na casa do seu amigo Collau, mas provavelmente as meninas se esqueceram de dar.

— Mas o que está havendo, Cabada? Vai tudo bem com o livro? — perguntou, intrigado.

— Os dois mil exemplares que publicamos estão esgotados. Pelo menos é o que tudo indica. Precisamos fazer uma segunda edição. Recebi muitas cartas de livreiros pedindo mais livros. Só que não tem mais. Nós só fizemos esses dois mil, lembra? Pois acabaram.

O ex-livreiro falava com entusiasmo. Toño ouvia tudo isso e era como música para seus ouvidos. Ele não conseguia acreditar, não sabia o que dizer.

— Vou aproveitar e corrigir um pouco, sr. Cabada. Acho que saíram muitos erros nessa primeira edição, e talvez eu também precise rever algumas ideias.

— De jeito nenhum — disse o ex-livreiro, que parecia muito agitado. — Pode ir corrigindo, se quiser. Mas para as futuras edições. Essa segunda tem que sair logo. O livro está indo muito bem. Várias livrarias das províncias me escreveram, sabe? Podemos nos encontrar por estes dias? O quanto antes. Nós preparamos um novo contrato, temos que assinar. E, além disso, o senhor vai receber um dinheirinho. Marcamos na segunda-feira, por volta das dez da manhã, no Bransa da Plaza de Armas? Perfeito. Até lá. Ah, e parabéns, antes de mais nada! Seu livro está vendendo muito bem, muito melhor do que prometia.

Desligou, e Toño Azpilcueta sentiu os bichinhos percorrendo todo o seu corpo. Lá vinham eles. Devia estar exultante e apavorado com a notícia. Quer dizer então que seu livro tinha vendido muito bem? Que os dois mil exemplares que o sr. Cabada publicou estavam se esgotando? Foi o que o editor lhe disse pelo telefone. Queria contar a Cecilia Barraza, mas para falar com ela tinha que mandar uma carta para a sua casa e marcar um encontro no Bransa dois ou três dias depois, e agora precisava desabafar com alguém, mesmo que fosse com seu compadre Collau, mesmo que fosse com sua esposa, Matilde. Sim, conversaria com eles, contaria a novidade, e certamente o compadre iria buscar outra garrafa e os dois o cobririam de afeto, mas mesmo assim mandaria a cartinha para Cecilia Barraza e marcaria um encontro na quinta-feira. Ou melhor, na sexta, que para ela era um dia com menos compromissos.

XXVIII

Havia cerca de mil e quinhentas línguas, jargões e vocabulários na América Latina, mas alguns filólogos elevam esse número para cinco mil e outros afirmam que eram cerca de duas mil ou pouco mais. Em todo o caso, é evidente que os americanos não se entendiam entre si e por isso se envolviam em guerras locais ou continentais. Era assim a América Latina que os primeiros conquistadores espanhóis encontraram: uma orgia de sangue com as mil batalhas que tinha que suportar.

Nesse pélago de linguagens, vocabulários e jargões em diferentes níveis de desenvolvimento, a língua espanhola caiu como um orvalho que integrou tudo, e a partir de então os americanos deixaram de se matar uns aos outros e passaram a conviver mais ou menos de maneira pacífica. Isso, claro, deixando de lado as sublevações militares e as ditaduras do século XIX, sempre violentas e desastrosas para o futuro desses países, quer dizer, os nossos.

A melhor coisa que poderia ter acontecido com a América Latina foi essa unificação da língua graças ao espanhol, que permite hoje que os latino-americanos se entendam perfeitamente do México até a Argentina, com exceção do Brasil, onde, de todo modo, há cada vez mais gente falando o idioma. Trata-se de uma língua que cresce e se expande pelo mundo afora sem que nenhum governo, entre todos os países que a falam, tenha feito qualquer coisa para estimular essa difusão. Foi o próprio idioma, dada a sua composição simples, a clareza das suas estruturas e a facilidade de sua expressão oral, que traçou essa trajetória e, graças aos imigrantes, se espalhou pelo mundo, chegando hoje a centenas de milhões de falantes.

Depois do México, que é o primeiro, os Estados Unidos são o segundo país da lista em termos numéricos, com mais de sessenta milhões de pessoas que dominam ou arranham a língua. Há controvérsias a respeito; alguns opinam que os hispanofalantes que vivem nos Estados Unidos vão perdendo aos poucos o idioma e o substituem pelo inglês, mas não há nada comprovado quanto a isso. Entendo que existem famílias em que o espanhol está ligado fortemente à linhagem, como a unha está ligada à carne, o que impede que se perca nas gerações seguintes.

Ou seja, a conquista e o posterior domínio da Espanha sobre a América Latina teve ao menos um benefício: o idioma espanhol, responsável pela façanha de integrar a região em sua maneira de falar e de pensar. Em que outro lugar do mundo se pode atravessar de ponta a ponta um continente entendendo o que as pessoas dizem em todos os países e sendo entendido por elas? Na África, no Oriente? Na Europa, por exemplo, quando você sai do próprio país precisa aprender outros idiomas, ou então tem que ficar mudo.

Outros dizem que não foi a língua, mas o cristianismo a maior justificação para a conquista. E que a Espanha foi o único país a permitir, graças ao padre Bartolomé de las Casas e a outros como ele, que se debatesse, como de fato ocorreu na Universidade de Salamanca, se os indígenas tinham alma ou não, e neste caso eram como os animais da floresta. Esse debate, graças em grande parte ao extraordinário De las Casas, dirimiu a questão. Os prelados decidiram por unanimidade que os indígenas tinham alma e, consequentemente, deviam ser protegidos e instruídos na verdadeira religião.

O leitor há de se perguntar se o autor destas páginas é católico e, para responder, tenho que fazer uma confissão. Em determinados momentos, de fato, quando penso na morte e nos ratos que virão devorar o meu cadáver, fico apavorado, rezo e acredito na religião que os padres do Colégio La Salle me ensinaram, mas muitas vezes digo a mim mesmo que essas histórias da Bíblia foram concebidas para gente inculta e que pessoas instruídas não podem acreditar nelas de forma cega. Em que eu acredito? De forma intermitente, às vezes sim e às vezes não, em Cristo e na Virgem Maria, na paixão e na morte de Cristo, se bem que agora tenha muitas dúvidas a respeito. Não posso concordar com a forma como a Igreja católica cresceu e se expandiu pelo mundo, com mil e uma proibições. Por acaso *don* Gonzalo Toledo não conta, no seu livro *Déjame que te cuente*, que a

Igreja católica quase excomungou a valsa peruana porque o homem roça a mão nas costas da sua parceira de dança?

Em todo caso, não se pode negar que o ser humano vive melhor com a religião que sem ela. O cristianismo organiza toda a dispersão bárbara e cria um denominador comum para os latino-americanos, tão diferentes entre si. Então é melhor que haja cristianismo? Sem dúvida, mas sem mexer com a música *criolla*, num regime de liberdade em que a malícia, o gracejo e a mão nas costas sejam coisas lícitas. Às vezes essas crenças da minha infância e juventude lassallista voltam a me dominar, mas provavelmente no fundo eu sou ateu. Não tenho muita certeza de que existam purgatório e inferno e, principalmente, de que Deus condene certas pessoas às chamas, a serem torturadas por demônios até o fim dos tempos por um motivo que muitas vezes é algo muito simples, como esquecer uma missa. São crenças medievais que não se sustentam nos tempos modernos.

No entanto, não posso me conformar com a ideia de que, para os seres humanos — tenham ou não alma —, tudo termina aqui nesta vida, simplesmente desaparecemos após a morte, viramos um montinho de ossos. Mas a ideia de uma alma que sobrevive aos cadáveres me parece difícil de engolir. Ou seja, em certos dias creio e em outros descreio nessas coisas que meu pai, que como um bom italiano era muito católico, e os padres do Colégio La Salle da avenida Arica, no centro de Lima, me ensinaram.

Quer dizer então que o idioma espanhol e a religião católica justificam a conquista? Não, não é tão fácil decidir isso, meus amigos. Se os ingleses tivessem conquistado a América, certamente a deixariam despovoada depois de perpetrar massacres gigantescos, como fizeram nos Estados Unidos. E os indígenas sul e centro-americanos seriam, tal como os apaches e os peles-vermelhas, meros sobreviventes. A verdade é que a Espanha construiu igrejas, criou universidades, gráficas, tribunais; conferiu à América Latina, desde o início da ocupação, a relevância de ser uma duplicata autêntica da Espanha nos territórios conquistados. Foram criados vice-reinados e capitanias gerais, e também, claro, a sinistra Inquisição com seus torturadores fanáticos, tal como acontecia na Espanha.

Embora os *encomenderos* fossem uma raça horrível e exploradora, os reis da Espanha e os seus conselheiros tentaram mitigar seus excessos e abusos contra os indígenas, só conseguindo, porém, que se sublevassem e desafiassem os próprios reis, contra os quais travaram guerras ferozes. Não havia ocorrido isso no Peru? Em consequência, as leis que norteavam a política em relação aos indígenas se ampliaram e endureceram, de tal maneira que estes morreram como moscas mas não chegaram a se extinguir. Agora são a segunda classe desfavorecida, que é preciso levantar e levar ao poder.

XXIX

Toño Azpilcueta deslizou pelos corredores do Bransa da Plaza de Armas até a mesa onde costumava se sentar quando saía da Biblioteca Nacional. Estava com o mesmo terno e a mesma gravata que tinha usado no Ministério da Educação durante o lançamento do livro. Lamentou não ter convidado Cecilia Barraza para aquele evento, quando expôs com tanta clareza e entusiasmo as ideias do seu livro. Se ela o tivesse escutado nesse dia, não teria surgido, talvez, nem que fosse lá no fundo da sua mente, a possibilidade de encará-lo como algo mais que um simples amigo? Cecilia Barraza só o conhecia como autor de uns artiguinhos efêmeros que saíam em revistas sem a menor repercussão fora do mundo da música *criolla*, com pouquíssimo ou nenhum impacto na opinião pública. Mas agora Toño Azpilcueta era o autor de um livro que havia esgotado uma edição inteira e estava sendo discutido nos cafés de Lima. Isso não mudava tudo? Cecilia Barraza não se encontraria mais com um desconhecido que desejava em segredo se tornar um intelectual da elite, mas com o escritor que estava transformando a mentalidade do Peru. Porque era isso que começaria a acontecer, ele não tinha dúvida. Suas ideias acabariam sendo debatidas na universidade, na imprensa, nos bares, até em clubes sociais, e em breve seu nome brilharia tanto quanto os dos mais importantes músicos peruanos.

Ao ver que Cecilia Barraza tinha entrado no Bransa e o reconhecido, levantou-se, alisou o paletó e levantou a mão com certa graciosidade para cumprimentá-la.

— Por que me pediu para vir assim às pressas, Toño? — perguntou Cecilia, beijando-o no rosto antes de se sentar.

— Sempre celestial, Cecilita, intocada pela feiura humana — disse ele, sorrindo.

— Tinha esquecido que você gosta dessas *huachafadas* — riu Cecilia Barraza. — Deve ter boas notícias, para estar tão espirituoso e elegante.

— A primeira edição do meu livro esgotou e o editor vai fazer a segunda — disse Toño Azpilcueta. — Eu queria te contar isso pessoalmente.

Cecilia Barraza notou que os olhos de Toño faiscavam, que sua voz tinha um tom estranho e que um sorriso igualmente estranho se desenhava em seus lábios.

— Vejo que está feliz, eu também fico contente com isso — disse ela. — Mas espero que a fama não lhe suba à cabeça.

— Eu sou e serei sempre o mesmo — afirmou Toño Azpilcueta, e estendeu a mão para tocar a de Cecilia Barraza. — Se você não quer que eu mude, nunca vou mudar.

— Mas hoje você parece bastante mudado — disse Cecilia Barraza, retirando a mão e escondendo-a debaixo da mesa. — Nós somos apenas amigos, Toño, não se esqueça.

— Vamos parar com essa hipocrisia. Isso era antes. Agora que sou um intelectual de verdade, posso querer muito mais.

Com um movimento rápido, Toño Azpilcueta se levantou da cadeira e tentou beijar a boca de Cecilia Barraza. Ela arregalou os olhos e tirou o rosto. Quase sem pensar, sua mão saiu de debaixo da mesa e foi parar na bochecha de Toño. Não foi uma bofetada sonora nem forte, praticamente só roçou em sua face, e apenas os ocupantes da mesa ao lado notaram. Toño se virou para olhá-los, já sentindo o rosto ficar vermelho. Uma ardência começou a descer pelo seu pescoço e se transformar em coceira. Essa sensação foi tomando os braços e o tronco até chegar às pernas. E então Toño começou a vê-los em toda parte, gordos, vesgos e com os dentes para fora. Debaixo da mesa ao lado, no corredor que se formava entre as mesas do Bransa, pulando da cabeça de Cecilia Barraza para as cadeiras vazias. Não conseguiu se conter e começou a coçar de forma vigorosa o corpo. Arregaçou as mangas do terno e abriu a camisa para esfregar a pele com as unhas e se livrar daqueles animais repugnantes que agora o rodeavam e subiam pelas suas pernas.

Cecilia Barraza estava desconcertada com a atitude de Toño Azpilcueta. Não entendia o que estava acontecendo. Nem ela nem os outros fregueses do Bransa, que começaram a ficar preocupados com a presença daquele homem que não parava de se coçar e chutava o ar como se fosse Héctor Chumpitaz afastando a bola da grande área.

— Toño! — disse Cecilia Barraza. — O que está acontecendo com você? Se acalma, por favor.

— Você não está vendo nada, certo? — perguntou Toño Azpilcueta. — Mas eles estão por toda parte. Eu sei que você não vê, ninguém vê, mas eles estão aí.

Cecilia Barraza entendeu que algo sério acontecia com seu amigo e que precisava fazer alguma coisa depressa, antes que todos os fregueses ficassem assustados e o episódio terminasse em um escândalo monumental. Com agilidade, pegou Toño pelo braço e o arrastou para fora do Bransa até a Plaza de Armas por baixo de umas grandes sacadas de madeira escura. Obrigou-o a se sentar num dos bancos que havia sob as palmeiras, no meio da praça, e lhe pediu que explicasse o que estava acontecendo.

Toño continuava a se coçar, franzindo o rosto, abrindo e fechando os olhos, agora com menos desespero.

— Isso acontece comigo desde criança — disse ele. — É uma coisa que me dá quando fico agitado. Sinto ratos mordiscando as minhas costas. Me dá vontade de tirar a camisa, as calças. E me coçar até morrer. Nunca contei isso a ninguém. Você é a primeira a saber. Não sei mais o que fazer, Cecilia. Estou angustiado. Porque esses ratos não existem, fui eu mesmo que os inventei. Passei muitos anos assim, desde criança, inventando esses bichos. E sempre desesperado com a coceira. Não aguento mais.

Cecilia Barraza lhe respondeu que não precisava se preocupar, porque ela podia ajudá-lo. Em seguida levantou o braço, parou um táxi e disse ao motorista que os levasse até San Isidro. Toño continuava a coçar as pernas e as costas. Atrás era mais difícil, porque as mãos não alcançavam, mas no caminho foi se esfregando no encosto do banco e isso lhe fazia bem, pelo menos diminuía a coceira. Quando o táxi parou, depois de um tempo infinito, Cecilia pagou a corrida e, pegando Toño pelo braço outra vez, arrastou-o até um prédio que parecia recém-construído.

O consultório do dr. Quispe ficava no quarto andar e tinha vista para um jardim, deserto àquela hora, em cujo centro havia uma fonte da qual saía água por tubos invisíveis. Uma enfermeira os levou a uma sala de espera, onde ficou com Toño enquanto Cecilia entrava no consultório para conversar com o médico. O psiquiatra, que estava com um jaleco branco que parecia recém-passado, beijou Cecilia no rosto com uma intimidade que revelava um longo histórico de cumplicidade e fechou a porta. Poucos minutos depois, chamou Toño Azpilcueta e lhe disse que se sentasse em uma cadeira grande e confortável. Inclinando-se sobre ele, e de uma forma muito séria, lhe disse:

— Vamos lá, meu amigo, fale dessas coceiras que o torturam tanto. Conte-me como são esses ratos que o senhor inventa desde criança.

Engasgando e se sentindo cada vez mais ridículo e desesperado, Toño começou a falar. Cecilia se manteve a certa distância e olhava para os dois com uma expressão preocupada. Quando Toño acabou, o dr. Quispe deu uns passos e disse alguma coisa à enfermeira que, assentindo com a cabeça, saiu de imediato. Poucos segundos depois, voltou com comprimidos e um copo de água cristalina.

— Tome isto, vai acabar com essas coceiras irritantes. Venha, vamos por aqui.

Levou Toño e Cecilia para uma sala contígua, onde pediu que os dois se sentassem. Ele também se sentou na frente deles, todos em poltronas de madeira reluzente, novíssimas, com almofadões esverdeados estampados com figuras egípcias.

— O que o senhor tem é uma obsessão. Quando era criança deve ter associado os ratos a alguma sensação negativa. Pode ter sido medo do fracasso, do abandono ou de estranhos. Medo de qualquer coisa. De uma rejeição, talvez. Mas nós vamos descobrir. É daí que vem essa coceira que o incomoda tanto, que com certeza o angustia nos momentos mais difíceis — e o dr. Quispe fez um trejeito de desdém com a boca. — Acredite, o seu caso não tem nada de excepcional. Pelo contrário, eu diria que é bastante comum nesta Lima que habitamos. Está se sentindo melhor agora? Esses comprimidinhos eram só para acalmar.

Toño escutava aquilo sem coragem de encarar os olhos do médico. Assentia com a cabeça, como uma criança que acaba de levar uma bronca, arrependido do atrevimento que tivera com Cecilia.

— Aqui nesta cidade há muita gente que sofre da mesma doença que o senhor, não se preocupe — continuou falando o psiquiatra. — E também no mundo inteiro, não é só em Lima. Homens, mulheres, velhos, crianças. Com um pouco de paciência, garanto que estará curado em algumas sessões. Pode ficar tranquilo. Aliás, diga-se de passagem, não é nada muito sério.

— Eu pago a conta. Toño Azpilcueta e eu somos muito amigos — disse Cecilia, adiantando-se. — E, além do mais, fui eu que o trouxe aqui.

— Você sempre me trazendo pacientes, Cecilia, não quer me deixar morrer de fome — brincou o dr. Quispe. Era um homem suave e elegante, com uma cabeleira prateada e dentes perfeitos. Sorria o tempo todo, com gentileza. Mas havia algo penetrante em seu olhar que deixava Toño bastante desconfortável.

Estava morrendo de vergonha. Que espetáculo tinha dado, coçando-se daquele jeito! Agora que a coceira passara, sentia-se um pouco tonto e com bastante sono. Não conseguiu disfarçar um longo, longuíssimo, bocejo.

— Se quiser, pode descansar uns minutinhos na sala de espera enquanto eu converso com Cecilia. Talvez o senhor tenha ficado um pouco sonolento por causa do remédio, é normal que isso aconteça.

Toño saiu de cabeça baixa, sem dizer nada, resignando-se a esperar enquanto aquele médico elegante flertava com Cecilia bem diante do seu nariz. Culpado pelo espetáculo que dera, sentia-se cada vez pior. Fechou os olhos e se recostou na poltrona, e quando voltou a abrir — talvez houvesse adormecido por alguns minutos — viu Cecilia e o dr. Quispe parados ao lado da porta, como se estivessem se despedindo. Toño se levantou na mesma hora.

— Está se sentindo melhor? — perguntou o médico, olhando para o relógio.

— Estou sim, bem melhor, doutor. Lamento muito ter causado todo esse transtorno.

— Não foi nada — disse o dr. Quispe. — Já combinei com a Cecilia. O senhor pode vir às quintas-feiras, por volta das sete? Para acabar com os tais ratos que não existem e que o senhor mesmo inventou.

Toño Azpilcueta não sabia onde se enfiar. Pensava: que vergonha Cecilia pagar a consulta! Que vergonha, meu Deus! Principalmente porque não podia lhe devolver o dinheiro, pois o que tinha no bolso, calculou, mal dava para pagar a conta do Bransa. E aquele médico, tão elegante, na certa cobrava caríssimo.

— Bem, muito obrigado, doutor. Na quinta-feira, certo? Sim, sim, estarei aqui.

— Perfeito — disse o dr. Quispe, estendendo a mão. Voltou a beijar Cecilia no rosto e abriu a porta para se despedir.

— Eu estou morrendo de vergonha, Cecilia — disse Toño, enquanto esperavam o elevador. — Você pagou o táxi, depois pagou também a consulta do médico. Pode me dizer quanto te devo?

— Não me deve nada, Toño. Amigo é para essas coisas. Não se preocupe com isso.

— Amigo, pois é — repetiu ele, e ficou um tempo em silêncio, observando como os números do elevador se acendiam. — O que eu te disse antes no Bransa...

— Não se preocupe. Você sempre fica *huachafo* quando cai no sentimentalismo — riu Cecilia. — Não tem nada de errado nisso, já está tudo explicado.

Saíram do edifício e Cecilia, um pouco apressada, lhe deu um dos seus deliciosos sorrisos, despediu-se acenando com a mão e entrou no primeiro táxi que passou. Toño ficou na calçada, tentando lembrar o endereço do consultório do dr. Quispe. Voltaria na semana seguinte, não porque quisesse, mas porque precisava se curar da sua obsessão por ratos. E também, diga-se de passagem, da sua obsessão por Cecilia Barraza.

XXX

Aqui vai outra das minhas confissões, paciente leitor: não tenho muita simpatia pelo Tahuantinsuyo, o império dos incas. Embora sinta orgulho de sua existência e do domínio que impôs durante a sua curta vida, de cerca de cem anos, ao Equador e à Bolívia, e em parte também ao Chile e à Colômbia, chegando até mesmo aos arredores da Argentina e do Brasil, há algo nesse passado que me incomoda: o sistema que os imperadores de Cusco criaram para tratar seus cidadãos mais rebeldes, aqueles que murmuravam contra as instituições do império e, mais tarde, poderiam se tornar seguidores de líderes dissidentes. Isso ficou conhecido como sistema dos *mitimaes*, o que provavelmente poderia ser traduzido do quíchua como "expatriados" ou "desenraizados": consistia em afastar de Cusco os descontentes de menor importância, confinando-os em regiões ou aldeias distantes, onde eles, claro, se sentiam estranhos, talvez nem falassem a língua local e eram forçados a trabalhar cercados de gente que os desprezava, sabendo que aquilo nunca teria fim e que seriam enterrados ali, no meio de uma multidão desconhecida. Os historiadores e antropólogos só descobriram os *mitimaes* séculos mais tarde, quando se deram conta de que em Áncash ou Ayacucho, a dezenas de quilômetros de Cusco, a língua de alguns sobreviventes era o quíchua cusquenho ou central, muito diferente do quíchua local. Dessa maneira, foram descobrindo que o Tahuantinsuyo exilava os seus dissidentes, enquistando-os em terras distantes, sem poder se comunicar, e obrigando-os a trabalhar até o momento da morte.

Tenho uma estranha solidariedade por aquelas centenas ou milhares de homens e mulheres desenraizados do seu hábitat e condenados pelo poder a passar o resto da vida fazendo trabalhos que nada tinham a ver com aqueles a que estavam habituados. Fico comovido ao pensar na tristeza e na melancolia que devem ter sentido esses homens e essas mulheres considerados, muitas vezes de forma injusta, dissidentes do império sem sê-lo e por isso condenados a viver anos e anos a muitas léguas da sua terra, em mundos diferentes e por vezes hostis. O que podia fazer um cusquenho confinado em Áncash, Tumbes ou Cajamarca? Aquela solidão, aquele desterro, não devia ser muito diferente da condição existencial de Lalo Molfino, deixado pelos pais num lixão em Puerto Eten para ser comido por animais. A tristeza, essa grande característica presente em quase todos os peruanos, talvez provenha desses exilados do regime, que provavelmente viviam só de recordações.

Os incas não ensinavam seus vassalos a ler com medo de que os livros escondessem as sementes da rebelião, pois os livros e as letras escritas são subversivos e amaldiçoados pelo poder, e já eram naqueles tempos remotos. Em vez de escrita, adotaram um sistema administrativo baseado em fios e nós, os quipos, usados para lembrar quantidades e não palavras, que foram encontrados aos montes em palácios, administrações e instalações incaicas em Cusco e nas principais províncias do império. Não são propriamente alfabetos, embora dezenas de especialistas, no Peru e no exterior, tenham passado a vida tentando desvendar a escrita dos quipos — que simplesmente não existe, porque o sistema é apenas mnemônico, destinado a armazenar na memória grandes quantidades de números, tal como foi usado pelos infinitos administradores daquele imenso império burocrático.

Tudo isso se relacionava a um sistema vertical, preservado de forma cuidadosa para que a ditadura inca perdurasse no tempo. Mas foi tudo em vão, porque eclodiram as rivalidades entre Cusco e Quito, e quando os conquistadores chegaram o Tahuantinsuyo já estava partido em dois, entre os irmãos inimigos Atahualpa e Huáscar, que disputavam o império com seus respectivos exércitos em batalhas sempre ferozes. Os primeiros espanhóis que chegaram a Cusco ainda viram as longas filas de cadáveres crucificados que os guerreiros de Quito deixaram depois de devastar a capital.

Pizarro teve uma atitude ignóbil com relação a Atahualpa. Depois de sequestrar o inca, prometeu libertá-lo se as suas hostes enchessem de ouro dois aposentos e meio em Cajamarca; quando o fizeram, descumpriu a promessa e mandou matá-lo. Mas a verdade é que também morreram quase todos os líderes dos conquistadores, como o próprio Pizarro, assassinados a punhaladas pelos companheiros devido à sua obsessão fanática pelo ouro — até Colombo foi acusado de amar pedras preciosas —, um material que os incas, que sem dúvida não deviam entender a ganância desesperada daqueles barbudos se atraiçoando cotidianamente para pôr as mãos naquelas riquezas incompreensíveis, só usavam para honrar seus deuses.

Os três séculos de colônia tampouco me despertam simpatia; esta é a última das minhas confissões. Aquele país cheio de igrejas e conventos, de procissões e missas, onde os maiores esforços dos espanhóis consistiam em difundir a religião católica, obcecando e fanatizando as massas e a si mesmos, não era assim tão admirável. Os fiéis, que eram todos os peruanos, viviam mais na morte que nesta vida. É verdade que entre eles havia algumas figuras admiráveis, e que dessa cultura mutilada e distorcida do período colonial saíram pessoas realmente cultas, como *don* Pedro Peralta y Barnuevo, mas essa cultura feita de erudição e fanatismo só chegava a uma pequena minoria, enquanto as massas viviam na confusão e na ignorância, das quais só seriam salvas, de forma tardia, pela valsa *criolla* e as muitas melodias locais que fizeram do Peru o país sensível e misturado que todos desejamos ter.

Seria esse também o sonho de Lalo Molfino? Lalo tinha lido tão pouco e era tão ignorante em relação a tudo o que não fosse música que decerto nunca deve ter pensado nisso. Mas de forma intuitiva, com o sexto sentido que só têm os grandes criadores, os demiurgos que inventam eras, épocas ou períodos históricos, não me cabe a menor dúvida de que ele concebeu o mesmo ideal, a mesma visão daquilo em que seu país se transformaria.

A música *criolla* poderia mesmo definir esse rumo histórico? Fazer do Peru outra vez, como no passado, um país importante, produtor de riquezas e de ideias, de histórias e de músicas que chegassem a todo o resto do continente, que atravessassem os mares, que fossem lidas, cantadas e dançadas por homens e mulheres do mundo inteiro? Por que não? O tango tinha conseguido, com Gardel e tantos outros músicos hoje famosos. Se o Peru deixasse de lado sua mentalidade de pura sobrevivência e se tornasse uma nação próspera graças à música que faz, talvez sua situação no panorama mundial também mudasse e o país conseguisse entrar no grupinho de nações que decide tudo, a paz e a guerra, as grandes catástrofes ou as alegrias que vez por outra vêm trazer felicidade à vida das pessoas. Decerto eu não verei isso acontecer, mas a vida e a obra de Lalo Molfino, ao lado das ideias aqui registradas, contribuirão para que se cumpra. Tal como os *Sete ensaios* de Mariátegui, a poesia de César Vallejo ou as tradições de Ricardo Palma, este livro que você, leitor, tem em suas mãos de peruano amigo será o ponto de partida de uma verdadeira revolução que há de tirar o nosso país da pobreza e da tristeza e fazer dele, outra vez, uma nação vibrante, criativa e igualitária de verdade, sem as enormes diferenças que hoje o afligem e oprimem. Que assim seja.

XXXI

Na segunda-feira seguinte, Toño Azpilcueta acordou muito cedo, mal o dia tinha clareado; foi se lavar e se vestir, e assim que entrou no Bransa da Plaza de Armas procurou Antenor Cabada com a vista. Ainda não tinha chegado. Sentou-se e pediu um chá de camomila, e quando o editor apareceu estava tranquilo, bebendo a infusão devagar, com a xícara na mão. Pelo menos seu estômago não estava mais incomodando. Nem as pernas, ou as costas. Aqueles comprimidos do dr. Quispe lhe haviam feito muito bem. Como não tinha pedido uma receita?

— Trouxe o contrato para você assinar. E um dinheirinho, que sempre cai bem, Toño — disse Antenor Cabada, chamando-o de você pela primeira vez, após apertar sua mão. — Estamos atrasados para a segunda edição.

— Preciso de uns dias para corrigir o livro, Antenor, pode guardar o dinheiro — respondeu ele, tratando-o também com familiaridade.

Queria rever algumas partes e inserir argumentos para responder aos comentários que tinha ouvido naquela tarde no café Palermo, além de se antecipar a possíveis críticas e reafirmar com mais convicção as suas ideias.

— Temos que aproveitar o momento, Toño — disse o sr. Cabada.

Era um homem de certa idade; estava com uma roupa um bocado simples, uma camisa de verão que na certa não o protegia bem do frio. Pelo que Toño sabia, não tinha esposa nem filhos. Parecia um homem solitário. Estava bem barbeado e o olhava através dos óculos com certa angústia.

— Que diferença faz uns dias a mais? — perguntou Toño, olhando fixo para ele, pouco disposto a ceder.

— Essas coisas não acontecem com tanta frequência, Toño — insistiu o sr. Cabada. — O livro está esgotado, pode levar semanas até ser bem distribuído nas províncias. Temos que imprimir a segunda edição. Será que não entende? Os exemplares que não forem vendidos agora nunca mais serão. Você tem muita sorte. Não fizemos publicidade, e mesmo assim o livro está indo muito bem. Precisamos lançar a segunda edição o mais rápido possível, Toño. Enquanto isso, pode ir corrigindo o original, e essas alterações saem na terceira edição.

O ex-livreiro falava com a voz e com as mãos.

— Porque vai haver uma terceira edição, não tenha dúvida. Se quiser, assinamos um contrato, Toño. Mas agora temos que lançar a segunda, o quanto antes. Acredite no que estou dizendo!

— Eu não quero ficar rico — disse Toño, sem nenhum traço de ironia ou modéstia. — Só espero que meu livro seja bem lido, pelas ideias que contém. Mas preciso de uma semaninha, pelo menos. Prometo devolver o manuscrito corrigido na próxima segunda-feira. E o senhor vai poder lançar uma segunda edição imaculada, sem nenhuma fissura por onde possam se esgueirar questionamentos de leitores mais exigentes.

Antenor Cabada não estava contente com isso, a julgar pela sua expressão. O café tinha esfriado. Afinal, desistiu de continuar tentando convencer Toño. O Bransa estava ficando cheio. Toño reconheceu muitos dos clientes; imaginou serem homens solitários que vinham tomar café da manhã antes de entrar no escritório. Todos de classe média; nenhum indígena, tampouco nenhum branquelo. Eram todos moreninhos, com o cabelo espetado para cima ou alisado com brilhantina.

— Certo, está bem, então lhe dou uma semana, Toño. Nem um dia a mais — disse o editor, com o rosto franzido. — Não esqueça que a nova edição, a partir do momento em que é encomendada à gráfica, leva uns dez ou quinze dias, às vezes três semanas, para sair. É o tempo que demora. E se a gráfica estiver com muito trabalho, até mais. Depois temos que fazer os pacotes, mandar para as províncias ou distribuir aqui em Lima. Não sei se dá para entender, Toño. É uma loucura perder todo esse tempo. Mas está bem, vou aceitar. Só uma semana, nem um dia a mais.

Pediu outro café, bem forte, quente e sem leite, e um *chancay* quentinho com manteiga. Toño lamentava fazer o editor passar por aquela situação, mas estava decidido a corrigir seu livro. Queria polir algumas ideias e incluir exemplos, talvez algum outro assunto decisivo para a questão peruana. Mais músicos e canções, e também a religião, era importante falar da fé do peruano, e do seu gosto pelas touradas, talvez do esporte, sim, do futebol peruano, de Chumpitaz e suas velhas glórias. Uma semana era suficiente, ele trabalharia à noite, inserindo e arredondando os temas para que coubessem.

— O senhor sempre quis ser editor, não é mesmo? — perguntou ao sr. Cabada.

Este confirmou.

— Sim, sempre. A livraria, onde aliás não me dei tão mal, era só um caminho. Das dez da manhã às dez da noite atrás do balcão. Ah, meu Deus! Mas a verdade é que demorei demais para ficar independente. O ofício de livreiro no Peru é extremamente difícil. São muitas despesas, o tempo todo. E o fisco está sempre disposto a nos devorar, pedindo cada vez mais e mais dinheiro com qualquer pretexto. Enfim, me prometa que o livro vai estar pronto dentro de uma semana. Nem um dia a mais, Toño. Por favor, por favor.

— Mas agora já é editor — disse Toño. — E, além disso, se deu muito bem com o primeiro livro que publicou.

— Parece até que a coisa não é com o senhor — disse Antenor Cabada. — Já esqueceu que se trata do seu próprio livro? Aliás, é uma verdadeira maravilha que haja vendido tanto, apesar de quase não terem saído críticas nos jornais.

— Sem o quase — corrigiu Toño Azpilcueta. — Não saiu nenhuma crítica, até onde sei. Nenhum desses intelectuais, o senhor sabe quais, se dignou a mencionar as virtudes do meu ensaio. É um milagre que tenha sido vendido nas províncias. Isso significa que os leitores inteligentes compraram.

— Isso mesmo, vendeu muito mais do que o esperado. Vou lhe mostrar algumas cartas de livreiros das províncias para alimentar sua vaidade — disse o sr. Cabada, voltando a tratá-lo por você. — Parece que em Trujillo, em Cusco e em Arequipa o livro vendeu mais do que em Lima. Essa ideia que você defende, da música folclórica como fator de integração no Peru, despertou muito interesse. Como se as valsas, as *marineras* e os *huainitos* fossem criar um país de gente igual, onde não haveria preconceitos, os brancos se casariam com os cholos etc. Acredita mesmo nessas coisas?

— Piamente!

— Pensei que tinha escrito para provocar, para ver se a ideia pegava — disse o ex-livreiro, retomando um tratamento mais formal. Nunca imaginei que de fato acreditasse nisso. Que a música *criolla* é um fator de unidade num país onde existem tantas distâncias sociais e econômicas. Quero dizer, preconceitos raciais, para falar claro.

— Está vendo por que é necessário que eu corrija meu ensaio? Nesta segunda edição vou esclarecer todas as dúvidas de incrédulos como o senhor — respondeu Toño com firmeza, inclinando-se sobre a mesa. — Eu sei que ainda faltam elementos, mas não se preocupe. Em uma semana teremos um livro que soluciona todas essas questões.

— Muito bem, muito bem — concordou o sr. Cabada, encolhendo-se na cadeira. — Se quiser adicionar algumas páginas, vá em frente. Sou o maior interessado em ver seu livro melhorar. Só peço que não altere o atrativo principal do ensaio. Não esqueça que o ponto que mais interessou os leitores foi justamente este: a música *criolla* como fator de integração social. Nem pense em mudar, por favor.

Toño levantou-se dizendo ao editor que nesse caso não havia tempo a perder. Ao sair de lá iria direto para a Biblioteca Nacional, ali na avenida Abancay, que a partir daquele momento, e até a segunda-feira seguinte, se tornaria sua casa, sua guarida, sua atalaia. Os dois se despediram com um aperto de mão. Antenor Cabada, com uma expressão de perplexidade, viu Toño sair dali a passos acelerados, dando chutes no ar, como se estivesse afastando objetos que cruzavam o seu caminho.

XXXII

Durante as duas semanas que levou para corrigir seu ensaio sobre Lalo Molfino, música *criolla* e alguns outros assuntos que decidiu incorporar à segunda edição, Toño Azpilcueta não foi às sessões com o dr. Quispe nem sequer se lembrou delas. Se, quando terminou o prazo combinado, Antenor Cabada não começasse a lhe exigir o texto corrigido, nem teria pensado mais no assunto. Mas a pressão do editor perturbou seus nervos e voltou a lhe provocar aquela coceira intensa que subia pelas pernas, tomava as costas e o obrigava a se trancar no banheiro da Biblioteca Nacional, tirar a roupa e se coçar até sangrar. Foi então que se lembrou dos comprimidos milagrosos que o psiquiatra lhe dera e decidiu ir à consulta das quintas-feiras.

A enfermeira o recebeu com cara de admoestação por não ter ido às duas sessões anteriores e o levou até a sala de espera onde havia cochilado na outra vez. Toño ainda não tinha se sentado quando a mesma voz lhe disse que podia entrar. O dr. Quispe não se levantou nem o cumprimentou. Limitou-se a indicar com as mãos que se sentasse na cadeira onde atendia seus pacientes.

— Minhas mais sinceras desculpas por não ter vindo antes, doutor. O fato é que estou me sentindo muito melhor. Os comprimidos que o senhor me deu na última vez são tudo o que esta mente aqui precisa — disse Toño, levando à têmpora o dedo indicador direito. — Se me der a receita, nunca mais venho incomodar o senhor.

O dr. Quispe levantou o rosto e olhou para o teto, com as mãos entrecruzadas sobre a mesa. Depois riu e ficou alguns instantes em silêncio.

— Se o senhor voltou — disse por fim, medindo com cuidado cada uma de suas palavras —, deve ser porque aconteceu alguma coisa. Voltou a ver os tais ratos rondando por aí? Foi a coceira, talvez?

— Estou maravilhosamente bem, doutor — disse Toño, fingindo um sorriso. — É só que eu gostaria de ter à mão uns comprimidinhos daqueles que o senhor me deu, para o caso de precisar algum dia.

Parecia que o dr. Quispe não estava ouvindo, ou pelo menos não se importava com as explicações do paciente.

— Parece claro que são os momentos de tensão, angústia ou estresse que desencadeiam a coceira no seu corpo e essas estranhas alucinações que tem, Toño — sentenciou por fim, baixando a vista. — Frustração e impotência também, talvez.

— Não, não, doutor. O senhor não entendeu — disse Toño Azpilcueta, sentando-se na cadeira que o médico lhe indicou. — Eu não vim aqui para isso. Agradeço seu interesse, mas a última coisa que preciso agora é de um médico auscultando a minha psique. Os comprimidos são mais do que suficientes.

— E do que precisa agora, Toño? — perguntou o dr. Quispe.

— Já lhe disse, uma receita daquele comprimido, só isso.

— Azpilcueta... — murmurou o dr. Quispe. — É um sobrenome basco, não é?

— Italiano — respondeu Toño. — Bem, sim, é basco, mas meu pai era italiano.

— Basco, mas italiano — repetiu o dr. Quispe. — Explique melhor. Um especialista em música *criolla* e temas peruanos é filho de um estrangeiro.

— Não era estrangeiro — protestou Toño Azpilcueta. — Ele se peruanizou como qualquer outra pessoa. Morava no Peru desde criança.

Fazia muito tempo que Toño não pensava no pai e agora, por causa daquela pergunta inesperada do dr. Quispe, não conseguia tirá-lo da cabeça. De que povoadinho nas montanhas da Itália vinha aquele imigrante? Como chegou ao Peru? Lembrava suas palavras, o que ele contou nas poucas vezes em que falou de si mesmo. Seus pais o tinham trazido ainda muito pequeno para o Peru, mas ainda se lembrava da aldeia italiana onde passou a infância. Um povoado na Sicília? Toño não sabia, ou tinha esquecido. Recordava o pai como um homem severo, que se dedicava noite e dia ao trabalho nas ferrovias da serra. Em Chumbivilcas se casara com sua mãe, uma cholinha que o tratava com devoção. Toño quase não via o pai, e quando estavam juntos este se limitava a perguntar como iam os estudos no La Salle. Ele conhecia muito bem a congregação. Perto da aldeia onde nascera, na Itália, os padres tinham fundado um colégio.

— Está falando dele no passado, o que me faz pensar que já morreu — refletiu o dr. Quispe. — Diga-me, como era seu relacionamento com ele?

Toño se viu diante do caixão do pai, sentindo falta da mãe, que tinha morrido quinze ou dezesseis anos antes, e mais sozinho do que nunca em sua vida. Lamentava não ter tido mais proximidade com ele. Teria lhe perguntado várias coisas que agora o deixavam intrigado. Como tinha conhecido a sua mãe, por exemplo, que nunca lhe fazia cenas de ciúme e, claramente, só se casara com ele porque era italiano e bonito. Sabia que o pai não daria importância ao sucesso do livro. Essas coisas não o impressionavam, a menos que se traduzissem em dinheiro. Toño lembrou do caso de um inspetor ferroviário que graças aos contatos que tinha foi promovido de repente, com um belo salário, para o escritório da empresa, e o pai passou várias semanas falando do colega com inveja e admiração. Por isso, quando decidiu entrar na Universidade de San Marcos, escolher a profissão mais infeliz — cultura peruana — e começar a frequentar *peñas* e tertúlias para conhecer e escrever sobre os cantores e músicos que se apresentavam nos programas de rádio que ouvia, ele ficou furioso. Uma noite o seguiu até Bajo el Ponte e, pensando que o encontraria bêbado e perdido, tocando violão ou, pior, batendo num *cajón* ou numa queixada de burro, entrou num sarau para procurá-lo. Mas na verdade o surpreendeu escrevendo em seus cadernos, muito concentrado, o que não o impediu de fazer um escândalo acusando o filho de desperdiçar tanto tempo e esforço num ofício de boêmios mortos de fome, e ainda por cima de uma *huachafería* insuportável.

— Bem, bem, muito bem — disse Toño Azpilcueta, como se estivesse saindo de um transe, e já se levantando. — Mas não vim aqui falar disso. A receita, doutor, me dê a receita que não roubo mais seu tempo.

— O senhor fazia a mesma coisa com seu pai? — perguntou o dr. Quispe, descruzando as pernas e se inclinando sobre a mesa para olhá-lo fixamente. — Também o evitava? Fugia para não confrontá-lo?

— Não estou fugindo nem evitando nada — protestou Toño, que continuava em pé e começou a andar de um lado para outro. — A questão é que o senhor não quer ouvir o que eu digo.

— Sente-se, Toño, por favor. Eu sei que quer os comprimidos e vou lhe dar. Mas primeiro me diga, sua mãe também evitava confrontar o seu pai?

— O que a minha mãezinha tem a ver com isso? — desesperou-se Toño.

Depois se sentou de novo e, sem conseguir impedir, a imagem da mãe de imediato voltou à sua cabeça. Ela havia morrido quando Toño era muito criança, mas ainda se lembrava com clareza de como alimentava seu amor pela música *criolla*. Às vezes os dois ouviam juntos os programas de rádio com artistas famosos. Toño ainda podia citar os nomes de todos aqueles músicos. Gostava de se jogar nos braços da mãe e ouvi-la sussurrar valsinhas, e também muitos *huainitos* e *marineras*. Nesses momentos se fundia com ela, sentia que fazia parte de algo maior, algo que o protegia das cóleras frias do pai.

— Fico me perguntando se essa obsessão, essa sua fobia com os ratos, não tem a ver com o medo que sentia de alguma coisa quando era criança — explicou o dr. Quispe, falando com suavidade, voltando a cuidar de cada palavra.

— Desculpe o que vou lhe dizer, doutor, eu não quero ser grosseiro, mas o senhor não me dá alternativa: o que está me dizendo é uma tremenda burrice — protestou Toño Azpilcueta, vermelho de raiva.

— Não leve isso tão a sério, Toño, só estou fazendo meu trabalho.

— Eu não vim aqui para que o senhor se meta na minha cabeça e fique brincando com as minhas lembranças — Toño tinha levantado a voz. — Eu não autorizei. Não preciso disso, e não gosto.

— Sua reação é normal, chama-se negação — explicou o dr. Quispe.

— Não me interessa o nome. Não quero que mexa aqui dentro — disse Toño, apontando outra vez para a têmpora direita. — Não vou deixar que acabe com as obsessões que iluminaram a minha vida e me ajudaram a escrever o meu livro. Eu atravessei a cidade inteira só para conseguir uns remedinhos, e como vejo que não pretende me dar nada, vou embora. Tanto faz. E não posso dizer que foi um prazer. O senhor é muito intrometido e arrogante. E não tem a menor chance com a Cecilia Barraza!

Toño Azpilcueta saiu do consultório batendo a porta e não esperou o elevador. Desceu as escadas em ritmo acelerado, e na rua não parou para esperar uma caminhonete ou um ônibus que o levasse de volta para Villa El Salvador. Estava disposto a andar até que o cansaço o vencesse. Só então tentaria descobrir onde estava e como faria para chegar em casa.

XXXIII

A segunda edição de *Lalo Molfino e a revolução silenciosa* foi um grande sucesso para Toño Azpilcueta. O sr. Antenor Cabada imprimiu quatro mil exemplares e saíram pelo menos sete críticas em jornais e revistas de Lima, todas favoráveis. E o curioso é que tanto a esquerda como a direita aplaudiram. Essa ideia de que a música *criolla* servia para unir os peruanos agradava a todo mundo.

Mas o sucesso não se resumiu a essas críticas. Toño teve uma reunião com o reitor da Universidade de San Marcos, a pedido deste, na qual aquele velhote que não parava de fumar lhe disse que o corpo docente estava considerando a possibilidade de ressuscitar a cátedra de folclore peruano. De repente lhe fez uma pergunta que o deixou acordado durante várias noites:

— Você poderia assumir essa cadeira? Teria que terminar o doutorado primeiro, com aquela tese que está arrastando há anos sobre os pregões de Lima, que, ao que parece, nunca defendeu. Era esse o tema, não?

Ele fez que sim, sentindo o corpo subir até as nuvens. Teria que revê-la, terminá-la, mostrá-la a alguns amigos professores para que a avaliassem, quem sabe com recomendação de publicação, pois eram essas as teses mais aplaudidas. Já se via ensinando na San Marcos. Não era maravilhoso o que estava acontecendo? Tinha virado moda no Peru. Não era ele que dizia isso, eram os jornais. Foi entrevistado, falou em uma rádio, apareceu num programa de televisão que era transmitido de manhã cedo. Respondia às perguntas sobre a uniformidade de sentimentos dos peruanos fazendo pose, segurando o queixo como se estivesse meditando muito antes de responder, apesar de ter as respostas bem claras na cabeça. Os jornalistas demonstravam simpatia, diziam que ele era muito simples apesar do enorme talento.

— Talento, Matilde, é o que dizem que eu tenho. Às vezes penso que vou acordar e descobrir que tudo isso não passava de um sonho.

— Não, o que está acontecendo é real. Se é bom ou ruim eu nem sei, mas é verdade.

El Comercio o contratou para escrever quatro artigos resumindo o livro, pelos quais lhe pagaram cerca de mil soles. Disse então a Matilde, em tom de brincadeira, que se as coisas continuassem assim poderiam se mudar: será que ela gostava da ideia do compadre Collau de irem para San Miguel? Matilde recebia os jornalistas que chegavam a Villa El Salvador com certa desconfiança. Toño não conseguia acreditar que tudo aquilo estava acontecendo graças ao seu ensaio, nem Antenor Cabada. Já tinham sido vendidos quase quatro mil exemplares de *Lalo Molfino e a revolução silenciosa*, e não era impossível, disse o editor, que rodassem uma terceira, uma quarta e até uma quinta edição.

Toño começou a reler tudo o que havia escrito sobre os pregões de Lima e não achou que o material da tese de doutorado estivesse tão desorganizado como temia. Só tinham se perdido algumas fichas, que ele poderia resgatar com um pouco de paciência. Agora o seu trabalho na Biblioteca Nacional, que continuava a frequentar, era com a tese. Poucos meses depois completou as correções e apresentou o texto na San Marcos. Felizmente não tinha rasgado o texto em pedacinhos com a raiva que o consumiu quando o dr. Morones lhe informou que a universidade ia fechar sua cadeira por falta de alunos! Falou com alguns amigos da universidade e conseguiu que o reitor da Faculdade de Letras nomeasse uma banca que o conhecia e tinha lido o seu livro, de modo que aprovaram a tese com a qualificação de excelente e recomendaram a publicação. Se decidissem reabrir a cátedra, ninguém estava tão preparado como Toño Azpilcueta para assumi-la. Quem lhe disse isso foi o reitor que usava colete, fumava o tempo todo e tinha os dedos da mão direita manchados de nicotina. Ele também havia assistido, na Faculdade de Letras, à defesa de doutorado que a banca aprovara com nota máxima.

No final do ano, o Conselho Universitário recriou a cadeira de folclore peruano e, claro, ofereceu-a a Toño Azpilcueta. Este aceitou de imediato e ficou surpreso com o bom salário — muito decente, em todo caso — que lhe ofereceram. Também tinha direito a um assistente. Todo mês, quando recebia o pagamento, Toño Azpilcueta entregava até o último centavo a Matilde.

A família começou a prosperar, e um dia as freirinhas do Colégio del Pilar lhe disseram: "O senhor está ficando famoso, sr. Azpilcueta. Ainda não se deu conta?". Sim, ele se dava conta. Porque recebeu uma carta de uma universidade do Chile, a Adolfo Ibáñez, oferecendo-lhe mil dólares, com todas as despesas de transporte e alojamento pagas, para dar uma conferência. Perguntou se podia levar Matilde, sua esposa, e eles lhe responderam que claro, que sua senhora seria bem-vinda. Esse convite o deixou aterrorizado. Nunca tinha saído do país e pensava que jamais poria os pés em solo chileno, mas alguns colegas de lá lhe ofereceram essa oportunidade, interessados em saber se sua teoria teria alcance latino-americano. Mas se imaginar diante de um público chileno parecia algo tão improvável, tão absurdo, que voltou a ficar angustiado. Suas panturrilhas começaram a arder, a coceira lhe subiu pelas pernas, e por um instante receou perder o controle dos nervos outra vez e começar a ver ratos em toda parte. Respirou fundo, fechou os olhos para evitar alucinações e se deitou um pouco. Quando sentiu que conseguia manter o controle, saiu de casa e rumou de Villa El Salvador para San Isidro, disposto a fazer o dr. Quispe lhe dar, desta vez sim, por bem ou por mal, a receita daqueles comprimidos que lhe haviam feito tão bem. Se tivesse que pedir desculpas por tê-lo chamado de burro, pediria. Isso era o de menos. Para viajar ao Chile ele precisava daquela receita, não havia a menor dúvida. Não podia correr o risco de que seus nervos lhe pregassem uma peça num território hostil.

Quando chegou, depois de viajar duas horas e fazer duas baldeações, já havia anoitecido, e Toño receou não encontrar mais o dr. Quispe. Correu para evitar que isso acontecesse; quando já estava a meia quadra do prédio elegante onde ficava o consultório, parou para respirar e se certificar de que seu terno não estava muito amassado. Entrou no edifício junto com um casal que estava na porta, evitando assim ser anunciado. Subiu de escada até o andar do consultório, e a campainha surpreendeu a enfermeira. Ela abriu a porta, desconcertada. Não estava mais de uniforme e já ia pegar sua bolsa e apagar as luzes para ir embora. Reconheceu Toño e o deixou entrar, avisando, porém, que o dr. Quispe havia acabado de sair. Não se lembrava de que tivesse marcado uma consulta naquele dia. Toño lhe disse que não tinha importância, era até melhor que o médico já tivesse ido embora. Só queria uma coisa, uma receita daquele comprimido que ele lhe dera da outra vez — não lembrava? Eram daqueles azuizinhos, pequeninos — e que lhe haviam feito tão bem. O nome do remédio já seria suficiente. A enfermeira disse que não sabia de que remédio ele estava falando, depois explicou que não tinha autorização para receitar nada. Toño ficou pensando.

— Acho que consigo reconhecer o frasco de onde ele tirou — disse. — Deixe-me entrar no consultório, com certeza vou reconhecer.

E, sem esperar qualquer consentimento, Toño invadiu o consultório do dr. Quispe. A enfermeira lhe disse que não podia entrar e tentou segurá-lo, mas Toño conseguiu se esquivar dela e se trancou na sala do psiquiatra.

— Não se preocupe, vou sair assim que achar o frasco — disse, já se dirigindo à mesa do dr. Quispe. Olhou em volta e supôs que numa daquelas gavetas deviam estar os calmantes que ele dava aos pacientes que chegavam alterados.

— Saia imediatamente! O senhor não pode ficar aí — gritou a enfermeira, batendo na porta com a palma da mão aberta.

— Já vou, não precisa ficar assim, senhorita — disse Toño Azpilcueta, abrindo a primeira gaveta.

Não encontrou o que procurava, mas outra coisa, que o fez esquecer no mesmo instante os comprimidos que tanto desejava. Na gaveta havia um exemplar de *Lalo Molfino e a revolução silenciosa* com sinais de ter sido lido do começo ao fim. Toño pegou o livro e o abriu ao acaso. Ficou surpreso com as anotações que, como um exército de formigas, cobriam as margens. E não só daquelas duas páginas. O livro todo tinha sido sublinhado e comentado, e as folhas em branco, no final, estavam totalmente cobertas com um comentário ou uma análise geral da obra. Sem pensar, Toño escondeu o livro debaixo do paletó e deixou o consultório. A enfermeira se assustou quando viu a porta aberta. Deu dois passos para trás e esperou Toño sair.

— Com licença, senhorita, sinto muito por este susto — disse ele, fazendo uma pequena reverência. — Já estou indo, já vou embora, e quanto aos comprimidos, não importa. Tem toda razão, eu volto quando o médico estiver aqui e peço diretamente a ele, sem fazer tanto estardalhaço. De novo, as minhas mais sinceras desculpas.

— O dr. Quispe vai ficar sabendo disso. Melhor não voltar mais — replicou a enfermeira, sem conseguir esconder o medo.

Toño foi até a porta e, fazendo outra reverência, fechou-a atrás de si e desceu as escadas correndo porque a enfermeira podia ligar e dizer alguma coisa ao porteiro. Lá fora, foi até o primeiro poste de luz que viu na rua e se encostou para ler as anotações e os comentários que o dr. Quispe havia feito. Teve dificuldade para decifrar a caligrafia pequena e apressada que, junto com trechos sublinhados, pontos de interrogação e exclamação, se espalhava pelas margens da edição econômica que o dr. Cabada tinha conseguido custear. Forçou a vista até os rabiscos se transformarem em signos legíveis. Dez minutos depois, fechou o livro e o jogou na rua, como se fosse um artefato explosivo ou algo tão perigoso quanto. Ficou furioso com aquelas anotações que comentavam o seu ensaio, e agora sentia as pernas, o peito e os braços ardendo de novo. Ouviu ruídos e nesse momento teve certeza de que não demoraria muito para que hordas de ratos surgissem dos esgotos, das latas de lixo, das fendas do asfalto, milhares, centenas de milhares. Saiu correndo e não parou até conseguir subir no primeiro dos dois ou três ônibus que tinha que tomar até Villa El Salvador.

O que o dr. Quispe tinha escrito nas margens do livro? Não queria nem lembrar, preferia esquecer aquilo para sempre, mas por mais que tentasse as frases voltavam à sua mente. "É mais uma balela que se conta aos peruanos. O autor realmente acredita que graças à música *criolla* vamos nos amar mais? Acredita mesmo nessas coisas?" "Uma balela", repetiu Toño, negando com a cabeça. Não, não era. Em outra margem, emoldurada com pontos de exclamação, uma anotação dizia que a ideia central era um disparate que não refletia as necessidades do Peru, mas as de um pobre homem atormentado que não tolerava o conflito e a contradição. O que mais o incomodou, no entanto, foi outra, descrevendo os temas abordados, todos da maior urgência e importância, como "uma soma desnecessária e incoerente de assuntos tratados pela metade". A história e o porvir do ser nacional não eram um assunto desnecessário nem incoerente. O dr. Quispe podia até desprezá-lo, mas não devia zombar da matéria-prima da peruanidade, dos elementos históricos, sociológicos e culturais que, numa composição mágica, deram à luz a alma da nação. Se o dr. Quispe achava que seu livro era uma receita inacabada, com ingredientes aleatórios e pouco trabalhados, veria só. Toño Azpilcueta não tinha o menor problema em voltar a corrigi-lo, ampliar a exposição onde alguma ideia não houvesse sido bem desenvolvida e acrescentar mais teses e argumentos, mais exemplos e traços da peruanidade, até escrever uma obra perfeita e completa, sem uma única brecha pela qual nenhum dr. Quispe ou qualquer outro intelectual da elite pudesse introduzir suas dúvidas ou seus comentários depreciativos.

Toño Azpilcueta aproveitou a viagem ao Chile para pensar nas correções que faria. Trabalhou dia e noite e, na véspera, enquanto Matilde fazia a mala, leu pela última vez as cinquenta páginas que tinha escrito. Preparou a conferência com muito escrúpulo e consciência, não só pelo que lhe pagavam e por querer causar uma boa impressão nos chilenos, mas também porque todas aquelas páginas engrossariam *Lalo Molfino e a revolução silenciosa* quando Antenor Cabada lhe dissesse que era hora de lançar uma terceira edição. Em Santiago, foi recebido no aeroporto por alguns professores da Universidade Adolfo Ibáñez que os levaram a um hotel elegantíssimo. Depois os convidaram para jantar num restaurante e disseram que viriam buscá-los na manhã seguinte, por volta das dez. Dormiram numa cama suntuosa e tomaram banho e se arrumaram num banheiro que parecia ter sido feito para milionários.

A conferência foi um grande sucesso, e Toño ouviu aplausos por muito tempo. A ideia de que a música popular uniria mais a sociedade e, graças a ela, se dissolveriam os conflitos sociais nascidos dos preconceitos e do racismo era uma novidade para eles. Na palestra, um professor lhe perguntou se o que ia acontecer no Peru também poderia se dar no Chile e no resto da América Latina. Toño respondeu com muita cautela. Sim, não era impossível que isso ocorresse, em especial nas sociedades em que a música popular havia penetrado em todos os setores sociais e construído uma ponte entre pobres e ricos, isto é, entre as classes mais endinheiradas e as de renda mediana e os proletários. Mas isso dependia muito da própria música, do seu apelo, da sua imersão nos grupos sociais, das raízes que oferecia aos diversos setores. Na tarde daquele dia inesquecível, após uma entrevista para um importante jornal local — *La Tercera* —, os professores convidaram Toño Azpilcueta e Matilde para jantar. A conversa foi magnífica, de grande relevância, repleta de referências culturais que deixavam Toño um pouco aturdido, mas ele só pensava na pergunta que lhe haviam feito naquela tarde. Era exatamente o que faltava ao seu livro, dar-lhe uma dimensão americana, mostrar que todos os conflitos continentais — a rivalidade com os chilenos, por exemplo — podiam ser resolvidos graças à música popular latino-americana. E, se isso era válido para a América Latina, por que não seria também para o mundo inteiro, para a humanidade como um todo?

Quando voltaram a Lima, Toño trabalhou com mais veemência do que nunca. Seu compadre Collau o via sair de casa cedinho, com as duas filhas, e voltar tarde da noite, sozinho, carregando a maleta onde guardava cadernos, anotações, livros e papéis. Eles não se encontravam mais embaixo do poste para conversar sobre os acontecimentos do dia. A explicação que Toño lhe dava era que em breve seu editor, o sr. Cabada, publicaria uma terceira edição, e que dessa vez investiria todas as suas economias para imprimir quinze mil exemplares de uma só vez. Por isso Toño trabalhava dezesseis horas por dia, além do tempo que dedicava a preparar e dar suas aulas na San Marcos e escrever para *El Comercio*. A única coisa que contou da viagem ao Chile, sobre a qual Collau estava muito curioso, foi que aquele magnífico país lhe dera as chaves para aperfeiçoar e culminar seu ensaio sobre Lalo Molfino. Parecia tão confiante e seguro do que estava fazendo que Collau ficou feliz por ele e pelo bairro, que agora tinha um grande intelectual de quem se orgulhar.

Toño só interrompeu essa rotina árdua quando recebeu uma carta de Cecilia Barraza, entregue pelos funcionários da Biblioteca Nacional. Dizia que os dois não se viam havia muito tempo e o convidava para tomar café da manhã no Bransa da Plaza de Armas, na sexta ou no sábado da semana seguinte. Toño redobrou os esforços para finalizar a correção.

XXXIV

Enquanto corrigia mais uma vez o seu ensaio, Toño teve uma sensação estranha. Essas vozes críticas têm razão, disse para si mesmo. O livro havia tomado forma, claro, mas estava mal alinhavado e com grandes saltos e lacunas. Começava com a vida de Lalo Molfino e ali tudo era bem contado, com uma prosa adequada ao drama humano daquele prodígio dos compassos, uma prosa que fluía com naturalidade, sem dramatismos desnecessários. Recriava de forma concisa a noite em que o padre Molfino resgatou Lalo, abandonado pela mãe ou pelos pais num descampado cheio de lixo para ser devorado por ratos, e como o adotou e mais tarde o matriculou na escolinha de Puerto Eten. Gostava muito das páginas sobre o futebol das crianças depois das aulas, a imagem da bola no ar e os meninos esperando que caísse, que leu várias vezes.

Depois vinha a cena do violão achado em outro depósito de lixo, ou talvez no mesmo em que ele fora resgatado pelo padre Molfino, a lenta e solitária familiarização com o instrumento, e depois sua adolescência e as aventuras já longe de Puerto Eten. A prosa fluía bem, sem interrupções, com um bom ritmo e bastante precisão, penetrando nos pequenos recantos chiclaianos, tão coloridos e aromáticos. Falava daquela seresta em Bajo el Puente e dos inesquecíveis sapatos de verniz que paramentavam os pés de Lalo Molfino. Aquilo estava bom, muito bom mesmo.

Esperava com ansiedade chegar à explicação central, o eixo do livro, que previa que a mudança social no Peru ocorreria graças à música *criolla*. Não achou que essa parte estivesse muito ousada. Tudo era exposto como uma coisa natural e necessária, algo que todos os peruanos esperavam, englobando ricos e pobres. Começava com a Palizada e as travessuras daqueles filhinhos de papai liderados pelo incorrigível Karamanduka e terminava com a história de amor de Toni Lagarde e Lala Solórzano, a Velha Guarda e o grande Felipe Pinglo Alva. Tudo aquilo estava bom, aliás, muito bom. Mas identificou lacunas no que vinha a seguir. O estudo passava diretamente de Lalo Molfino para uma ampla reflexão sobre a história e o passado do Peru e da América Latina. Era como devia ser, mas essa transição exigiria dele um esforço muito maior. Para estar à altura do tema do livro, Lalo Molfino, e superar o professor Hermógenes A. Morones, o grande punense, e todos os escrivinhadores que julgavam ter feito uma interpretação definitiva da nação peruana, ele precisaria ser muito mais ambicioso. Isso significava preencher as fissuras, ampliar os pontos em que fosse mais visível, mais palpável, um objeto de estudo elusivo como o destino da união e da fraternidade da alma peruana. Falar do idioma espanhol era importante, porque afinal de contas as valsinhas foram compostas nessa língua, e além do mais achava improvável que no inglês dos saxões ou no quíchua dos incas fosse possível existir a *huachafería*, esse elemento peruano universal, com seus diminutivos tão gráficos e comoventes e suas imagens de tamanhas e tão refinadas sensibilidade e pompa. Esse canal expressivo que conecta as entranhas do Peru com o mundo só é possível graças ao espanhol, e isso devia estar refletido em seu ensaio.

  Ele havia sublinhado, enfatizado e até repetido várias vezes. E o mesmo acontecia com outros temas, como a importância da religião católica ou a herança do Tahuantinsuyo no presente da nação. Mas também quis complementar todas essas questões com os novos problemas de que tomou consciência após a viagem ao Chile. As touradas, por exemplo. Teria essa festa bravia uma presença popular relevante na sociedade futura? Aqui se manifestava um dos grandes dilemas de Toño Azpilcueta. Ele gostava muito de touradas, desde criança frequentava a Plaza de Acho durante a Feira de Outubro para assisti-las, primeiro levado pelo pai e, depois de adulto, sozinho. Às vezes ia em grupo, com o pessoal da música *criolla*, que em geral era muito fã desses eventos. Foi lá que ouviu pela primeira vez aquele silêncio que abala a praça de touros em certos momentos excepcionais, em particular quando ocorre uma espécie de cumplicidade secreta entre a espada e o animal, e por alguns segundos, ou mesmo minutos, o público pode vivenciar uma suspensão do ânimo, como acontece em determinados shows, quando a música parece levar embora todas as preocupações e ansiedades do dia a dia e resta apenas uma sensação de bem-estar absoluto, de concentração máxima.

Mas Toño Azpilcueta sabia que os tempos estavam mudando, que hoje o amor e a proteção aos animais estavam ganhando espaço e que, com essa moda, haveria cada vez mais hostilidade às touradas, consideradas um entretenimento bárbaro no qual se faz o animal sofrer para a satisfação de uma minoria de selvagens. Os críticos, defensores dos animais, se opunham em particular às bandarilhas e às lanças, torturas infligidas aos touros bravos para que pessoas como ele, pois Toño devia confessar que gostava da beleza escultórica das cenas taurinas, tivessem um deleite estético.

Isso era verdade, mas Toño defendia a festa sobretudo por sua antiguidade e pelos mitos envolvendo homens e touros que se arraigavam nas brumas do tempo, chegando até a criação da Europa. O touro, segundo a lenda, raptou uma deusa, e assim nasceu Europa, a mãe, avó ou bisavó dos americanos. O touro de lide, além do mais, é o animal mais privilegiado da história. Toño havia lido artigos e livros que descreviam o tratamento esmerado que os touros bravos recebiam nas fazendas onde eram criados, inclusive no Peru; as cadernetas onde eram listados os cuidados que lhes prestavam, o que comiam e a vigilância que os veterinários exerciam sobre eles nas propriedades onde cresciam. Um dos seus sonhos, que ele sabia ser difícil de realizar, era visitar essas fazendas, as de touros de lide na Espanha ou no México, por exemplo, para ver o carinho com que eram tratados desde que nasciam até o momento em que exibiriam sua bravura e ferocidade nas arenas. Todos eles desapareceriam se as touradas fossem proibidas. Deixariam de existir porque uma coisa é o animal de lide, e outra, muito diferente, são esses touros comuns que se veem passear nas histórias em quadrinhos e nos filmes, todos cheios de si, cheirando margaridas e abanando o rabo entre flores e jardins.

Toño Azpilcueta acreditava nessas coisas, mas às vezes dizia para si mesmo, no fundo do seu coração e da sua consciência, que os defensores de animais tinham alguma razão, porque na praça de touros o público se deleitava — e, ao mesmo tempo, sofria — com o padecimento daquele animal cego e elementar, que não sabia a natureza do engano que o esperava na arena e precisava sofrer para que as pessoas se divertissem e desfrutassem. E o que dizer dos milhões de animais de todo tipo que são sacrificados em laboratórios para produzir medicamentos que curam doenças, ou dos incontáveis seres abatidos diuturnamente nas cozinhas para que possamos nos alimentar e nos deliciar, sem que ninguém veja nem saiba de nada?

Toño Azpilcueta continuava a defender as touradas, e no seu livro havia sido coerente, aludindo às tradições andinas, à Yawar Fiesta, que de alguma forma simbolizava a união da cultura indígena com a hispânica, porque tinha sido ali, entre os pobres das montanhas, que as touradas se consubstanciaram nas festas populares e nas tradições nacionais. Será que eram mesmo um fenômeno alheio à peruanidade? Não, não eram, e essa tese também entraria na nova versão do seu ensaio, para reforçar a união — condor e touro — do indígena e do espanhol que ainda hoje subsistia no solo da pátria.

Outra pergunta que o perseguia, e que não se conformava em deixar de fora do livro, era como integrar os bruxos e as bruxas na grande revolução cultural que Lalo Molfino encarnava. Toño Azpilcueta conversou sobre isso com um ex-colega do Colégio La Salle que agora era médico: o dr. Santiago Zanelli. Encontrou-o na rua e foram tomar um café com leite no Bransa e relembrar os velhos tempos. Zanelli, horrorizado, lhe mostrou uma notícia, cheia de estatísticas, publicada no *Última Hora*: existiam três bruxas ou bruxos para cada médico formado no Peru. Seria possível? Impressionado com tamanha desproporção, Toño dedicou algum tempo a estudar o assunto e ler sobre bruxos, e assim descobriu que eram uma verdadeira legião, um exército secreto, nas sombras, que dominava Lima e, sobretudo, as províncias do interior. Em cada região do país havia alguns sobre os quais boa parte dos peruanos nada sabia. Isso queria dizer que, em termos de bruxaria, o país também estava muito dividido.

Passou alguns dias horrorizado com a ideia de que tantos de seus compatriotas recorriam à bruxaria para curar doenças em vez de apelar para médicos. O que mais o apavorava era ver como estava difundida no Peru a crença de que se uma bruxa ou um bruxo passasse um cuy, bicho tão parecido com um rato, mas sem cauda, sobre o corpo nu de uma pessoa, o animal morreria no mesmo instante em que tocasse na parte onde algum órgão tivesse infecções. Isso significa que o paciente, nu, tinha que resistir por um bom tempo, talvez horas ou dias, com um cuy andando sobre a pele. Que nojo!

E tudo isso acontecia em barracos ou quartinhos miseráveis e sujos, porque os milhares de bruxas e bruxos do Peru eram pessoas humildes, que tinham recebido esse ensinamento dos pais, avós ou bisavós, já que a bruxaria era uma profissão que se herdava em silêncio, à margem da legalidade. Além disso, havia uma maldição posterior, as drogas, a maconha, os remédios, os cigarros manipulados, tão fáceis de fazer que os produtores de drogados vendiam barato e até distribuíam na porta das escolas para criar futuros clientes. Toño Azpilcueta achava que quem quisesse que se drogasse — problema desses filhos da mãe —, mas das crianças era preciso cuidar, pelo menos até que estivessem em condições de tomar uma decisão realista e responsável a respeito.

Passou horas imaginando aqueles consultórios clandestinos que a polícia de vez em quando descobria escondidos em porões e eram, ou pretendiam ser, altares de satanismo. Havia gatos e ratos decapitados, pias cheias de sangue humano, inscrições diabólicas nas paredes. Tratava-se de covis que funcionavam como igrejas para os adoradores do diabo, que no Peru chegavam a vários milhares, assim como em muitos outros países onde havia cavernas subterrâneas onde pessoas ignorantes, sob o amparo de bruxas e bruxos, se entregavam à adoração de Lúcifer, dançavam coreografias frenéticas e às vezes faziam amor ao contrário dos mortais comuns, isto é, pelo ânus ou pela boca, ou organizavam orgias coletivas, pensando, esses imbecis, que assim honravam o demônio e seus sequazes.

Seria possível que a bruxaria tivesse a ver com aquela cultura oculta e marginal que era a verdadeira cultura do Peru? A imagem de um cuy andando sobre o seu corpo nu levou Toño Azpilcueta a concluir que a *huachafería* nada tinha a ver com a bruxaria, que as duas estavam em polos opostos. Mas e se essas crenças e práticas viessem de muito longe, do tempo dos incas, ou talvez de antes, da época dos aimarás, que antecederam os incas na região de Puno e do lago Titicaca? Apesar de perseguidas por padres e médicos, elas talvez tenham sobrevivido à colônia, escondidas por seus ingênuos e ignaros praticantes, sobreviventes a todas as perseguições, e persistiam na idade moderna como uma das muitas remanescências dos tempos primitivos.

A partir dessa realidade, o Peru que Toño Azpilcueta queria ressuscitar não podia abrir mão de elementos enraizados no húmus popular da nação, por mais que o horrorizassem. Nem desses nem de muitos outros, que deviam fazer sínteses cada vez mais abrangentes e totais. Era esse o caminho, claro, mas como integrar a valsinha, a bruxaria e o satanismo? Foi exatamente o que Toño fez na terceira versão do livro, porque agora estava convencido de que isso era imprescindível para compor um relato completo e total da peruanidade e da sua importância na união espiritual do gênero humano. Já estava pronta. Sua missão tinha acabado. Mandou a nova versão do livro para a editora. Estava ansioso para saber como Cecilia via tudo o que tinha acontecido com ele desde que publicara *Lalo Molfino e a revolução silenciosa*. Agora podia se encontrar com ela no sábado, no Bransa da Plaza de Armas.

XXXV

Foi ela quem o surpreendeu, depois dos habituais beijos no rosto, quando lhe disse que estava começando a se sentir cansada e cada vez mais tentada à ideia de se aposentar. Toño não conseguia acreditar no que estava ouvindo.

— Mas você é tão nova, Cecilia. E, além do mais, não leve a mal o que vou dizer, está mais bonita do que nunca. Parar de cantar e dançar como você faz? Não acredito, não é possível. E o que vai dizer a toda a sua legião de admiradores espalhada pelo mundo?

— Estou cansada, tudo isso não me diverte mais como antes — ela explicou. — Quer dizer, ficar resolvendo os problemas dos violonistas, dos músicos, dos técnicos. Para quê, Toño? Já tenho dinheiro suficiente e uma casa própria em Miraflores; sendo um pouco cuidadosa, posso viver das minhas economias até morrer. Todo esse pessoal agora me chateia. Quero descansar, de vez em quando encontrar os meus bons amigos, como você. Para conversar, só para conversar. Ou mesmo para assistir a uma novela, por que não? E a sua vida, como anda? Você me deixou tão abandonada.

Toño lhe contou as grandes novidades. Ela sabia das suas colaborações em *El Comercio*, que sempre lia, e também que ele agora era titular de uma cátedra na San Marcos, mas não que suas ideias eram debatidas até no Chile.

— Estou muito feliz por ver que suas coisas estão indo bem, Toño. Para mim também tudo sempre correu muito bem, desde o início da minha carreira. Todas as cantoras, mesmo as mais famosas, sempre me apoiaram. Mas estou começando a ficar exausta.

O terninho que ela estava usando tinha aspecto de novo, suas mãos e seu rosto pareciam ter acabado de passar pela manicure e pelo cabeleireiro. Estava de óculos escuros, e através deles se viam seus olhos, grandes e sorridentes como sempre.

— Achei que ia te surpreender, e eu é que acabei levando uma surpresa. Não acredito que você pretende mesmo parar, Cecilita.

— Ainda não, mas vou parar sim, Toño. É o que eu quero. Já te disse. Quero ver quadros, museus. Mas, principalmente, quero descansar. E acho que é justo. Às vezes tudo perde o sentido, e você não sabe mais por que continua a fazer o que faz.

— Não digo que seja injusto. Claro que você tem todo o direito de descansar. Mas também penso em todos os seus devotos, entre os quais me incluo. O que vão fazer sem você?

— Vão procurar outra, que admirarão tanto ou mais do que a mim. Isso acontece com todas, sabe? Basta dar uma olhada nas cantoras famosas que tivemos no Peru. Ninguém mais se lembra delas. Só de Felipe Pinglo Alva, e ponto-final. Porque morreu jovem e tuberculoso. Só que aos poucos os admiradores dele estão morrendo também. Mas vamos falar de você. As coisas estão indo muito bem, pelo que me disse. Só não acho que esse sucesso seja motivo suficiente para você esquecer as amigas.

— Claro que não, Cecilia. É que não tive nem um minuto, com tudo o que está acontecendo comigo. Estou vivendo um sonho. As minhas ideias chegaram ao coração das pessoas. Agora todos reconhecem que a música *criolla* é mais que uma diversão, começam a vê-la como um aríete que destrói os preconceitos. É um milagre. Acho que em algum momento vou acordar e ver que tudo isso acabou, que tenho que voltar ao meu antigo ofício de escrever sobre cantores e violonistas, quer dizer, a morrer de fome — ou, para ser mais exato, a viver da roupa que Matilde consertava e lavava para fora.

— Você nunca me apresentou à Matilde — disse Cecilia, sorrindo. — Posso conhecê-la agora?

— Ela morreria de ciúme se te visse — sorriu Toño por sua vez, examinando-a de alto a baixo. — Matilde não é tão bonita e elegante como você, Cecilia. De todo modo, se quer mesmo conhecê-la, posso apresentar. Mas acho que vocês duas não se dariam bem. São muito diferentes.

— Você sabia que o dr. Quispe quis se casar comigo? Ele me perseguiu por anos e anos, desde que comecei a cantar. Sempre me dava anéis, colares, oferecia viagens. Mas eu me cansei dele. A última coisa que soube foi que você não voltou mais ao consultório, até que uma noite apareceu lá atrás dos comprimidos que ele tinha receitado. Tive que convencê-lo a deixar esse episódio de lado, Toño. O que aconteceu naquele dia? Você está bem? Teve outra…?

Não havia terminado a frase quando a figura de Antenor Cabada irrompeu como um raio em sua mesa.

— Eu sabia que mais cedo ou mais tarde encontraria o senhor aqui, Toño — disse ele, ajeitando os óculos e respirando fundo para soltar uma alocução enérgica. — Por acaso ficou maluco? Quer que eu publique uma nova edição com cem páginas a mais? O livro começou falando de um violonista de Puerto Eten, depois falou também do Peru, e agora fala de touros, de bruxos e até das drogas, do destino americano e do destino da humanidade. Não estou entendendo nada. Seu livro foi um sucesso, mas depois veio a segunda edição, que já era ou começava a ficar meio ilegível, e agora vem esta, que é impossível. Está querendo me arruinar? Quer destruir todo o prestígio que conquistou?

Toño Azpilcueta lhe apresentou Cecilia Barraza e o convidou para se sentar com eles.

— Calma, sr. Cabada, vai dar tudo certo — disse Toño, puxando a cadeira para o editor se sentar. — Agora lhe entreguei um livro sem nenhuma fissura. Só me antecipei a toda e qualquer objeção que possa ser feita, para que ninguém, nem aqui nem em nenhum outro lugar do mundo, tenha condições de questionar uma única das minhas ideias.

— Já investi todo o meu dinheiro nesta edição, agora vou ter que pedir emprestado — reclamou Cabada. — A gráfica vai me cobrar a mais por essas cem páginas, entende isso? O seu ensaio virou um volume enorme, um labirinto onde é fácil se perder. Não se dá conta?

— Esses editores, sempre colocando o dinheiro antes da gnose — comentou Toño, olhando para Cecilia.

— O livro foi um sucesso — interveio ela. — E com certeza esses acréscimos vão aprimorá-lo ainda mais. Ninguém piora o próprio trabalho, não tenha dúvida, sr. Cabada. E Toño sempre sabe o que está fazendo. Veja só onde ele está agora, o prestígio que conseguiu, até no Chile estão lendo o livro. O senhor vai fazer o melhor investimento da sua vida.

Toño quase beijou a mão dela quando viu que, de fato, o sr. Cabada deixava de lado sua atitude hostil e se acalmava. Agora parecia concordar com tudo o que Cecilia Barraza dizia.

— Deus a ouça. E, aliás, é um prazer conhecer a senhorita. Desculpe minha falta de educação.

— Não existe no mundo ninguém mais dedicado à própria paixão do que Toño, ele é um exemplo — insistiu Cecilia Barraza. — O senhor não pode culpá-lo por ser perfeccionista; pelo contrário, deveria estar contente. Seria terrível se ele deixasse de lado o livro e não tentasse melhorá-lo. A terceira edição vai ser um sucesso.

— É bom ouvir isso, a senhorita tem toda razão — disse o sr. Cabada, um pouco envergonhado, quase querendo engolir as palavras. — Quem entende do assunto é o Toño. Ele é o autor, a pessoa mais qualificada para defender as suas ideias e o seu livro. Desculpem o meu nervosismo, é que estou pondo a editora em risco. Foi uma imprudência vir interrompê-los assim. Vou deixar que continuem a conversa. Mais uma vez, mil desculpas.

Toño esperou a saída do sr. Cabada e então, com um sorriso de alívio, agradeceu a Cecilia por sua intervenção.

— O que eu disse é verdade, Toño, você fala com tanta fé das suas ideias que eu até acredito nelas — falou Cecilia. — É impossível não acreditar, ou pelo menos não ficar contente ao ver que alguém propõe alguma coisa neste país e gera um debate intelectual. O livro resgata a nossa música *criolla*, vai ser a sua consagração.

Sabendo que se Cecilia Barraza lhe fizesse outro elogio como aquele não resistiria e acabaria confessando seu amor, Toño Azpilcueta inventou uma desculpa e foi embora. Tinha outras ideias, como não, quem sabe ainda estava a tempo de incluí-las naquela terceira edição, e, se não, numa quarta.

XXXVI

O que o professor Morones diria sobre a sua teoria de que a música ia mudar de maneira radical a sociedade peruana? Provavelmente nada, como fazia quando não gostava de alguma coisa. Teria ficado em silêncio, tossindo, e depois mudaria de assunto depressa. Era um homem respeitável. Vivia de forma modesta em Breña, e tudo o que ganhava na San Marcos gastava em livros, folhetos e discos de música peruana. Toño o conhecia bem, tinha visitado muitas vezes a sua casa e o admirava, mas sentia que agora, se vivo estivesse, ele teria se unido a outros professores que começavam a dizer que o seu livro era um disparate.

Essa ideia apareceu em sua cabeça após receber uma comunicação da Universidade de San Marcos. Como o final do ano se aproximava, o reitor convocara uma reunião para discutir o currículo das cátedras. Ele sabia que aquela seria a oportunidade que seus colegas esperavam para se contrapor à sua permanência à frente da cadeira de folclore peruano. Os dezessete alunos iniciais foram se reduzindo e agora eram apenas quatro; mas Toño não se importava, porque sempre apareciam interessados que, para ouvir as músicas que ele tocava na aula, ocupavam a metade das carteiras ou até mais. E participavam ativamente do curso. Mas não se inscreviam, nem sequer os estudantes de literatura peruana.

A verdade é que Toño Azpilcueta passou os dias seguintes nervoso, sem ânimo nem mesmo para preparar suas aulas, pensando na possibilidade de que os professores, em conluio com o reitor, extinguissem a sua cadeira. Por que os alunos não se inscreviam no curso? E por que as resenhas que saíam agora, todas em tom de troça, eram tão comentadas nos corredores da universidade? Os mesmos que tinham achado suas teses interessantes agora diziam que eram uma *huachafada* incompreensível, que pareciam mais um folhetim de autoajuda que uma exposição de ideias. Para piorar a situação, Antenor Cabada deixou uma carta no Bransa dizendo que precisava falar com ele urgente. O editor fora obrigado a aumentar em três soles a nova edição, e esse custo a mais desencorajou os compradores das províncias. Ele mesmo tinha pagado para distribuir o livro com a maior rapidez possível, e agora as livrarias devolviam, em péssimo estado, todos os exemplares consignados. Além disso tinha conseguido, graças a um amigo, que o entrevistassem na televisão, mas não o encontrou. Haviam perdido uma ótima oportunidade de defender essa "terceira edição absurda" — era como se referia a ela — e incentivar os leitores a comprá-la. Agora a ruína batia à sua porta, "mas à sua também, estimado amigo", dizia ele na carta, "porque o maior responsável aqui foi o senhor, pela sua desmesura irracional. Meu único erro foi ter sido um tolo e não ter plantado os seus pés no chão". O editor não estava disposto a ficar sozinho debaixo da chuva e ameaçava processá-lo. A carta continuava com mais acusações e queixas, que Toño preferiu não ler. Não entendia o que estava acontecendo. Seu livro tinha melhorado muito. Falava de tudo. Estava destinado a ser um sucesso no Peru e em todo o continente. Era questão de tempo. Quem não ia querer ler um livro ambicioso como aquele, que dava respostas a todas as inquietações humanas?

Enfim chegou o dia da reunião. Em quase toda a Universidade de San Marcos os exames finais já tinham acabado. Esses eventos reuniam muita gente, e Toño comparecia só para marcar presença, sem acompanhar o que era discutido. Nunca tivera interesse, mas nessa manhã sim, por razões óbvias. No início se ouviram reclamações, em particular de professores que pediam mais verbas; os mais atarefados exigiam novos ajudantes para as provas práticas. Toño torcia para que as horas fossem passando assim, sem que ninguém tocasse no assunto.

Mas o reitor com os dedos manchados de nicotina não tinha esquecido a questão e mencionou Toño em suas intervenções finais.

— E agora precisamos falar de um assunto delicado — disse o reitor, depois de tocar a campainha de advertência ao público. — Estou me referindo, claro, à cátedra de folclore peruano. Todos vocês já sabem que é um problema que estamos arrastando desde que a ressuscitamos. À sua frente, como todos sabem, temos um ilustre catedrático. Falo do dr. Toño Azpilcueta.

"Chegou a hora", pensou ele, sentindo o coração bater mais forte. Havia organizado todos os seus argumentos, mas quase não teve oportunidade de usá-los. Viera preparado para travar uma grande batalha pela salvação da sua cadeira. No entanto, a justificativa do reitor era definitiva. Isto é, numérica.

— Tínhamos dezessete alunos matriculados quando reabrimos a cátedra — declarou o reitor, como que ao acaso, examinando seus papéis. — E agora só temos quatro. Entendo que muitos alunos frequentam as aulas de modo informal, mas não se matriculam. E a grande verdade é que as cátedras vivem dos alunos matriculados, não dos ouvintes.

O reitor passou a palavra a Toño Azpilcueta ao vê-lo levantar o braço. O especialista em música *criolla* teve a sensação de estar outra vez no auditório do Ministério da Educação, na noite em que apresentou seu livro para cerca de quinze pessoas. Foi mais ou menos igual. Os professores começaram a se retirar da sala, e enquanto ele falava continuaram a sair, apressados, para pegar o ônibus e almoçar em casa.

Falou com entusiasmo, apresentando todos os motivos possíveis para a continuidade da cadeira de folclore peruano, que um a um foram atropelados pelas evidências. Fazia sentido manter uma cátedra com tão poucos alunos? Estava claro que não. O reitor pôs a sobrevivência da cátedra em votação, e Toño foi derrotado por uma esmagadora maioria. O reitor disse algumas palavras simpáticas sobre o professor Azpilcueta e sua luta para manter a cátedra num nível acadêmico elevado, coisa que sem dúvida havia conseguido, e concluiu sua intervenção lembrando que havia fatores econômicos que não podiam ser negligenciados. Estava prestes a dar por encerrada a sessão quando Toño pediu a palavra outra vez.

— Não faz sentido utilizar uma conversa fiada como esta para esconder a verdade sobre o que está acontecendo — disse Toño, com ar solene e uma voz anasalada. — O sol com uma peneira? Quem pode tapá-lo, ilustres colegas... ou melhor, ex-colegas? O que aconteceu aqui não foi um exercício de racionalidade econômica, nada disso.

Foi tudo um jogo retórico, uma cortina de fumaça atrás da qual se esconde a verdade. E qual é essa realidade? Usarei uma única palavra, que certamente soará familiar a todos. Complô! Na minha querida universidade, mas não só aqui, na verdade em todo o Peru, há uma conspiração contra mim. Com muita vergonha, devo dizer que meus colegas... que meus ex-colegas aqui presentes não suportam ver minhas ideias triunfarem no país e no estrangeiro. Porque me leem no Chile, amigos! Ideias que aqui no Peru cativaram o leitor douto e o profano. Sobretudo este último, o homem e a mulher das províncias que sentem de verdade a música *criolla* e sabem que ela é a solução para todos os nossos problemas. A hostilidade dos intelectuais às minhas ideias só pode significar uma coisa: eles querem que o Peru continue dividido e conflituado, querem que todos nós continuemos sendo desconhecidos uns aos outros. E sabem que o meu fracasso é o fracasso desse projeto que levaria a unidade e a paz aos peruanos. Há um nome para os seres que preferem a corrupção à fraternidade. Querem saber qual é? Querem que eu diga? Ratos!...

— Professor Azpilcueta! — interrompeu o reitor, batendo com a palma da mão na mesa. — Não permito que o senhor insulte o corpo docente nem a universidade.

— Ratos! — gritou de novo Toño.

— A sessão está encerrada — disse o reitor, e um forte murmúrio invadiu o recinto.

Os professores se levantaram e começaram a andar em busca da saída, lançando olhares de desaprovação a Toño, que continuava imóvel, em pé, gritando a mesma palavra: ratos! ratos! A diferença é que agora não o fazia com raiva e veemência, mas com uma voz cortada e assustadiça. Uma professora notou que seus olhos estavam arregalados, como se tivesse sofrido um forte impacto, e se aproximou para lhe perguntar se estava bem. Então percebeu que Toño, embora não gritasse mais, continuava a falar a mesma coisa em voz baixa. Ao sentir a presença da mulher, agarrou-a pelo braço. Era a reação de um náufrago ao ver uma boia no meio do mar. "Ratos, ratos, ratos", sussurrava, tremendo. A professora o segurou pelo rosto, mas quando viu que ele não conseguia focar a vista e que suas pupilas, dilatadas, não faziam contato com ela, deu o alarme. Vários professores, entre os quais o reitor, que se encarregou de encabeçar a procissão entre os prédios das faculdades, levaram Toño nos braços até a enfermaria da universidade. Uma hora depois, enquanto os alunos almoçavam nos bares próximos e Lima fazia uma pausa em suas atividades, chegava uma ambulância para levá-lo.

XXXVII

Ao longe, duas figurinhas, a princípio pequenas, vão avançando pela manhã cristalina; ao se aproximarem do Parque Central de Miraflores, o casal cresce e chega ao tamanho normal. A avenida Larco está deserta e ainda há papéis e sacolas jogados pelas ruas. A essa hora os caminhões de lixo que recolhem os resíduos da noite anterior ainda não passaram. Um reflexo ao fundo, na altura do Parque Salazar, indica que em breve o sol vai nascer e já se poderá divisar, ao pé das falésias e para além delas, o mar da manhã. Vai fazer sol e calor, felizmente.

 O casal deve ter acordado cedo. Ele está com uma calça e um suéter verde que combina com a camisa amarela da qual só se vê o colarinho, numa mistura em que se destaca a cor creme. Um boné cobre parte do seu rosto. Ela, mais baixa que seu acompanhante, está primorosamente vestida, com um vestido leve de verão e mocassim nos pés, e muito bem penteada, como se, ao se levantar da cama, tivesse tomado um banho e se arrumado para o encontro. Não devia ser ainda nem oito da manhã.

 Devagarzinho, conversando, o casal chega à pequena praça que forma o centro de Miraflores, com a prefeitura, a igreja, o parque, os bancos sob as árvores altas e o gramado, que foi regado e aparado há pouco tempo pelos jardineiros que estão começando o trabalho do dia.

 — Como está diferente Miraflores — comenta Toño Azpilcueta, olhando para a direita, para a esquerda, para a frente e para trás. — Fazia um bom tempo que eu não vinha aqui. Ainda mais neste horário.

 — Está cheio de lojas, tem muito trânsito — diz Cecilia Barraza. — Não é mais o lugar simpático que era antes. Ainda bem que lá do meu apartamento, que fica num andar alto, não se vê nada. Tudo isso aqui são lojas, de todas as cores e sabores. Vendem de tudo, de um carro a um dedal. E destruíram o bairro. Antes, era um prazer passear por aqui. Lembro que, quando eu era pequena, meu pai nos trazia pela mão e só havia vendedores de rua sentados no parque. E até a década de noventa ainda se podia andar por aqui com tranquilidade, quando os atentados terminaram. Agora, basta olhar: piorou muito.

— Tudo muda — Toño faz uma careta, deformando o rosto. — Mas é verdade, todas estas lojas não embelezam Miraflores.

— Não são elegantes como as de San Isidro, por exemplo. Agora ficamos bregas, Toño. Até loteria vendem aqui.

— Mas você não pode reclamar, Cecilia. A vista da sua casa, lá de cima, deve ser maravilhosa. O mar deve entrar pelos quartos.

— O quarto andar é ótimo — admite ela. — Não deixei você subir porque estava bagunçado. Mas pus móveis e tapetes novos, e tem lembranças e fotos em toda parte. O apartamento está ficando muito bom. Quando estiver pronto, te convido para tomar um chazinho como faziam seus amigos Toni Lagarde e Lala Solórzano, que descansem em paz.

— Toni e Lala — diz Toño, evocando os amigos com saudade. — Pela idade que tinham, era inevitável. Se você visse como viviam. Numa casinha mínima, em Breña, felizes.

— Você me falou tanto deles e da famosa geleia de marmelo que a Lala fazia que resolvi aprender a receita. Um dia desses vai ter uma surpresa, Toño. Você vai ver, vai ver só.

— Você está mesmo aprendendo a fazer geleia de marmelo, Cecilia? Juro que te dou um beijo no dia em que conseguir.

— Beijo só no rosto ou na mãozinha — diz Cecilia, fazendo charme. — Na boca, jamais.

— Eu sei que não podemos nos beijar na boca, Cecilia. E nunca aspiraria a uma coisa dessas. Somos amigos, e isso já me parece um milagre. Durante um longo tempo pensei muito em você, mas nem lembrava que te conhecia de verdade. Os médicos diziam que eu estava inventando, e acabei acreditando neles. Que uma pessoa como eu seja amigo da grande Cecilia Barraza é mesmo um pouco inverossímil.

— Não diga isso, Toño — protesta Cecilia, dando uma palmada no braço dele. — Você é o grande Toño Azpilcueta, o maior especialista do país em música *criolla*, autor de...

— Nem mencione isso, por favor — interrompe Toño.
Estão na Plaza de Miraflores, em frente à igreja. Dão uma volta pelos jardins. Os lixeiros começaram a limpar o chão, retirando latas, garrafas de refrigerante, guimbas de cigarro, fósforos e escarros, sobre os quais jogam um pouco de água antes de varrer. O parque vai ficando mais limpo e melhor.
— Esta hora do alvorecer é muito bonita, ainda mais no verão — diz Toño. — Sabe a que horas me levantei esta manhã para vir te encontrar? Antes das seis, Cecilia. Não tem algum lugar por aqui onde se possa tomar um café da manhã? Para dizer a verdade, estou morrendo de fome.
— La Tiendecita Blanca, claro — sugere Cecilia. — Abre bem cedinho. E, como hoje é domingo, deve ter *bizcotelas* para acompanhar uma xícara de chá. Ou, para os estômagos mais fortes, um chocolate quente.
— Estou nessa — sorri Toño. — Chocolate quente. E *bizco...*
— Acho que é um doce suíço. Pelo menos, os donos do Tiendecita Blanca são suíços. Dá gosto ver como cuidam de tudo com capricho. Vamos para lá. Eu adoro essas *bizcotelas*. Às vezes me lembro delas e venho até aqui só para comprar. É o único lugar em Lima onde servem *bizcotelas* como tem que ser, sempre quentinhas, saindo do forno, você vai ver.
— É a primeira vez que nos encontramos em Miraflores, não é verdade, Cecilia? Quer dizer, acabou o Bransa.
— Fica muito longe — diz Cecilia, fazendo beicinho. — Eu levava mais de meia hora para chegar de táxi. E a clientela não era muito divertida. Aqui estaremos sozinhos a esta hora. Poderemos conversar.
— Então não me arrependo de ter vindo, Cecilia. Há tanto tempo não te via.
— E eu tampouco tenho te visto, Toño. Já estava até me perguntando se tínhamos nos afastado. Se tínhamos deixado de ser amigos, entende, e veja como são as coisas, você nem lembrava que éramos.
— Andei muito ocupado reerguendo as minhas pobres finanças, fiquei escrevendo artigos sobre música *criolla* de manhã, de tarde e de noite. Mas quanto à amizade, você é a melhor das minhas amigas. E vai ser para sempre, não se esqueça disso.

— Espero que sim, Toño. Os namorados e os amantes vêm e vão. Mas os amigos ficam para sempre e são sempre os mesmos.
— Vamos então para o Tiendecita Blanca. Estará aberto a esta hora?
— Eles abrem bem cedinho, para uns velhos que vão lá tomar café da manhã e jogar xadrez. Venha, vamos olhar.
— Cuidado quando você fala de velhos dessa forma depreciativa, Cecilia. Não esqueça que os anos também passam para nós.
— É verdade — sorri Cecilia. — Os anos passam e os cabelos brancos aparecem, por mais que a gente queira esconder. Não vou falar assim dos velhos nunca mais. Prometo, Toño.

Os dois sobem pelo Parque Miraflores entre os catadores de lixo, e ao chegar à esquina com a avenida Ricardo Palma veem que o La Tiendecita Blanca já está aberto. "Eu não disse?", murmura Cecilia Barraza. Logo depois já estão sentados a uma mesa, na varanda da confeitaria, pedindo *bizcotelas* e duas xícaras de chocolate bem quente feito na hora.

— Sou capaz de morrer depois dessa xícara — diz Cecilia.
— Mas é a primeira vez que você vem tomar o café comigo em Miraflores, então vou me permitir esse capricho.

Toño faz que sim com a cabeça e fica olhando os grandes edifícios que se erguem na avenida José Pardo, um pouco surpreso de que aquela cidade também seja a sua.

— Como você tem passado durante todo esse tempo? — pergunta Cecilia, mudando a voz e olhando para ele muito séria. — Está se acostumando com seu novo estado?

— Bom, acho que me conformei, na verdade — diz Toño. — As revistas de música *criolla* me pagam menos que antes pelos artigos, mas na certa eu mereço, porque devo estar escrevendo pior. Não me sinto humilhado, nem um pouco, por reconhecer que estou sobrevivendo outra vez graças à Matilde. Ela se organizou, junto com duas mulheres da vizinhança, para abrir um pequeno negócio de consertos de roupa. Minhas filhas conseguiram terminar o colégio e agora estão na faculdade. As duas estão bem e cuidam de mim. Quer dizer então que progredimos, apesar de tudo.

— Continuam morando em Villa El Salvador?

— Não, mudamos para San Miguel graças ao meu compadre Collau, que há alguns anos abriu lá um grande restaurante de comida chinesa. E ele também me dá uma mão de vez em quando. Em troca, eu o ajudo a limpar o estabelecimento. São pessoas muito boas e gostam muito de nós.

— Fiquei feliz em saber das suas filhas — diz Cecilia, com convicção. — As meninas têm mesmo que estudar, se formar, competir com os homens. Ter uma profissão, esse é o segredo. Aqui no Peru, desde o tempo dos incas, a mulher sempre foi uma pessoa de segunda categoria. Agora chega.

Toño faz que sim com a cabeça para agradá-la. Não concorda de verdade com o que está acontecendo com as mulheres aqui em Lima, cada vez mais insolentes e insubordinadas, mas fica em silêncio.

— Eu tive sorte — diz Toño. — Sempre rodeado de grandes mulheres. Como você, Cecilia.

— Se precisar de ajuda, pode contar comigo. Tenho certeza de que o dr. Quispe concordaria em conversar com você, se houver necessidade.

— Ah, o dr. Quispe — diz Toño, fazendo um esforço para lembrar. — O médico que tive o prazer de frequentar.

— Eu sei que você não se deu bem com ele, mas é um profissional magnífico...

— Um grande homem, sei disso — interrompe Toño. — Alguém que está à sua altura, que podia merecer o seu coração.

Cecilia esconde o rosto atrás da xícara de chocolate e mastiga lentamente uma *bizcotela*.

— Melhor que os *chancays*, você tem que admitir — comenta, por fim.

— Uma delícia, sem dúvida.

— Toño, você está esquisito, eu quase preferiria que me dissesse que o dr. Quispe é um idiota — confessa Cecilia, deixando de lado a xícara e os pratos.

— Como eu falaria isso de um médico tão prestigiado?

— Por favor, Toño — protesta Cecilia com sinceridade. — Ele foi um idiota, não fez nada por você. Não quis nem mesmo te dar os comprimidos.

— Não teriam adiantado muito — admite Toño, resignado.

— Claro que teriam. Naquele dia na San Marcos, se você tivesse tomado um... — diz Cecilia, hesitante. — Mas me conta, Toño, o que aconteceu exatamente?

— Você sabe muito bem o que aconteceu.

— Mas agora você está bem de novo. Por que não tenta voltar para a universidade? Lute por essa cátedra, Toño, ainda me lembro da sua veemência, da fé que tinha no que dizia — afirma Cecilia com suavidade.

— Foram anos de confusão. A Matilde me ensinou a viver com os pés no chão, e sou grato a ela — diz Toño, semicerrando os olhos.

— E as suas ideias? Os seus projetos?

— Viraram fumaça, para minha sorte.

— Já não acha mais que a música *criolla* vai nos unir? — pergunta Cecilia, desapontada. — Sempre adorei cantar e fazer as pessoas felizes, mas foi só quando ouvi suas palavras que me senti realmente importante e orgulhosa do que fazia. Passei a cantar com muito mais paixão e entusiasmo depois de ouvir você falar do seu livro e de Lalo Molfino, aquele dia no Bransa.

— Faz tanto tempo que não a ouço cantar — diz Toño, não se dando por entendido. — É uma coisa que me deixaria muito feliz, que cantasse para mim uma das suas canções mais famosas.

— Pois acho melhor você me dizer que era mesmo verdade, que a música *criolla* não é apenas uma forma de entretenimento. Só não parei de cantar há alguns anos porque acreditei nisso, porque você me fez ver que a minha música era muito mais importante do que eu imaginava. Agora estou na dúvida de novo. Por favor, me diz que não devo parar, Toño, me convence.

— Quem sou eu para te dizer o que fazer? — lastima-se Toño.

— Você é o autor de...

— Minha família só foi para a frente graças à Matilde, que nunca se deixou fascinar pelas minhas ideias nem pelas minhas fantasias — diz Toño, resignado.

— Então é isso? Na sua vida não tem mais nada além da rotina de sempre e de satisfazer o estômago? — protesta Cecilia.

— Não tenho mais coceiras nem sou atormentado pelos ratos. Não é pouca coisa.

— Pois eu quase prefiro te ver de manga arregaçada e se coçando feito um possesso — critica Cecilia. — Não ligue para os ratos, Toño. Deixe-os voltar, se com eles o seu entusiasmo pela música voltar também.

Toño toma um gole de chocolate e sente que já está frio. Olha o creme espesso que flutua na xícara.

— Não quer cantar para mim, Cecilia? Bem baixinho, para que só eu possa escutar, aqui no ouvido — diz.

— Você não acredita mais que algum dia os problemas do país serão resolvidos, Toño?

— Algum dia, pode ser. Mas nem você nem eu veremos isso, Cecilia. Os nossos problemas são grandes demais, não têm uma solução tão fácil.

— Bem, mas vamos dar um jeito nisso — sorri Cecilia, tentando enxotar as nuvens negras e manter o bom humor. — Não precisamos ficar desesperados. De repente, um dia desses descobrem um mineral novo, que só existe no Peru. E então ficamos ricos. Viu como é fácil?

— Muito fácil mesmo — ri Toño. — Tomara que você mantenha esse otimismo para sempre, Cecilia. Ele te cai bem.

— Olha os galanteios — diz Cecilia. — Não esqueça que nós dois somos grandes amigos, apenas. Mas prometa que nunca mais vai ficar tão afastado de mim, nem por tanto tempo.

— Gostei muito deste reencontro — diz Toño. — Você está muito bem. Sempre jovem, sempre linda. Prometo telefonar pelo menos de quinze em quinze dias, para combinar esses cafés tão agradáveis.

— Aqui em Miraflores? — diz Cecilia. — Por favor, Toño. Odeio ir ao centro. Às vezes me reconhecem e me pedem autógrafos. Vamos marcar em Miraflores, está bem?

— Pois em Miraflores, então — concorda ele.

Quando se levanta para chamar o garçom, Cecilia vê uma caderneta cair do bolso de trás da sua calça.

— Você deixou cair a caderneta, Toño — diz ela, com malícia. — Pode-se saber o que está escrevendo?

— Nada.
Cecilia encara diretamente os seus olhos, sorrindo.
— Se me contar eu canto agora mesmo no seu ouvido a música que você quiser, só para você.
— É uma loucurinha daquelas, Cecilia. Melhor não contar nada agora, porque ainda está tudo muito verde. Mas, se eu fizer algum progresso, prometo que vai ser a primeira pessoa a saber. E a ler. Além disso, se tudo der certo vou dedicar o livro a você.
Pedem a conta e, como sempre, Cecilia faz questão de pagar. Discutem, afinal Toño cede porque Cecilia é "quem tem mais dinheiro", e saem do La Tiendecita Blanca. Vão andando de volta pela avenida Larco, onde já se veem sinais de que o dia está para começar. Há homens e mulheres circulando, os vendedores começam a buscar seus lugares nas calçadas. As lojas estão abrindo e expõem seus produtos à luz do sol. Toño e Cecilia continuam a conversar, afastados um do outro, claro, mas às vezes se aproximam, e Cecilia parece sussurrar algo em seu ouvido. O costume, quando tomavam café da manhã na Plaza de Armas, era que Toño levasse Cecilia até um táxi, mas agora, nesta nova etapa, ele a acompanha de volta até sua casa antes de pegar a teia de coletivos que o levarão para San Miguel, onde agora fica o seu lar.

Terminei de escrever o rascunho deste romance em Madri, no dia 27 de abril de 2022. Comecei a corrigi-lo em maio, e a partir de então continuei nos meses seguintes (junho, julho, agosto, setembro, outubro, novembro e dezembro) fazendo pequenas alterações. Aguardo com impaciência uma viagem ao Peru para visitar Chiclayo e Puerto Eten, para então, creio, terminar esta versão.

De fato, a viagem ao norte do Peru foi de grande ajuda para mim. Acho que já terminei este romance. Agora, gostaria de escrever um ensaio sobre Sartre, que foi meu mestre na juventude. Será a última coisa que vou escrever.

Mario Vargas Llosa

1ª EDIÇÃO [2024] 2 reimpressões

ESTA OBRA FOI COMPOSTA PELA ABREU'S SYSTEM EM ADOBE GARAMOND
E IMPRESSA EM OFSETE PELA GRÁFICA SANTA MARTA SOBRE PAPEL PÓLEN
DA SUZANO S.A. PARA A EDITORA SCHWARCZ EM MAIO DE 2025

A marca FSC® é a garantia de que a madeira utilizada na fabricação do papel deste livro provém de florestas que foram gerenciadas de maneira ambientalmente correta, socialmente justa e economicamente viável, além de outras fontes de origem controlada.